他会一辈子陪着她的。

从小到大，从以前到现在。
他会让自己成为林兮迟生命中不可或缺的一部分。

这大概是最漫长而又最迫切的等待。
不知道要等多久，但他有足够多的耐心，
他会一直等。
只要不是别的答案，等到七老八十也无所谓。

等林兮迟喜欢上许放。

Cream Crush
Zhuyi Author

奶油味暗恋（下册）

竹已 著

北京联合出版公司
Beijing United Publishing Co.,Ltd.

我算过时间,我应该会在二〇一七年的七月十日把钥匙给你,其实这张纸你也没必要看,因为你打开这个盒子的时候我一定在你的身边。

今年是二〇一二年,送你这个礼物的时候,你刚好十九岁。给你准备这个礼物的时候,我刚过完十九岁的生日没多久。

十九岁的生日,对我来说是很美好的,因为在那天,你同意跟我在一起了。

现役军人最好年满二十五周岁再结婚,所以可能从现在,一直到二〇一七年,这五年的时间里,我都不会跟你提结婚这件事情。

但希望你不要怀疑我。

我有多么期待这件事情,我想用这份礼物来告诉你,从跟你在一起的那一天起我就一直抱着跟你结婚的念头。

并且我坚信五年后的我依然对这件事情非常地渴望。

——所以你明白了吧?要不要嫁给我?

他就像是个宝物一样。
只要在他的面前,林兮迟觉得自己永远都不会长大。
也永远都不需要长大。

目录

初雪
Chapter.10
001

非她不可
Chapter.11
029

52.零
Chapter.12
055

还没补回来
Chapter.13
083

番外

- ☑ 番外一 230
- ☐ 耿耿 × 学长

- ☑ 番外二 272
- ☐ 年少时的你

- ☑ 番外三 292
- ☐ 和你未来的每一天

- ☑ 番外四 302 **有更新!**
- ☐ 等他长大了就会喜欢了

确实无法自拔
Chapter.14
109

我比你更想
Chapter.15
133

让我有点儿困扰啊
Chapter.16 157

要不要嫁给我
Chapter.17 183

求婚大成功

你也是我唯一的选择
Chapter.18 207

终于结婚啦!

Chapter 10: ❄初雪❄

很难得能从他这里听到这样的话。

可能是物以稀为贵,只是这么普通的一句话,从他口里说出,就能轻易将她的心情在须臾间抚平,不费吹灰之力。

林兮迟心底的一点儿小别扭瞬间荡然无存,她的眼角弯了起来,像只猫一样,看起来有些狡黠,随后用鞋尖碰了碰他的鞋尖。

许放瞥她一眼,没理。等把两个袖子都折好之后,才把视线放回她的脸上。

林兮迟的双眼明亮透净,骨碌碌地盯着他,心情显然变得很好。

突然意识到了自己刚刚说了什么话,许放不自然地低下眼,故作镇定地握住了她的手,依然是冰冰凉凉的触感。

许放皱了下眉,不知道在想些什么。随后他又把折好的两个袖子展开,让林兮迟整个人藏在大衣里边。

林兮迟弯着唇喊他:"屁屁。"

许放:"嗯?"

林兮迟继续没心没肺地喊:"屁屁。"

许放抬眸看她,用像看傻子一样的目光盯着她:"叫魂?"

"没有叫魂,我在叫你。"

"……"

许放没再搭理她,扯着她往C食堂的方向走。

有他带着,林兮迟连路都不看了,就盯着他,坚持不懈地喊:"屁屁。"

仅仅是走了一小段路,林兮迟就连着喊了他几十次。

许放闭了闭眼,转头瞥她,有些头疼:"你要干吗?"

见他终于回头了,林兮迟收回刚刚那副嬉皮笑脸的样子,故作正经地问:"我喊你几遍了?"

许放低哼一声,收回视线,没回答。

"你还说很喜欢我,却连我喊了你几次都算不清。你又不是没学过数学。"林兮迟走快了几步,侧头看他,"你对我进行了诈——"

许放忍无可忍,打断了她的话:"三十六次。"

林兮迟心满意足道:"屁屁,跟你谈恋爱真好。"

"……"

总算得到想要的答案,林兮迟才把注意力从许放身上收回来。

而后,忽地察觉自己穿着这身衣服格外怪异,像是小朋友偷穿了大人的衣服一样,一个不经意,下摆就要垂到地上。

再抬眼看许放。

他只穿着一件薄毛衣,看不出里边还有没有穿打底的衣服,领口略低,露出线条分明的颈部曲线。

看起来很冷。

林兮迟抿了抿唇,单手将身上的扣子一颗颗地解掉,小声说:"屁屁,我把衣服还给你吧,我不冷了。"

许放懒洋洋回:"穿着。"

"我这走路还不方便,这两个袖子像去唱戏的一样……"

"穿着。"

"……"

过了一会儿,林兮迟憋不住般地问:"你不冷吗?"

许放神情懒散,慢吞吞地把另一只手递给她。

他这个举动让林兮迟有点儿疑惑,但很快便伸出另一只手碰了碰。这才发现两人手上的温度,相差了十万八千里。

跟两人交握了一段时间的手完全不同。

林兮迟的右手已经被他的焐热了,左手依然僵得像是块冰。碰到他的手,就像是碰到了早上刚喝的那杯热牛奶。

"……"为什么会有人不怕冷?

林兮迟没再坚持要把衣服还给他,但穿成这样,一路上也引来了很多人的瞩目。她干脆抬起许放的手,遮住自己的下半张脸。

美其名曰:"别人认不出她来,这就只丢了许放的脸。"

许放:"……"

其实林兮迟穿那么多的想法很简单,就是——穿多了,如果觉得热,她可以脱掉,但如果穿少了,那就只能冷一天了。

林兮迟在吃和穿上边很少亏待自己,也不在意别人嘲笑她穿得像颗球,听到了也只会在心里默默地反驳:要是感冒了别过来传染给我。

许放以前也没觉得有什么问题,还觉得她个子小小的,把自己包成一颗毛茸茸的小球,看起来还挺可爱的。

但在听林兮迟说她睡了一晚上,双脚都没被被窝焐热之后。

当天晚上,许放就把林兮迟扯到了操场。

尽管此时温度只有个位数,操场上夜跑的学生也没有减少多少。还有穿着短袖短裤的人,却完全不像是冷的样子,上衣都被汗水打湿。

林兮迟站在跑道旁边看着,被许放指挥着做热身运动。

自从上了高中之后,她基本就没怎么运动过了。就算每周有两节体育课,也是老师带着做完热身运动,她便在体育馆里找个空位坐下。

要么跟同学聊天,要么拿着个小本子背知识点。

所以一想到接下来要跑那么长时间,林兮迟就有点儿喘不过气来。

林兮迟苦着脸,没动。

察觉到她这无声的抗议,许放干脆直接上手,分别握住她两只手的手腕,令她的手在背后交叉放置:"握着。"

像是把她当成学生一样,这种强硬的态度让林兮迟下意识地妥协,抿着唇将双手交握,向后方伸展。

"以后隔天来操场跑十圈。"想了想,许放说了个明确的时间,"每周的二四六这三天。"

"十圈?"林兮迟皱眉,瞪着眼反抗,"我为什么要跑步?我不跑,我不想跑谁都别想让我跑。"

许放面无表情地看她:"那一三五七。"

林兮迟的气焰瞬间没了:"还是二四六吧……"

……

一开始林兮迟对跑步这事儿还是特别不情愿的。

每到周二四六,许放叫她下楼的话,她要磨蹭个半天才下去。但不管她怎么抗拒,都会被许放扯到操场去,雷打不动地跑十圈。

就这么连续跑了一个多月,林兮迟跑十圈的速度从原本的五十分钟,慢慢地加快到了半小时。

到后来,跑十圈对她来说,像是日常该做的事情。也不用许放催她,她就主动去找他了。

跑久了,林兮迟自己也能感觉到身体有了些变化:没之前那么虚,爬三楼就喘气,也不像以前那样,不管塞多少件衣服都觉得浑身凉飕飕的。

体质好像变好了。

就因为这个,林兮迟打消了因为被许放强逼着跑步而产生的那点儿小怨气。

不知不觉就到了年底的时候。

S大所处的城市名为源港市,地理位置就处于溪城隔壁。两个城市的气温差距不大,基本保持一致。

按往年来说,初雪一般出现在一月中下旬。

十二月三十一日这天,恰是周六。

恰逢跨年夜和元旦假期,林兮迟听聂悦说,市中心的广场弄了个活动,主办方会在广场上制造人工雪。

并大肆宣传道:过来的情侣在零点整的时候接吻,就能一辈子在一起。

林兮迟觉得这个真的太迷信了。

只想扯着许放,去图书馆在学习中愉快跨个年。

然而,因即将到来的期末考,校内图书馆照例座无隙地,全是沉迷在书海里的学生们。

两人没了去处。

沉下心思考后,林兮迟回想起了聂悦的话。

莫名又开始觉得靠谱儿了。

正常来说,林兮迟听到这种活动是不会去的。但这会儿仔细一想,不说旁的，接吻这一项实在太犯规了。

完全能将她的十年计划提前到三个月内完成。

初次接吻，需要天时地利人和。

林兮迟觉得，这个活动，对她来说就是一个十年难得一遇的好机会。虽然她不是没见过雪，但在跨年夜的时候，身旁飘着细雪，跟许放在冷风里拥吻。

这太浪漫了吧！

重点是周围的人都在亲。

就算许放不愿意，也一定得亲她。

……

当天晚上，吃完晚饭之后。

不顾一头雾水在她身后问着"你干吗"的许放，林兮迟兴高采烈地把他扯上了地铁。

到市中心的时候才九点出头，活动还没开始。

许放不知道有这个活动，只知道她是想过来看人工雪，并对她的这种行为格外不能理解。

明明再过半个月就能看到真正的雪了。

两人在外边逛了一阵子。

实在太冷了，林兮迟纠结一番，想着活动十一点半才开始，便拉着他到附近的影院里看了部电影。

再出来时，十一点过十五分钟。

这个时间点刚刚好。

林兮迟兴奋地扯着他往广场那边跑。

广场在影院对面，林兮迟正准备过马路的时候，突然发现，九点时还空荡荡的广场，此刻已经挤满了人。

从广场到外边一片的人行道上，全站满了人。

马路上的车也堵成一片，耳边全是鸣笛声和人群的嘈杂声。

不像是还能挤进人的样子。

林兮迟原本高涨的心情瞬间低落下来。

"这么多人，走——"察觉到她的情绪，许放的眼皮动了动，改了口，"过去看看吧。"

犹豫了一下，林兮迟摇头："算了，挤不进去了……"

本是觉得源港市的人都见过雪，大家大概对这个活动不会抱多大的兴趣，林兮迟没想过会有这么多人来。

但她也没低落太久，很快就恢复了情绪，在他旁边笑嘻嘻地扯着别的话题。

两人顺着马路走下去。

远远地，能听到广场那边鼎沸的欢呼声。

大概是人工雪终于降落，从上至下，散落整个广场。

庆祝着即将迎来的新的一年。

这里车子堵成这样，两人也拦不到车。十一点后，地铁就停运了，许放上网查了一下，只能坐附近的99路车回学校。

那个车站很偏，从这里走过去大概要半小时的时间。

到那儿之后，林兮迟才觉得比她想象的还要偏。道路空旷，不如刚刚那般堵塞，站牌很简陋，就是一块圆形的指示板，连座椅都没有。

幸运的是，两人赶上了最后一班车。

车上，除了司机，只有他们两个。

林兮迟习惯性地走到最后一排坐下，许放坐到她旁边。

前边几排的座椅全是空的，像是包了场。

林兮迟低头看了看时间。

二十三点五十七分。

她眨了眨眼，倾身问许放："屁屁，你的新年愿望是什么？"

许放的手腕搭在前排的椅背上，双眼微眯，声音懒散："哦，不挂科吧。"

"……"林兮迟缩回去坐好，闷闷道，"你好敷衍。"

二十三点五十八分。

许放侧头看她，视线定了十几秒，这下神情倒是多了几分认真："那就，希望你明年能变得聪明一点儿——"

说到这儿，他顿了下，声音比刚刚低了些："不要让别人欺负。"

二十三点五十九分。

林兮迟一愣，瞪大了眼睛："我怎么会被人欺负？"

"屁屁，你能不能许点正常点的愿望？"林兮迟正经道，"你这个太简单了，让我觉得一点儿挑战性都没有。"

许放眉眼一抬，黑瞳如墨，看着她净白小巧的脸，以及红润上翘的嘴唇。

很快，许放哑声说："过来。"

"啊？"

"过来点。"

林兮迟疑惑地歪了歪头，但还是听话地凑过去了一点。

他不知满足，继续道："再过来点。"

这个情况，就像是——以前有个同学说要跟她说悄悄话，但一凑近她耳边，就大声尖叫了起来，吓她一大跳。

林兮迟内心有点儿不安，但还是小心翼翼地，慢吞吞地凑了过去。

远处有钟声响起。

眼前的许放叹息了一声，嘴里像是含着一句"太慢了"，模糊得让她听不太真切。

在林兮迟终于意识到了什么的时候，许放忽然就抬起手，单手抵着她的后脑勺，将她整个人往他的方向送了过去。

公交车上，最后一排位置上。

除了正在认真开车的司机，除了他们，车上别无他人。

周围不算安静，能听到鸣笛声和车外不断刮着的风声。眼前的少年眼睛垂着，睫毛密而长，鼻梁又挺又直，像是一幅水墨画。

林兮迟觉得什么都是模糊的，什么都让她不清不楚。

唯一让她觉得真切的，是从嘴唇上传来的触感，有点儿冰凉，又有点儿生涩。

是美好又令人期盼已久的事情。

像是她今晚错过的那场初雪——

在她身旁，重新降落。

在这一幕到来前，林兮迟还坚持着为初吻这事儿做了许多功课。

她觉得，如果真正到了这个时候，她一定可以镇定自若地引导许放，让他不至于手忙脚乱。

然而，此刻。

事与愿违。

林兮迟的大脑一片空白，屏着气，背脊僵得紧绷。因为不知所措，双眼睁得又圆又大，捏着手机的力道也一点一点地收紧。

两人的唇瓣贴合。

许放没有进一步的动作，他的眸色很深，被掠过的橘色路灯染了一道光，藏在耳朵后边的区域红了一大片。

林兮迟的眼睫卷曲上翘，像两把小刷子一样，发着轻颤。

用右手抵着她的脑袋，许放指尖向下挪，挪到她耳垂处，大拇指和食指轻柔而缱绻地摩挲着她的软肉。

随后，他离开她的唇，抬起头。

或许是光线的缘故，林兮迟看到他的唇色比平时红艳了些。衬着他垂至额前的黑发，以及在他脸上飞速闪着的光，像是个刚进食过的吸血鬼。

影影绰绰，而隐晦不明。

耳边有放烟花的声音，一声响后，别的接踵而来，响彻整个天空。斑驳的色彩映入他的黑眸当中，闪闪发着光。

许放的嘴角微不可察地弯了起来，伸手捏住她的下巴。

"憋了一分钟的气？"

闻言，林兮迟回过神，把他的手扯开，脑袋像是要冒烟了一样，把自己的半张脸藏进了围巾里面。看上去就像是只小仓鼠，想找个坑把自己藏起来。

沉默了几秒。

林兮迟又将自己的头抬了起来，眼睛骨碌碌地看着他，面上带着一副不甘心自己一个人丢人的模样，认真地说："你刚刚也憋了气。"

"……"

"你憋了半分钟。"

"……"

林兮迟家里人觉得从除夕夜到大年初一，才是真正意义上的迎接新的一年，所以都对年份的跨越没什么兴趣和概念，每年的这个时候都依然九点半上床,十点入睡。

也因此,在十六岁之前,林兮迟从来没有刻意地去跨过年,一般都是睡前是这年,醒来就是新的一年了。

上了高中之后,林兮迟睡觉的时间便从每晚的十点,调整成了每晚十二点。她花在学习上的时间多了很多,也不像初中时一样有事没事就去许放家里打游戏。

而与她恰恰相反,许放特别不爱学习。加上许父许母也不太管他的成绩,所以他每天的日子过得逍遥又自在。

一开始许放依然回了家就无所事事地打游戏睡觉。

但在林兮迟的影响下,到后来,他打完游戏,躺到床上后,翻来覆去了一阵,还是会良心发现般地起来写作业。

二〇〇八年到二〇〇九年,跨年夜那晚。

洗完澡,林兮迟开始完成老师布置的作业。虽然只是高一,但九门科目加起来,作业也并不少。

假期有三天,林兮迟想前两天就把作业做完,留一天来预习新的内容。等她把文综三科的练习册写完,已经将近凌晨十二点了。

林兮迟起身,拉开房门往外看,走廊的灯都关上了,林玎和林兮耿的房间门都紧闭着。这个点她们肯定也已经睡着了。

到卫生间洗漱,再回房间时,林兮迟翻了翻手机,就看到许放给她发了条短信:睡了没?

那时候林兮迟用的还是九宫格按键机,按一下键,会发出清脆的声音,还附带手机的音效。

她格外喜欢听这个声音,干脆噼里啪啦地给他打了一长串话过去:没有。我刚写完三科作业。我打算再写一科就睡觉,你记得也要写,我是绝对不会给你抄的。不过你会不会写?不然我明天去找你一起写作业吧。

许放忽略了她第一个句号后面所有的话:那下来。

"……"

林兮迟撇嘴,不知道他要做什么,但也没有磨蹭,打开房门下了楼。

从走廊下到一楼,整段路都是黑的。她不想吵醒父母,走路都比平时轻了几分,更别说开灯了。

不过林兮迟也不怕黑,就着手机微弱的光走到了大门的位置。

咔嚓一声,开了门。

林兮迟伸出个脑袋往外看,粗略地扫了一眼,没有看到人。她往许放房间的方向望去,灯还大亮着,窗帘毫无顾忌地开着。

刺眼的白光向外照射。

林兮迟纳闷地往前走了两步,余光一瞥,突然发现旁边的树丛旁有个人影。她吓了一大跳,连忙后退了两步,差点儿连脏话都要爆出来。

但几乎是同时,她就认出那个人是许放。

林兮迟下意识松了口气,走回他面前,低下声音说:"你干吗?"

许放蹲着,仰头盯着她看了几秒,很快便站了起来,随口道:"现在几点?"

"现在……"林兮迟看了眼手机,"差两分钟就十二点。"

然后他又不说话了。

林兮迟莫名其妙:"你要干吗?"

"现在几点?"

"……还是五十八分。"林兮迟有些无语,"你叫我下来就是让我告诉你现在几点吗?"

许放不置可否,懒洋洋地耷拉着眼皮,像是困极了。

林兮迟觉得这家伙真的是太需要人操心了,学习要人操心,身体要人操心,现在连作息都需要人操心。她打了个哈欠,小声说:"快回去睡吧,不然你还要我送你回去吗?"

而许放却像个复读机一样:"现在几点?"

"……"林兮迟觉得他今天真吓人。

她又瞅了眼手机,也没跟他犟,妥协着说:"十二点了。"过了几秒她又忍不住问,"你到底要干吗?"

这下许放才掀起了眼帘,盯着她看了一会儿后,神情淡淡道:"回去吧。"

林兮迟:"……"

她被他气到了,骂了句"神经病"便小跑着回了家。

回到房间后,林兮迟看着书桌上的书,本想继续写作业,却因这事分了心,想半天也没懂许放到底想做什么。

林兮迟拉开窗帘往外看,发现许放的房间已经关上了灯。

像是睡着了。

之后的每年,一到这个时间,许放就故技重施。

直到今年,两人到外边跨年,林兮迟终于不用再忍受那样的场景——夜黑风高,少年面无表情地站在你的面前,不管你说什么都只跟你重复同一句话。

多吓人啊。

林兮迟扭头看向许放。

他还在因为刚刚自己的拆穿而不爽,背靠着椅背,没有跟她说话。公交车上也陆陆续续有其他乘客上来,将前边的座位填满。

想起这个回忆,林兮迟又有了个主意,凑到他耳边,清了清嗓子,露出一副理当如此的表情:"屁屁,你想亲我的愿望已经实现了。"

"……"

"那我的新年愿望你也得给我实现。"

许放瞥她一眼,从手机相册里翻出一张聊天记录,读着上面的内容,声音淡漠无情绪:"我想吃新开的那家串串,想要一双新的运动鞋,想要一件情侣装。"

顿了几秒,他开始念下个气泡里的内容:"这是我的新年愿望,但我知道,愿望就是愿望,不一定都会实现,我自己是懂这个道理的。所以你不用太在意,我就给你看看我的愿望而已。"

"……"

许放指了下她身上那件墨绿色外套,又指了指自己的:"情侣装。"然后用鞋尖碰了碰她的鞋子,"新运动鞋。"

他的身体倾了过去,掐住她的腮帮子:"今天的串串白吃了?"

林兮迟盯着他看,很快便开始谴责他:"你记得好清楚。"

"……"

"你好计较。"

"……"

许放的额角一抽,唇瓣抿了起来。

两人四目对视，僵持了半刻后，许放别过头，深吸了口气，忍着骂她一顿的冲动，说："什么愿望？"

林兮迟真的极其喜欢这种，许放想骂她，又因为地位不对等而不敢骂，让她有种当了他长辈的感觉。她心满意足地收回视线，说："过两周不是期末考了嘛。"

"嗯。"

"如果我考了年级前五，你就给我——"

许放突然有了不好的预感，沉声道："换个别的。"

"哦。"林兮迟低头琢磨着，"那换什么好……"

许放没应。

林兮迟纠结了半天，咬着牙道："那就考到年级前三？"

闻言，许放侧头看她，眉心动了动："你想做什么？"

她很认真："我想翻身当地主。"

许放："……"

林兮迟眼睛弯成一个小月牙，看着他："反正我如果考到了年级前三，在十七日快到晚上十二点的时候，你就来我家楼下找我。"

许放一愣。

一月十八日是她的生日。

所以就算她不说这个，其实许放也会去找她。

许放疑惑地应了下来："就这？"

"啊？"林兮迟瞪大眼，莫名其妙道，"我还没说愿望呀。"

"……"

"就是，以前跨年夜的时候，你不是总叫我下楼嘛，然后什么话都不说，我说什么你都只回一句'现在几点'，你不觉得很恐怖吗？"

"……"

他那是想提醒她时间。

让她清楚且明白，他们两个是一起跨年的。

她不会过了三年都没懂吧？

林兮迟只觉得他肯定是故意重复同样的话，目的就是把她吓得半死。

现在形势上有了变化,她这次一定要翻身。只要许放把话改了,不仅能让他吃瘪,而且她也不会觉得恐怖了。

一举两得。

"如果我考到年级前三,你就把这个'现在几点',改成'屁屁爱你',怎么样?"

"……"

见许放的表情立刻冷了下来,直接别开脸不理她。

林兮迟抓了抓脸,也有点儿不知所措了。过了几秒,她胡乱地改了口:"那把这台词改成——"

"爸爸?"

"……"许放的嘴角抽搐了下,把她的脑袋推了回去,"我没兴趣。"

"那我就不把这当新年愿望了。"林兮迟死皮赖脸地抱着他的胳膊,决定不贪心了,"这是我的生日愿望。"

听到这话,许放的嘴唇动了动,想说些什么的时候,就被她打断了。

"我数三秒,如果你不说话就是同意了。"

还没等她开始喊,许放慢条斯理地把手从她怀里抽了出来,一副要跟她划清界限的模样:"我没兴趣当你爸爸。"

林兮迟:"……"

林兮迟:"?"

转着脑子思考了半响,林兮迟还是没懂他怎么忽地就把主次颠倒了。她神情一顿,呆呆地"啊"了一声:"你在说什么?"

"啧,我说——行吧,就这一次。"似乎不想再纠结在这件事情上了,许放靠回椅背,懒懒散散地眯起了眼,"爸爸爱你。"

"……"

这下林兮迟足足在原地愣了半分钟。

许放垂眸看了眼手机,等他抬起眼时,她依然保持着那副呆愣的模样。他挑了挑眉,用手掌在她眼前晃了晃:"激动成这样?"

林兮迟回过神,拍掉他的手,皱着眉说:"你怎么理解成这样的?"

许放当没听见。

林兮迟一脸严肃:"你不要擅自加戏。"

车子恰好到站,许放一手拿起包,一手把她扯了起来。像聋了一样,完全不回应她的话。
"走了，送你回宿舍。"
林兮迟："……"

　　林兮迟心血来潮的这么一个想法就被扼杀在了摇篮里。
　　除了偶尔有幸在肉体层面获得，其余的，她果真是丝毫占不到许放的便宜，半点缝隙都搜刮不出。
　　但她心血来潮的事情多了去了，尤其是对许放，经常什么都不过脑子就一顿胡说。所以此刻她也没再继续想这事情，下了车就将之抛到脑后，牵着许放往学校的方向走。
　　时间已经将近凌晨一点了。
　　宿舍过了门禁时间，两人没法回去，便决定在学校附近住一晚。大概是跨年夜的缘故，出来过夜的人并不少。
　　两人找了三家民宿，只有最后一家有空房。
　　一间标准双人间，想要多的都没有。
　　没有想过两人会在外边待到这么晚，所以许放也没提前考虑住的问题。他站在原地思考着，眉头微蹙。
　　虽然是双人间，两人不是睡同一张床，但终究是不同性别，不太方便，而且两人的关系才刚有了一点儿进展，一下子跃到这里也太快了。
　　重点是林兮迟不一定会愿意，说不定会因为不知道怎么拒绝就同意了。
　　想到这儿，许放转头看向林兮迟。
　　她就站在自己身后的位置，可能是因为冷，她脖子上的那条米色围巾又缠绕了好几圈，半张脸就藏在里边，露出一双骨碌碌的杏眼。
　　许放忍不住揉了揉她的脑袋，淡声说："再去别的店看看？"
　　"不是有房间吗？"林兮迟纳闷儿地问，随后凑上前，自己去问前台的那个女生："剩一间标准间吗？现在还能订吗？"
　　女生回："可以的。"
　　完全不像许放那么矜持又犹豫，林兮迟麻利地掏出自己的身份证，推到她的面前："那我们订，两个人住。"
　　女生拿过她的身份证，又看了看许放："这位的也要。"

闻言,林兮迟拍了拍许放的手臂,像是强抢民女一样,催促道:"快啊。"

"……"

这家民宿的设施齐全,环境也算干净,两张单人床并列排放,中间用床头柜隔着,纯白色的床单看起来格外晃眼。

林兮迟脱了鞋子,坐在床上玩手机。

许放走进浴室里调着热水的温度,很快便走出来,下巴微微一抬:"去洗澡。"

林兮迟没动:"你先去洗,我要洗很久的。"

也没在两人谁先洗上纠缠太久,许放不再作声,从袋子里翻出两人刚刚在便利店买的一次性用品,便走进了浴室里。

此时已经凌晨一点半了,林兮迟玩了会儿手机,困得眼皮都耷拉下来。差点儿睡着的时候,许放恰好从浴室里出来。

开门的"咔嚓"一声,让她的神志清醒了些。

林兮迟立刻起身,嘟囔了句"你快点睡吧",拿起洗漱用品快速往浴室里走。

因为时间太晚,林兮迟没像平时那般磨蹭,加快了洗澡速度,很快便洗完了。

洗了个热水澡,她也没刚刚那么困了,吹干头发才出了浴室。

许放还没睡,他靠在床头的位置,低着眼玩手机。

走过去把灯关上,林兮迟爬到另外一张床上,像只猫一样,磨磨蹭蹭地往被窝里钻。

见她洗好躺上床了,许放才摁灭手机屏幕,把手机放到床头柜上,躺了下去,在黑暗里发出一阵窸窸窣窣的声音。

林兮迟原本的困意已经散了大半,在床上翻来覆去半天也睡不着,忍不住开口问他:"屁屁,你睡了吗?"

许放的呼吸声缓而规律,顿了几秒后,才淡淡地应了一声:"嗯。"

因为国防生十点半就要熄灯,许放的作息时间变得格外规律,已经很少试过这么晚还没睡觉了,此时他真的是困得一点儿都不想搭腔。

林兮迟"哦"了一下,在床上滚了滚,把自己滚成一个毛毛虫后,又百无聊赖地问:"屁屁,你现在能醒一下吗?"

"……"许放翻了个身,装作已经睡着了,背对着她。

林兮迟正面躺着,看着天花板:"你醒不来吗?"

"……"

"那我等你醒了再睡。"

许放忍无可忍地坐了起来:"你要做什么?"

听到他的回应,林兮迟转过身看向他,笑眯眯道:"没有,我就看看你睡了没有。"

"……"许放觉得自己真是上辈子欠了她的。

过了一会儿,林兮迟又问:"屁屁,以前你是叫我出来一起跨年的吗?"

许放闭着眼,过了好半响才说:"才发现?"

"嗯,突然想到的。"林兮迟抱着被子,也慢慢地有了些困意,声音变得有些闷,"你不说我怎么会知道?"

他的声音散漫带着睡意:"谁知道你这么蠢。"

"你才蠢。我那时候都没觉得是跨年,我妈说大年初一才是新年,还有……"像是有说不完的话,林兮迟一直源源不断地扯着各种事情。

良久后,再度提起许放总找她出来跨年的事,林兮迟的声音顿了一下,好奇地问:"你那时候就喜欢我了吗?"

说完后,她看向许放,才发现他已经睡着了。

这次好像是真的睡着了。

林兮迟喊了他几遍都没得到他的回应,这次她没再缠着他说话,打了个哈欠,闭上眼,很快便睡了过去。

等她的呼吸声变得均匀而轻缓时。

许放在黑夜里睁开了眼,神色清明,不带丝毫倦意。他看向林兮迟的方向,嘴角微不可察地弯了下,才悄然无息般地说了句——

"是啊。"

……

民宿的被子比林兮迟宿舍的薄了一倍。

她刚洗完澡的时候,全身热乎乎的,钻进被子里就觉得十分暖和,也没觉得这被子薄。

凌晨的时候,林兮迟忽然被冷醒,迷迷糊糊地拿起手机看了看时间。

快五点了。

林兮迟吸了吸鼻子,两只冰冷的脚蹭了蹭,难受得整个人钻进被子里。

神志不清地想着:

这被子这么薄。

不可能就她觉得冷,许放肯定也很冷。

等被子里的空气变得稀薄了,林兮迟忍不住爬了起来,费劲儿地抱起被子,铺到许放的被子上边,然后才小心翼翼地钻进他的被窝里。

两条被子肯定就不冷了。林兮迟晕乎乎地想。

虽然是单人床,但床也不小,两个人睡绰绰有余。

许放的体温比她高,林兮迟一进被子里,就觉得自己像是进到了一个暖炉里。这热度让她特别想蹭过去,但她觉得她一碰许放,肯定立刻就会把他吵醒。

林兮迟蜷缩在床的角落,心想着两条被子和一条的效果就是不一样,很快就睡了过去。

大概是因为在陌生的地方睡觉,精神一直没有放松下来。尽管两点多才入睡,但天一亮,许放就醒了过来。

阳光穿透薄薄的窗帘,散落在他的身上。

许放皱着眼睛,下意识地摸索着床头柜的方向,身子一动,突然注意到自己的怀里好像多了一样东西。

许放的神志还不太清醒,思绪混乱地低下头。

怀里的少女此刻睡得正香,发丝有些蓬松散乱,眉毛秀气有些淡,卷曲上翘的长睫,小巧的鼻子,就连睡觉时都依然弯着嘴唇。

啊,林兮迟。

许放松了口气,懒懒散散地揉了揉眼睛。

过了几秒,他突然僵住了,视线一点点地挪向另外一张床,空无一人。

再低头一看。

他的床上，确确实实是，多了一个林兮迟。

被这个场景震撼到，许放脑子没转过来，开始怀疑自己昨天半夜是不是兽性大发了。他往周围看了看，突然反应了过来，再度松了口气。

这是他的床。

许放狼狈不堪地用手搓了搓脸，正想爬起来洗漱的时候，怀里的林兮迟眼睫一颤，缓缓地掀起了眼帘，神情呆滞地看向他。

两人四目对视，空气似乎停滞了下来。

似乎是在等林兮迟解释，许放一直没说话。

很快，林兮迟的眼神变得清醒了不少，像是心虚一样，慢吞吞地把自己的脑袋往被子里缩，闷在被窝里恶人先告状："原来你想跟我一起睡觉。"

许放冷着张脸，忍着把她揪出来的冲动："这是我的床。"

"哦。"听到这话，林兮迟像只小松鼠一样，又把脸露了出来，然后伸出一个拳头，食指朝他勾了勾，改了口，"昨天半夜，你突然给我做了这个手势。"

许放看着她的手势，额角一抽。

就见她又重复了一遍，再度朝他勾了勾手指："就这个手势。"

"……"

林兮迟："你记得吗？是你叫我过来的。"

许放："……"

这个插曲虽说让人有些始料不及，但对比起从前发生的种种往事，加之两人现今的关系，也算小意思。

在林兮迟厚颜无耻的甩锅下，许放才勉强不跟她计较下去。

两人在外边的早餐店吃了个早餐，便回了学校。

用钥匙开了宿舍门，里边静悄悄的，像是人都还没醒。林兮迟轻手轻脚地走了进去，换了身衣服，拿上自己的复习资料。

犹豫了一阵，林兮迟又拿上了自己的攻略小本子，随后便出了门。

昨天在外面过夜，连续几个月一直在写的东西突然空了一天，林兮迟还觉得有些不习惯。心想着花十分钟写完，剩下的时间就用来复习。

这个假期过完，再上一个星期的课，就进入考试周。全部科目考完的学生，便可自行选择时间离校。

考试时间表已经出了。

因为各科安排的时间不同，林兮迟也许放早几天考完。她考到十三日，许放考到十六日。两人订了十六日下午的高铁票回家。

因为即将到来的考试周，图书馆更加拥挤不堪，不早点儿去根本抢不到座。

此时还算早，但也已经陆陆续续地来了不少人。

林兮迟坐电梯到自己习惯去的三楼，找了张空桌坐下。她把书包里的东西全部拿了出来，然后翻开了那个小本子，开始写东西。

2012年1月1日，在一起的第69天。

继上次一个月内就把原本设定的三个月内牵手的计划完成，今天我又把原本设定的十年内接吻的计划完成了。虽然都是许放主动的，但我觉得都是因为有了我的引导，他才会有这样的举动。

写到这儿，林兮迟的笔尖一顿，像是做贼一样，偷偷摸摸地往周围看了看，这才继续写下去：

我还跟他一起睡觉了。迟迟真是厉害，要么不出手，一出手就……

她还没写完，突然有人从身后拍了她一下。

因为在图书馆，那人的声音压得极低，用气音问道："你在干吗？"

瞬间听出了这个声音的主人是许放，吓得林兮迟在本子上画了一道痕。她连忙合上本子，把本子藏在了其中一本书下边，往后看。

"哦，我就做个笔记。"

许放疑惑地往那本书的位置看了几眼，但也没再问，拉开椅子坐到她的旁边。

看着他，林兮迟心有余悸地问："你怎么来了？"

许放瞥了她一眼，眼皮耷拉下来，懒洋洋地趴到桌上。

"来睡觉。"他说。
"……"

接下来一周的课程，老师基本都是在讲考试内容，帮助学生复习。林兮迟的书本上画了一大堆重点，准备熬几个夜把这些内容背完。

考完试后，直到十六日下午，林兮迟才开始收拾行李。她不用带衣服回去，翻了半天之后，也只决定把电脑和几本专业书带回去。

算好许放考完试的时间，林兮迟背着书包往他宿舍楼跑。

刚跑到他宿舍楼下，恰好看到许放从门口走了出来，林兮迟眨眨眼，走到他面前，好奇道："咦，你不是刚考完吗？"

许放带的东西比她还少，就背了个书包，像是去上课一样："提前交卷了。"

林兮迟手里的电脑包被他接过，她又问："很简单吗？"

这次许放没回答，直接扯开话题，说到别的事情上。

……

两人回到溪城，差不多到晚上八点了。

林兮迟被许放送回了外公家。

进了门，许放把林兮迟的电脑放到了茶几上。林兮迟的外公不知道去哪儿了，不在家。他也不赶着回家，干脆在沙发上坐了下来。

林兮迟走进房间里，随手把书包挂在了门后面。

刚想出去找许放的时候，林兮迟视线一瞥，发现自己的房间似乎有了点变化。原本散乱的书桌变得整齐有序，上面还放着一沓试卷和高考复习资料。

林兮迟回头看，她走时乱七八糟的被子也被叠了起来。

外公可从来没给她收拾过房间……

林兮迟疑惑地走到衣柜前，打开了衣柜。她的衣服依然挂在里边，只不过都被挤到了最左边。新挂上了两套高中校服，其余的都是林兮耿的衣服。

耿耿过来这边住了？林兮迟猜测着。

因为这点变化，林兮迟在房间里待的时间久了些，也没注意到外边的动静。她把衣柜关上，边想着今晚给林兮耿打个电话，边出了房间。

走回客厅，林兮迟才发现外公已经回来了。

此时外公正坐在沙发的主位，许放从刚刚的位置挪到了侧边。坐姿也有了变化，腰部挺直，看上去格外精神。

许放也算是从小被林兮迟的外公看着长大的，所以外公对他就像对待自己的亲孙子一样，每次见到他就开始训斥他。

上次许放就是当着他的面靠在了椅背上，就被他骂坐没坐相，没点男子气概。

许放虽然脾气大，但对待长辈还是不敢造次，就任由他教训。大概是记住了上次的话，这次见到外公他便下意识地坐端正了起来。

见到许放这副不敢怒也不敢言的样子，林兮迟也觉得好玩，走过去坐到他的对面。她转头看向外公，乖巧地喊了声："外公。"

外公看了过来，视线顿在她身上的外套上，随后又往许放身上看了眼，停下了骂许放的嘴，慢慢悠悠地问："你俩这衣服是，撞色？"

林兮迟愣了下，下意识地看向自己身上的衣服。

那件墨绿色的情侣外套。

"……"

有了新的攻击对象，被骂了十分钟的许放终于松了口气，拿起面前的茶喝了一口。

"这哪是撞色。"林兮迟揪了揪自己的袖子，很认真地说，"这是情侣装呀！你看不出来吗？"

"你俩穿什么情侣装？"

许放正想开口解释一下，就听到林兮迟开了口。

在外人面前没这样说过，但遇到自己亲近的人，林兮迟就格外想炫耀："我跟许放谈恋爱了呀！他暗恋了我很久，外公你没看出来吗？"

外公一副云淡风轻的模样："多久？"

对于这个，林兮迟也不太清楚，想到二〇〇八年许放好像就开始喜欢自己了，保守估计的话就只有三年。

但这也太少了，听起来一点儿气势也没有。

她咬咬牙，非常夸张地，一下子就加了个十。

"三十年。"

"……"

林兮迟的表情和语气都格外认真，差点儿把外公也唬到了。

"哦，他还没三十岁。"林兮迟立刻反应过来，改成，"十三年！"

许放："……"

这话一落，外公的眼神变得意味深长了起来，也没再问。但接下来，跟许放说话的态度明显比先前和缓了不少。

三人聊了一会儿天，等外公困了许放才准备离开。

许放背起斜挎包，站起了身。

恰在此时，外公忽然瞥了林兮迟一眼，对着他说："这丫头虽然傻了点，但……"

外公难得词穷，半天没说出话来，最后只能摆了摆手："你看在这丫头这么喜欢你的分儿上，对她好点。"

听到这话，许放顿了下，很快便点点头，说："会的。"

一旁的林兮迟神情怪异，嘴唇张了张，却什么都没说。她盘腿坐在沙发上，看到许放打开门走了，才反应过来。

林兮迟跳了起来，抛下了句"我去送送他，外公你早点儿睡"，便拿着鞋柜上的钥匙出了门。

门将室内的光线掩去，楼道里一片漆黑，声控灯没亮，她下意识地跺了跺脚。

灯没亮。

林兮迟又跺了跺脚。

与此同时，黑暗里幽幽地传来许放的声音。

"别跺了，楼都要崩了。"

林兮迟纳闷儿道："这怎么不亮啊？"

许放刚走到下面一层，就听到了她的动静。他折返，点亮手机，通过这微弱的光和月亮的光线走到她的面前，牵着她的手往下走。

只有这一层的灯坏了，下面几层的声控灯都是正常的，随着他们的脚步声一盏盏地亮起。

楼道略窄，许放牵着她走在前面。他忽然想起刚刚林兮迟外公说的话，挑着眉说："你这出来，不怕外公的误解更深？"

"误解什么？"还没等许放继续说下去，林兮迟就明白了过来，很正经地说，"没有误解啊，我就是很喜欢你的。"

许放回头看了她一眼，还没来得及做出什么反应，就听她反问道："你说外公刚刚是什么意思？"

思绪还停留在刚刚那个温馨的氛围中，许放停滞了几秒后才回："嗯？"

林兮迟："他好像不相信我说的话。"

"……"许放回想起刚刚她说的三十和十三，像看傻子一样看着她，"十三年？我那时候牙都还没换齐。"

林兮迟很无辜："可我说的暗恋是真的啊。"

两人出了楼下的大门。

看着小区里暗沉的路灯，许放停下了脚步，也没否认，语气像哄猫似的："嗯，真的。"

说完后，他抬了抬下巴，用眼神示意让她回去。

许放的单车就停在旁边的单车棚里，他边往书包里翻着车钥匙边往那头走。

"可我没想让他相信我说的时间，因为吹牛不都是要往夸张的方向说吗？"林兮迟没听他的指令，跟在他身后，看着他弯下腰去开锁，"我的重点是你暗恋我那事情呀。"

"你这一吹，"许放站了起来，面容平静地跨上鞍座，"就让人觉得你两件事都是在吹牛。"

"……"

林兮迟有些纳闷儿，心想好像有点儿道理，但也没再说什么。

可能是因为使用年头太久，路灯光线变得暗淡了些。暖黄色的路灯和洁白的月光都向下披散，光线交织，呈现了一种朦胧的美感。

许放单脚踩在踏板上，另一只脚支着地平衡。

外边的气温又低了不少，许放便戴上了外套的帽子，微微垂眼整理着衣服。

他的睫毛很长，在眼睛下方形成了一片阴影，眼睛敛着，看起来略显清冷淡然。下唇饱满，颜色偏淡，勾勒着浅浅的弧度。

林兮迟舔了舔唇，突然抓住了他还在整理衣服的手，另一只手往上指，对他说："屁屁，你看，今天月亮好圆。"

许放顺势往上看，他刚想回一句"小年的月亮应该不算圆吧"，话还没出来，嘴唇就被她狠狠撞上。

下唇似乎磕到了牙齿，带来点点刺疼。

嘴唇上是湿润而柔软的触感。

是她在亲他。

两人的身高差距大，此时许放虽然是坐在单车上，但因为抬了头的关系，林兮迟凑过去亲他，还是费了点劲儿。

她踮起了脚尖，发现还差一点儿时，干脆狠下心来往上跳。

许放下意识地扶住她，吃痛地"嘶"了一声。

还没等他做出什么反应，林兮迟便挣开了他的手，往门那边跑。

直到跑到门前，她才回过头，用力地朝他挥了挥手："屁屁再见！屁屁路上小心！屁屁记得早点儿睡觉！屁屁再见！！！"

说完林兮迟便用钥匙打开门，噔噔噔地往楼上跑。

徒留许放在原地愣了半响，用手摸了摸嘴唇，忽然就被她逗乐了。他往上一瞥，声控灯已经亮到了林兮迟外公家楼下那盏。

跑得倒是够快的。

许放踩下踏板，骑着单车出了小区。

想到她刚刚回头时，说话比平时快了一倍的语速，以及那似乎红了大半的脸颊。他的嘴角一扯，又轻声笑了。

隔日，按照在学校的生物钟，林兮迟七点就起床了。吃完早饭后，她坐在沙发旁，跟外公开了一局象棋。

林兮迟跟外公下棋的次数并不少，虽然没赢过几次，但她还是乐在其中。

祖孙俩边下着棋边有一搭没一搭地聊着天。

林兮迟忽地就想起了件事情，随口问道："对了外公，耿耿是过来这边住了吗？"

外公思考着棋局，说话的语气轻轻缓缓："是啊，十一月就过来了。"

"啊？她为什么过来住了？"

"说你爸妈那边太吵了，想找个安静点的地方学习。"

跟林兮迟不一样，林兮耿从高一开始就选择住校，每周回家一次。高三时间紧迫，家里那边确实挺吵，她不想被影响好像也正常。

林兮迟没再问。

陪着外公去买菜煮饭，林兮迟闲下来了便看看专业书，或者跟许放聊会儿天。时间过去得倒也快，不知不觉天就黑了下来。

外公每天雷打不动地九点钟躺床睡觉，客厅离他的房间近，林兮迟怕吵到他，便回房间玩着手机。

想着过了零点自己的生日就到了，林兮迟倒有些期待许放什么时候会过来找他。

按正常来讲，他一般时间踩得很准。

十一点五十五分到十二点之间，任选一个时间到楼下。

早或晚一分钟都没有的。

林兮迟也没催他，觉得既然已经谈了恋爱，这种事情他应该主动一些，不能像以前一样总踩点到了。

显得一点儿诚意都没有。

趴在床上胡思乱想着，倏然间，林兮迟隐约听到家里的门似乎响起了开了又关上的声音。她一愣，看了看时间。

才九点过半。

这时候是谁啊？……

林兮迟疑惑地看向房门的方向，开始怀疑是不是自己幻听了的时候，就听到了脚步声，并且声音离她房间越来越近。

她突然反应过来，立刻跳起来把门锁上。

脚步声一顿，伴随着林兮耿清脆的声音："锁门干吗？"

林兮迟松了口气，打开了门："你怎么回来了？你这个时间不是应该刚下晚自习吗？"

"翘掉了。"林兮耿随手把书包扔到地上，疲惫地躺在床上，"哦，我只翘了半节。"

林兮迟盘腿坐在她旁边，好奇道："你到底怎么跑出来的？我记得必须要走读卡,保安才会放你出去的啊。"

"嗯。"林兮耿得意扬扬地看了她一眼,"我用你以前的。"

"……"

"哪会认真看,看到我有这张卡就放我出去了。"

林兮迟捏了捏她的脸,这才注意到她的脸色比之前憔悴了些。

原本及腰的长发剪短至肩膀,眼睛下方的青灰色重了不少,一副睡眠不足的样子,好像也比十月见她的时候瘦了。

"你怎么变得这么丑?"林兮迟皱眉,"我感觉我高三的时候要比你漂亮个一百倍。"

林兮耿哼了声,才不管她,爬起来拿着衣服便去浴室洗澡。

这会儿唯一能陪她说话的人去洗澡了,林兮迟又变得百无聊赖。点亮手机看了看,发现许放还是没有找她。

她失望地抿了抿唇,心想着,他不会是忘记了吧……

可能是在宿舍生活里锻炼出来的速度,才过了十分钟,林兮耿就洗完澡,哆嗦着跳到床上,进了被窝里。

看她这样,林兮迟还是忍不住说:"你这翘课没事吧?宿舍那边不是也要点名吗?"

"没事儿,快高考了,现在老师对我们好得很,我们班有两个学生走得很近,老师现在都直接睁一只眼闭一只眼。"林兮耿嘟囔着,一副天不怕地不怕的样子,"最多也就给爸妈打个电话。"

林兮迟感慨:"哦,我记得我们那时候好像也是欸。"

两人说着说着话,林兮耿不知不觉地就闭上了眼,看起来困极了,强撑了一下之后,才说:"哎,我睡一会儿,等快十二点了你再叫我起来。"

林兮迟被她气乐了:"你要跟我说生日快乐还让我叫你起来?"

"我昨晚快四点才睡……"林兮耿的声音越来越低,越来越缓,"好困……"

之后她就真的睡着了。

知道高三确实累,林兮迟没吵她,给她掖了掖被子。

怕手机的声音把林兮耿吵醒,林兮迟调了静音,玩了一会儿手机,

027

再看时间时，才刚过十点。

此时她也有点儿困了，起身关上了灯，定了个十一点半的闹钟。

……

不知过了多久，林兮迟忽然有些心悸，眉头一皱，睁开了眼睛。

她的眼前一片黑暗，唯有透过窗户照射进来的微弱光线。她伸手在床头柜上摸索着手机，点亮，呆滞地看着手机左上角的时间。

凌晨一点半。

闹钟不知道是没有响，还是她没有听见。

锁屏上还显示着几十条未接电话通知。

林兮耿被她的动静弄得半醒，含糊不清地问着："现在几点了？过十二点了吗？"

这话让林兮迟刹那间想起了件事情，她的呼吸滞住，立刻就跳了起来，拉开房门往外跑。

林兮耿在后头小声喊："你去哪儿……"

林兮迟没时间回答，连外套都来不及穿，边打着电话边拉开了家里的大门。

楼道依然暗沉沉的，物业仍旧没有来修这坏掉的灯。

把手机放到耳边，林兮迟拨通了电话。她正想往楼下跑的时候，恰好听到旁边响起一阵悦耳的手机铃声。

林兮迟下意识低头看。

就见许放正蹲在她家门口，身上穿着黑色的外套，衬得那张脸格外苍白。余光看到林兮迟，他抬了抬眼，眼睛在这夜里更显幽深。

随后，他哑着嗓子，低声说了句：

"冻死我了。"

Chapter 11:
非她不可

许放 ♡ 林兮迟

林兮迟愧疚得话都说不出来了。

　　因为室内有暖气，林兮迟还穿着短袖短裤。此时被外头的冷风一吹，她忍不住打了个哆嗦。她弯下腰，想把他扯起来。

　　许放像是在跟她较劲儿，林兮迟第一下没扯动，抿着唇又使了劲。

　　这下许放倒是顺从地站了起来，懒懒散散地半靠在身后的墙上。

　　林兮迟连忙把他往屋子里推。

　　里头的温度跟室外差了个十万八千里。

　　一进门，许放就感觉自己周身的僵冷舒缓了不少，他活动了下关节，往沙发的位置走。

　　林兮迟一声不吭地往热水壶里装水，烧开，然后从房间里翻出暖水袋，拿到客厅充电。

　　许放就坐在沙发上看着她反反复复地折腾。

　　烧水和加热暖水袋都需要时间，林兮迟又回到房间里，拿了一条被子往他身上裹。

　　许放静静的，没有任何动作。

　　林兮迟赤脚蹲在他的面前，露出两截莹白细嫩的小腿，双手焐着他的手，垂着眼，像是个做错了事情的小孩，不敢看他。

　　"对不起……"

　　恰好暖水袋加热好了，林兮迟下意识松开他的手，走过去把暖水袋拿了过来，献宝似的往他怀里塞。

　　许放面无表情地把暖水袋丢开。

　　此时，热水也滚了。

林兮迟迟疑地看了他一眼，走过去，把开水往她的杯子里倒，又掺了点冷水，小心翼翼地捧到他的面前。

许放没接。

林兮迟舔了下嘴角，把杯子放在茶几上。

他一声不吭的，明明是坐着，却给了她一种居高临下的感觉。

林兮迟站在他的面前，想到刚刚已经道歉了，便决定跟他讲讲道理："我今天七点就起床了，然后我中午在看电视，没有午睡，我就很困。"

"……"

"但我是调了闹钟的，不过好像没响。"

客厅只有鱼缸上亮着灯，附带着潺潺的水声。

深夜是一天之中最安静的时刻，林兮迟久久得不到他的回应，甚至还有种自己在做梦的感觉。

许放的半张脸陷在黑暗之中，身上的被子自然地向下掉落，又露出里边那个黑色的外套，像是冒着寒气。

这样沉默的气氛，让林兮迟的心虚又冒起来，小声地问："你怎么不敲门啊？"

闻言，许放终于开了口："敲到手都断了。"

"……"

外公家的门有两扇，外边一道防盗门，里边一扇大铁门，基本一关上，就完全听不到外边的声响。

林兮迟反应过来，改口道："门铃，你怎么不按门铃？"

许放平静看她："按到手都断了。"

"不会吧……"林兮迟这次不太相信了，指了指自己的房间，"就算我起不来，耿耿肯定也起得来啊，她睡眠很浅的。"

说着林兮迟就往门铃的方向望去，发现那上面的小红点没有亮。

门铃没电了。

她立刻噤了声。

许放微哂，垂眸拿起旁边那杯温水，泄愤般地一口气喝完，随后把杯子放回茶几上。玻璃和玻璃撞击发出轻轻的声响，"咔嗒"一声。

林兮迟的注意力挪到了那上面。

　　下一刻，许放猛地握住了她的手腕，往自己的方向扯。

　　林兮迟没防备，也没站稳，整个人往他身上扑。她的另一只手撑在沙发上，想往后退的时候，背部又被他用手按着，往前推。

　　这样的姿势，林兮迟比许放还要高上半个头。

　　随后，他盯着她的眼睛看，微微仰头，吻住了她的唇。

　　林兮迟的眼睛一眨，没再后退，低下头回应，单手扶着他的后颈。

　　他用舌尖抵开了她的牙关，卷着她的舌头亲吻，那片湿软还残留了刚刚那杯水的温度，比以往的任何一次都要滚烫。

　　良久，许放松开她的唇，喉结轻滚，眸色比刚才的还要深上几分，唇上也多了水色。他的声音依然带着哑意，低而沉："今天是你生日。"

　　——是值得庆祝而感谢的一天。

　　他用指腹抚了抚她的唇，又贴了上去，含糊不清地说："所以我不生气。"

　　"生日快乐。"

　　时间不早了，林兮迟不想让他一来一回在外边受冷。两人明天还要出去玩，所以她干脆让许放在这里睡一晚。

　　林兮迟回了房间，把自己的枕头抱出来给他，还想说些什么的时候，就被他赶回房间睡觉。

　　两人这么拉拉扯扯的动静，早就把林兮耿给吵醒了。

　　等林兮迟小心翼翼地躺到床上，一直在装死的她才冒出了声，说："你们刚刚在外面干吗？"

　　被她吓了一跳，发现她还醒着，林兮迟才往她的方向蹭，笑嘻嘻地说："你说能干吗？"

　　"……"

　　回想着刚刚的事情，林兮迟心情大好，勉强冷静下来："睡吧。"

　　两人躺了一会儿，林兮耿冷不丁道："林兮迟，我明早就要回学校了。"

　　"知道，不过你也快放假了吧？"林兮迟认真说，"你明天回去就别再翘课了，老师总给爸妈打电话也不好……"

"后天放假。"

"嗯,回头给我看看你的成绩……"

像是没在听她的话,林兮耿憋不住了一样,突然打断了她的话:"明天爸妈应该不会过来给你过生日。"

闻言,林兮迟愣了下,很快便道:"没事儿。"

半晌。

"林兮迟。"林兮耿的眼睛张了张,很小声地说,"林玎打了我。"

林兮迟没听清她的话,愣愣的:"啊?"

她的声音带了点沙哑,慢慢地说:"她在家里总是很大力地扯我的头发,每次扯完就很惊恐地跟我道歉。我觉得很烦,就把头发剪了。"

林兮迟的脑子空白:"她打你?"

"嗯,我房间离她的房间近。她太吵了,我就去你房间写作业了。"林兮耿低着嗓子说,"然后她就突然进来,拿起旁边的东西往我身上砸。"

没等林兮迟想到说什么,就听林兮耿接着刚刚的话继续道:"——喊着你的名字。"

说完这句话之后,林兮耿的眼泪不受控地落下,胡乱地说:"她、她把我认成你了……"

林兮迟抿了下唇,说不出话了。

"她以前扯我的头发,没事就打我,我以为她是生病控制不了情绪,"似是在替她委屈,林兮耿语气带了些恼意,"可她只是把我认成你了。"

林兮迟眼眶也变得酸涩,慢慢地给她解释着:"都过去了,而且我不可能乖乖地站着给她打,其实也没多……"

"我也打了她。我还说,我一点儿都不希望有她这样一个姐姐。"林兮耿越说越气,硬邦邦道,"会过分吗?可相比她对你说的那些话,我觉得轻太多了。"

"……"

"我不知道她现在是什么情况,反正爸妈之前每天都给我打电话,让我回去跟林玎道歉。"林兮耿哽咽着说,"我不会道歉的,在她跟你道歉之前。"

"林兮耿。"林兮迟叹了口气,扯过纸巾往她脸上盖,"别哭了。"

"我就是得跟你说,"林兮耿擦掉眼泪,把话说完,"他们现在打算去别的地方住了,爸妈已经准备把房子卖了,带林玕去B市住。"

"那不正好吗?"林兮迟顿了下,不太在意,"顺便去治治病。"

"他们让我高考完报B大,我不会报的。"林兮耿抱着她的手臂,很认真地说,"我一定要上S大。"

"B大可比S大好考多了。"林兮迟故作轻松地转了话题,"不过你之前不是说能考到前二十吗?那应该随便哪所都能上吧。"

说到这儿,林兮耿的表情一垮,原本止住的眼泪又掉了出来:"呜呜呜,气死我了,我最近又掉出前五十了……我明天真的不回来了,我要好好学习。"

说完她就哼唧了声:"反正有许放哥陪你。"

林兮迟笑了一声,没说话。

半晌后。

旁边的林兮耿说着说着就睡着了,林兮迟睁着眼,原本的睡意荡然无存。她拉开窗帘的一小道缝隙,沉默地看着外头的天色一点点地变亮。

天气并不好。

没有阳光,映入眼中的,是灰蒙的一片。

……

清晨。

因为想早点儿去学校,林兮耿很早就起床了,轻手轻脚地爬下床,然后又回来,小声地在林兮迟旁边说了句"生日快乐",这才出了房间。

林兮迟睁开了眼,听到外边传来了外公和林兮耿的说话声,偶尔还能听到许放说了几句话,但听得不太真切。

等听到林兮耿出门的声音,林兮迟才慢悠悠地起了床,换了身衣服往外走。

此时外公和许放正坐在沙发上,下着棋。见她出来了,外公给她指了指桌面,说着:"把早餐吃了。"

林兮迟乖乖"哦"了一声,看着桌面上的长寿面,弯着唇走了过去。

坐在客厅里的两个人,下棋的时候都是属于那种不说话的类型。房子里很安静,只剩下鱼缸里的流水声。

等林兮迟把面吃完了,他们也结束了一盘棋局。她抽了张纸巾擦嘴,边走到沙发旁边，把纸巾扔进了垃圾桶。

"臭丫头。"外公抬眼看向林兮迟，"过来。"

林兮迟眨着眼走了过去，看着外公像往年一样，从口袋里拿出一个红艳艳的红包，递给她。

"十九岁了。"外公感叹着，"也是个大姑娘了。"

接过那个红包，林兮迟蹲在他的面前，弯着眼说："我可还小。"

外公伸手摸了摸她的头，笑了："哪来那么不要脸的丫头？"

林兮迟得意扬扬地站起身，把许放拽开，坐在他的位置上，跟外公下了盘棋，但都没怎么认真下，一直在跟他说着自己在学校发生的事情。

又一局结束，跟外公道别后，两人才套上外套出了门。

被他扯着一路往前走，林兮迟心不在焉的，随口问道："我们去哪儿？"

"你不是说想去海洋馆。"许放瞥她一眼，"现在去坐车。"

许放觉得林兮迟今天格外不正常。

尽管她一直是嬉皮笑脸的模样，尽管她的话依然像平时一样多，尽管她还是心血来潮就馋他几声，但许放还是觉得心里怪怪的。

许放旁敲侧击地问了几句，但她还是一脸正常的样子，很自然地说"没事啊"。

问的次数多了，林兮迟反倒疑惑地开始问他今天是不是不开心。

许放干脆作罢。

比起平时，她今天的精神好像要更高涨些。

两人出海洋馆恰好是午饭的时间，吃过午饭之后，林兮迟便兴致勃勃地对许放说想去 KTV 唱歌。

许放听她鬼哭狼嚎了一下午，而后两人又在外头吃了晚饭。

再接下来，林兮迟还是没有回家的意向。

往年的这一天，林兮迟都是约了自己所有的朋友，在外边闹腾完，准时在晚饭的时间回家。

因为林父和林母会在这个时间提着蛋糕和礼物来给她庆祝生日。

除非在学校待着，否则林兮迟一定会在晚上七点准时回家。

所以此时，许放内心的异样感越发地清晰明显。

很快，林兮迟又扯着他去附近玩密室逃脱。玩了一局之后，还一副不尽兴的样子，又玩了局别的故事背景的。

两人出来的时候，已经到了晚上十点了。

许放想着，这次应该要回家了吧。

结果林兮迟又缠着他说想去酒吧玩玩。

这次许放一点儿都不想任由她肆意妄为，他冷着脸拒绝了她的想法，然后就看她一脸垂头丧气地说："那好吧，我以后自己去。"

他只好咬着牙带她去了附近的酒吧。

……

但林兮迟进去了之后又觉得很没劲，单都没点，就直接出去了。她牵着许放，走在前面，进了附近的一家麦当劳。

这个时间点，麦当劳里不像白日那般挤满了人，只有几桌零散地坐着人。

许放到柜台随便点了个套餐，拿着回来。

他是点给林兮迟吃的，但她好像没什么胃口，一直没碰，只是兴致很高地跟他说着话："最近出了几科成绩了，屁屁你的出了吗？"

许放抬头看她一眼，漫不经心道："没看。"

"那我帮你看看！"林兮迟掏出手机，打开网站，利索地输入他的学号和密码，"唔，出了三科……"

除了跟林兮迟一起上的那节大学英语，别的两科都是压线飘过。

她盯着那两科，皱着眉问："屁屁，你平时不学习吗？"

许放不吭声。

跟普通的大学生不一样，国防生毕业后的去向现在已经定下来了。他们跟学校签了协议，毕业之后要去部队待八年的时间。

之后是转业，还是继续待在部队，由他们自行决定。

"你得努力呀。"林兮迟很严肃地说，"我们得一起努力，你不学习的话这大学四年不是浪费了吗？"

许放被她训着，身子往后靠，明显不想再听。

时间飞快地流逝，林兮迟调的十二点的闹钟也在此刻响起。也许是因为时间太晚了，周围的人陆陆续续离开。

林兮迟的目光一顿，飞速地关掉了闹钟，讷讷地把话说完。

"我说真的,我们要一起努力……"

这句话,她说得很慢,一字一顿地。说到最后,她的情绪终于外泄,尾音开始发颤,像是在强忍着呜咽。

这出其不意的转变。

许放猛地抬头,不知所措地看向她,一脸反应不过来。随后他僵硬地抬起手,扯住她的手腕:"知道了,我下学期一定好好学,成不?"

林兮迟垂着头,眼睛一眨不眨,仍是有泪水往下掉。她没看他,闷闷地说了句:"我想吃蛋糕。"

他大概能猜出林兮迟今天为什么心情不好,却也不知道该说什么话来安慰她。

那能怎样?

只能满足她的所有要求。

十二点后,大大小小的店铺基本都关上了门。

商业街不再热闹,门前卷着冷清的风。就算路灯大亮着,也依然让人觉得这儿阴冷又幽暗。

许放牵着林兮迟,边拿着手机在网上查这附近的蛋糕店,一家一家地打电话。最后在其中一家的评论下,看到他们半夜十二点还营业。

在那家店买了最后一个蛋糕,许放带着林兮迟到附近的一家二十四小时便利店,在里面找了个空位坐下。

林兮迟的眼睛和鼻尖都是红的,自己动手打开了蛋糕盒。

许放去找店员买了个打火机,想回来给她点蜡烛的时候,就发现她已经拿起叉子挖着蛋糕,往自己嘴里塞。

"……"

没吃几口,林兮迟就停了下来,问他:"屁屁,你记不记得我以前养了条狗?"

"记得。"许放拿纸巾给她擦了擦她手上沾到的奶油,"你爸妈觉得没时间养,就把它送给朋友了。你还每天都扯着我去那家人楼下蹲。"

林兮迟点了点头。

许放又问:"后悔了?"

"不,我那时候能同意让我爸妈把它送走,还真是太好了。"林兮迟咬着蛋糕，轻轻地说，"不然说不定我以后还会后悔，后悔养了它。"

"……"

"我爸那个朋友对它可好了。"林兮迟的睫毛发颤，嘴里含着蛋糕开始呜咽，"它在那里住得才好……"

尽管之前一直不敢相信——

就算她从高二开始都住在外公家，但逢年过节的，林父和林母一定都会给她打电话，会抽时间来见她，会对她说节日快乐。

但他们今天没有。

此刻，林兮迟还是不得不认命。

她的养父养母，她一直以来都认为是自己亲生父母的人。

后悔领养她了。

或许他们真的已经认为，只要当初没有领养她，林玎的精神状态就不会像现在这么差。

如果不是因为领养了她，现在的生活一定是很美好的。

不然，他们怎么会从几个月前就计划要搬到另一个城市了，却没有跟她说。

他们会嘱咐林兮耿，记得大学要报考B大，跟他们待在同一个城市。

就算不打算带林兮迟一起过去，他们却一句都没有告知她，他们要离开这个地方了。

林兮迟咽下嘴里的东西，吸着鼻子说："我想许愿。"

许放敛着眼睫，没有说话，伸手在没被她挖到的那一块蛋糕上插了一支蜡烛，用打火机点燃。

"希望外公长命百岁，耿耿能考上喜欢的大学，希望他们两个每天都开开心心的。"林兮迟带着鼻音，视线从蛋糕上挪到他的身上，很认真地说，"希望我和许放能快点，快点再长大一些。"

她停顿了下，声音变得低不可闻，却带着无比深刻的期盼。

"——然后，希望我能有一个家。"

是真切地属于她，需要她，非她不可的。

独一无二的家。

"行。"许放的喉结滑动着，嘴角轻扯，揉了揉她的脑袋，"会跟你一起实现的。"

二〇一二年的除夕比往年来得都要早。

林兮迟的生日过去还没一个星期，就迎来了春节。

溪城的第一场雪刚来临，整座城市被白茫茫的一片覆盖，掉光了叶子的梧桐树如同失去了生命力，偶尔还能看到几只不知名的鸟儿飞过。

林兮耿的假期加起来不到半个月，年初七就要返校。就算到了除夕，她也没花时间跟林兮迟闹，一早就爬起来，坐在书桌前开始刷题。

被她这股勤奋的劲儿影响，林兮迟突然觉得自己过去的几天格外颓废。

她也跟着林兮耿起床，占了床的位置，背靠床头，戴上眼镜，拿着一本动物医学相关的书籍翻阅着。

不知不觉就度过了一个下午。

把这一部分看完，林兮迟放松了下眼睛，侧身拉开床头柜，翻出了一个木质的小盒子。盒子的开口处被扣上了一把锁，没法打开。

她低头瞅着，翻来覆去地把玩。

林兮耿被她的动静打扰到，转头："你干吗？"

"你说，"林兮迟突然坐直起来，问她，"许放是不是有病？"

"……"林兮耿沉默了下，摸着一旁的手机，"我不知道，要不我帮你问问他？"

没在意她的话，林兮迟晃了晃手里的盒子。

里边不知道放了什么东西，没发出任何声音。体积不算大，只比她的手掌大一些，也轻。

她又用力晃了晃，只有锁头发出了清脆的"咔嗒"声："这个是许放给我送的生日礼物。"

"啊？这个盒子吗？"

"不是。"林兮迟摇头，腮帮子鼓了下，"是里面的东西。"

"……"

"他自己留着钥匙了。"说到这儿，林兮迟用力揪了揪那个锁头，"他说送我这个，然后把盒子锁起来了，自己留着钥匙。而且他说会找时间把钥匙给我，结果我跟他天天见面他都没给我——

"这正常？"

自顾自地说完一堆话，林兮迟抬眼才发现，林兮耿并没有在听她说话。此时，她垂着脑袋，手指在手机屏幕上敲打着，像是在给人发短信。

联想起林兮耿刚说的话。

林兮迟凑过去看："你还真给许放发……"

她的话还没说完，就注意到林兮耿没给对方备注，只显示着一串陌生的手机号码。

林兮迟眨眨眼："这谁啊？"

"我也不知道。"林兮耿按了锁屏，一脸茫然，"之前除了爸妈之外，总有另一个号码打给我，号码归属地是源港市的。我还以为是你拿别人的电话打给我的，我就接了。"

"然后呢？"

"那边一直不说话，我以为是打错了，我就挂掉了。"林兮耿说，"然后没几天又打过来，一直不说话，我觉得很烦，我就把他拉黑了。"

听起来诡异又神秘，林兮迟来了兴致："那现在打来的这个是谁？"

"我感觉是同一个人吧……"林兮耿的表情有点儿难以形容，略带烦躁，"反正我拉黑一个就来一个新的号码，每次都不说话。最近打来的号码归属地变溪城这边了，我昨天写试卷的时候又接到了。我就很生气，没有挂掉。又问了一次是谁，那边还是不说话，我就把他骂了一顿。"

说到这儿，林兮耿补充了句："很狗血淋头的那种。"

"……"

"然后他就说话了。"

没想到会发展成这样，林兮迟好奇道："说——"

还没问出口，就被林兮耿的手机铃声打断。

本以为还是那个骚扰者打过来的，林兮耿的眉头一皱，正想直接挂掉的时候，突然瞥见来电显示不是一串陌生的号码，而是——爸爸。

林兮耿表情更烦了，纠结了一阵，把手机丢到旁边，没有接。

没响几声，那边便挂断了。

林兮耿倏地松了口气，却又觉得自己这个做法不太好，想装作没事发生那样，缩回桌前继续写题。

没多久，客厅的电话铃声响了。

外公此时正在厨房做年夜饭，没时间听电话。

林兮迟跳下床，蹦跶着跑到客厅，接了起来："您好，哪位呀？"

那头一顿，成熟低沉的男声传来，略带疲惫："迟迟吗？你让耿耿接一下电话。"

林兮迟嘴角的笑意一僵，不知道回什么，很快便"哦"了一下，起了身。

听到动静，外公从厨房里出来。他用围裙擦着手，问着："谁的电话？"

"就……"林兮迟往房间走的脚步停了下来，看向外公，神色有些局促，"爸爸的，他让耿耿接电话，我去喊……"

"不用。"外公打断了她的话，直截了当地走过去接起了电话。

林兮迟顿在原地须臾，没听他们的通话内容，转身回了房间。

此刻，林兮耿也没了继续学习的心情，坐在座位上发呆。见林兮迟回来了，林兮耿便回过神，低头拿起了笔，在本子上乱涂乱画。

林兮迟坐回床上，慢腾腾地拿起书本，盯着其中一个字一直看。

房间里变得很安静。

两个人都没有说话。

不知过了多久，门外传来外公朝这边走的脚步声。他敲了敲门，顿了几秒后便推门而入。

外公的表情比刚刚难看了些，眉头皱成一个"川"字，对着林兮耿说："耿耿，你收拾一下东西，一会儿你爸过来接你。"

林兮耿的嘴巴微张，讷讷道："但我想待在这儿……"

"他们年后去B市，新年你过去吃个饭。"外公的声音缓和下来，"你爸说了，明天就把你送回来。"

林兮耿抿了抿唇，点头。

外公这才出去了。

林兮迟盘腿坐在床上，看着她，冷不丁问道："爸妈知道林玎会打你吗?"

"我没说过。"林兮耿低着眼把桌上的课本往书包里塞,"应该不知道。"

"那他们有给林玎请心理医生吗?"

"十月就有在说要带林玎去B市看医生,但奶奶不让,说会让人说闲话。"提到这个,林兮耿低嘲了声,"说别人都会说林玎是神经病,说多了爸妈都给听进去了,也不让她出门,就让她待在家里。而且,现在他们觉得林玎已经慢慢好起来了,什么事情都没有。换个环境肯定会更好。"

"……"

"反正平时是挺正常的。"林兮耿想了想,"其实林玎打我的次数不多,她大部分时间就待在房间里,也不说话,就偶尔会突然开始哭开始尖叫。"

半晌后,林兮迟突然僵硬地扯了扯嘴角:"我跟爸妈说过。"

林兮耿停住手中的动作:"什么?"

林兮迟深吐了口气,缓缓道:"林玎打我这件事情,我跟他们说过。我以为他们会带她去看医生,但过了一段时间,他们就让我来外公家住了。"

林兮耿愣了。

"其实也没什么所谓,反正我在那里住得也不是很开心。"林兮迟语气很认真,"这里,外公对我很好,许放也还是会像以前一样过来找我一起上学,你也会给我打电话……"

林兮耿喉咙哽住,闷闷地应了一声。

"我一直以为,按他们的想法,正常的发展是,我住在外公家,少去林玎面前刺激她,爸妈也一直坚持带她去看医生。时间久了,她病好了,我又可以回家了,然后我们再继续像之前那样住在一起。"

"……"

"但好像不是的。"林兮迟眼角微红,声音很轻,"可能是同时养三个孩子,实在太辛苦了吧。"

林兮耿不知道该说什么,手足无措地看着她。

"你回去之后再跟他们说说,带林玎去看医生吧。"林兮迟笑得有些勉强,"她生病了,要去看医生,要吃药,这样才会好。

"谁都会生病的,这不是一件可耻的事情。"

林兮耿离开后,林兮迟快速调整好情绪,便到厨房里去帮外公的忙。

祖孙俩有一搭没一搭地扯着话,多是林兮迟在说。偶尔外公会将视线从锅里挪到她的身上,乐呵着骂她几句"臭丫头"。

只有两个人的年夜饭,也一点儿都不显得冷清。

把所有的菜都端到餐桌上,林兮迟到厨房里盛了两碗饭出来。

外公坐在主位上,接过她手里的饭:"吃吧。"

林兮迟乖巧地应了一声,坐到他的旁边,开始给他夹菜。

良久后,外公才像讲故事似的开口:"迟迟,外公跟你说个事儿。"

林兮迟抬眸:"嗯?"

仿佛是憋在心里许久,练习了数百遍,外公情绪波动稍大,语速却平常,也不磕巴。

"一直没跟你说过,你爸领养你这事情,当时因为手续太多,有些条件满足不了,他到处请人帮忙。后来手续办完了,把你带回家之后,你妈妈说不要养,让他把孩子送回去。"

林兮迟手中的筷子一顿。

"我和你外婆听了,说孩子又不是物件,怎么能说要养就养,说不要就不要了。"外公声音沉稳又慢,"我和你外婆就把你抱过来了。"

林兮迟讷讷道:"然后呢?"

"后来不知道你爸跟你妈说了什么,他们又要把你带回去。我们带了好几个月,也舍不得,但你妈一直在哭,就让他们把你带走了。现在你住这儿了,反倒好,算是完璧归赵了。"

气氛安静了很久后。

"真的吗?"林兮迟的眼圈红了,捏着筷子的力道加重了些。在谁面前都没说过的话,在此刻,也终究忍不住吐露了出来,"……他们不要我,你们也会带我回家吗?"

外公点点头,摸了摸她的脑袋:"真的。"

林兮迟不知道他说的是不是真的。

但她此刻，真的太想，也太需要这个回答了。

"你看耿耿那么好……"林兮迟的眼泪啪嗒啪嗒往下掉，像个孩子一样用双手抹着泪，"林玎如果，如果没发生那样的事情，她一定也会成为那么好的人……"

外公轻拍了拍她的背，往日通常都是严厉的神色里，此时带了满满的慈爱："你也是个好孩子。"

"我都不敢……不敢去指责他们……"

"外公知道。"

听着外公的安慰，林兮迟抽噎着，把这些年来的委屈全部与他诉说。也将这些年竭力忍耐的眼泪全部释放。

一直以来的战战兢兢和小心翼翼，在这一瞬，似乎都跟随着这些泪水，一滴又一滴地消散掉。

林兮耿没有如外公所说的那般，在大年初一就回来，而是直接待到了开学那日。

之后，林父林母带着林玎和奶奶去了 B 市。

林兮迟的假期也没剩多少，每天就留在家里陪外公，偶尔有空便骑着单车去岚北找许放玩。

大一下学期开学后。

新的一学期，林兮迟的专业课比上个学期多，加上部门的事情，过得比之前忙碌了不少。

林兮迟勉强找了个时间段，跟许放选了同样的选修课。

除此之外，两人除了吃饭，最常去的地方就是图书馆。

而许放这个学期过的日子，跟他的朋友们有了很大的区别。

他的朋友还睡得昏天黑地的时候，在林兮迟的催促下，他背着一大堆专业书往图书馆走。

他的朋友在宿舍里打游戏的时候，在林兮迟的催促下，他背着一大堆专业书往图书馆走。

他的朋友打完篮球，准备去外边喝酒的时候，在林兮迟的催促下，他回宿舍装了一大堆专业书往图书馆里走。

……

许放觉得自己现在过得比高三还艰难。

似乎是察觉到他的情绪不太好,林兮迟还哄过他,嬉皮笑脸地说:"这样的生活你不觉得很充实吗?每天都安排得满满的,一点儿时间也没浪费。"

许放压根不想搭理她。

尽管许放总会为林兮迟总喊他去图书馆这件事情,不给她好脸色看。

可不论林兮迟哪次催他,十分钟之内他一定会出现在图书馆的门口,从没试过晚一分钟。

两人一起选的那门选修课是一门比较轻松的课。林兮迟专门上学校论坛看了,说是这个老师的课格外好过,才决定选的。

这天,林兮迟午觉晚起了些,到课室的时候比许放要晚。

原本以为许放会选后三排的位置,结果她在后排找了半天后,眼一瞟,终于在座位的第一排发现了他。

宽阔到能容纳一百人的教室里,大多数学生都挤在后几排的位置。

唯有许放一人坐在最前排,十分醒目。

铃声已经响了,此时拉着他换位也不太合适。

林兮迟想抛弃他去别的座位坐又觉得良心不安,只能磨磨蹭蹭地走过去坐在他的旁边,低声问:"你怎么坐第一排?"

许放瞥她一眼,语气不太好:"不是你叫我好好学习?"

"……"可她没说过包括这种选修课啊。

不想打击他这种积极向上的心态,林兮迟扯出个笑容,点了点头。她从书包里拿出课本,又翻了翻,拿出一套英语六级的试卷来写。

许放没管她,听着老师讲的课,在课本上记着笔记。

林兮迟的注意力不自觉被他吸引了过去。

往常两人一起上这门课的时候,她要么倒头就睡,要么就在干别的事情,很少去观察他的动静。

现在这么一看,林兮迟发现他前面也做了不少笔记。

清隽利落的字迹,整齐又密。

按照他这状态，林兮迟也能联想到他上别的课的时候，是什么样子的了。

林兮迟放下手中的笔，忽地抓住他的左手，像是在逗他玩一样，把玩着他的手指。

许放眼也没抬，下意识回握住，抓住了她的几根手指，用力道固定着。

两人的力气差距太大。

林兮迟完全动弹不得，便伸出另外一只手一根一根地掰开他的手指，等她把第五指掰开，许放又同时重新握住。

反反复复，周而复始。

林兮迟的耐心格外好，连掰了四五次，兴致仍旧很高的样子。正准备等许放再握住，让她掰第六次的时候，他突然没动静了。

她抬头。

就见许放一双眼漆黑又沉静，唇线绷直。看上去像是被她影响到了，模样不太高兴。

"别闹了。"

林兮迟眨眨眼，有些疑惑。

许放的眉眼舒展开来，语气吊儿郎当的又带了点报复性。

"比起你，我对学习更感兴趣。"

差点儿被他的话打击到，林兮迟睁大眼睛，正想指责他。

老师注意到两人的小动作，用眼神示意："这边这个女生，起来回答一下问题。"

话音落下，林兮迟回过神，看向老师的方向，跟他的目光撞上。她闭了闭眼，认命地站了起来，一脸茫然。

同时，许放漫不经心地把他的书推到她面前，他用其他颜色的笔标出答案，指尖还在上边点了点，十分清晰了然。

林兮迟飞速瞥了一眼，瞬间有了底气，回答了问题。

老师也没刁难她，只说了句"上课不要说话"，便让她坐下。

大概是因为这件事，接下来的时间，林兮迟都非常安静。

她没了动静，反而影响了许放继续听课的心情。他侧头看向她，视线定定的。

林兮迟注意到了,也转了过来。

两人对视两秒,她又像被教导主任附身,变脸变得极快,训斥道:"好好听课。"

"……"

铃声响后,林兮迟收拾着东西,这才提起了刚刚的事情:"你刚刚的那句话……"

许放站起身,垂眼看她。

林兮迟又变回平时的模样,笑眯眯地说:"挺好的。"

许放扬眉:"嗯?"

"我发现如果你好好学习了,很多时候,还能帮到我。"林兮迟眼睛亮亮的,有点儿高兴,"我第一次回答问题要你帮忙欸。"

"……"

"我好感动啊。"

许放:"……"

一开始,许放还以为她只是因为赌气才说这话。但时间久了,他发现好像并不是那样。

林兮迟好像确实认为——

比起她,他更重视学习,是一件很好的事情。

就像是没发生过,林兮迟完全不跟他计较,之后也再没有提起过这件事情。

许放却又开始觉得浑身不自在。

也是从这天起,许放有了飞跃般的变化。

不再需要林兮迟主动去请,除了平时去晚操还有篮球队那边的训练,其余的所有时间,他基本都泡在图书馆里。

两人以前还会提早一些走,会到宿舍楼下找个小角落说说话,聊聊今天发生的事情。

但主要目的还是,没多久许放就扯过她,摁在怀里亲。

现在,这个被用来培养、升温感情的环节,却被林兮迟称为"浪费时间"。

她一副教导与劝说的模样，说得有理有据的，仿若完全对他没有了任何的兴趣，想把这场恋爱演变成柏拉图式爱情。

许放被她气乐了。

这样的情况连着发生了一个星期后。

某日，许放在体育馆训练完，坐在看台上喝水。他垂眼看着林兮迟给他发的消息，突然就来气了，臭着脸回：我不过去。

林兮迟没察觉到他的情绪，问道：啊？你有事情吗？

许放没回，烦躁地捏扁手中的矿泉水瓶，扔进垃圾桶里。他拒绝了队友叫他一起到校外吃夜宵的邀请，直接回了宿舍，打算睡一觉。

没睡几分钟，许放又爬了起来，看向手机。

那头没再找他，像是在向他无声地表达着一种自己很善解人意的意思。

许放坐在床上，深吸了口气，重新套上鞋子便出了门。

进了图书馆，许放在平时的位置找到林兮迟。他走过去，站在她的旁边。

注意到他的身影，林兮迟看了过来。看到他的时候她还很高兴，弯着眼，压低声音问："你没事了吗？"

下一刻，许放冷着脸，将她扯了起来，往外边走。

……

出了图书馆里的自习室，林兮迟才问出声："要去哪儿？我的东西都还在里边呀，你得等我拿上东西才……"

许放没理她，拉着她走出了图书馆。

找了个没什么人的地方后，他这才停下了脚步，回头看她。

林兮迟被他盯得有些心虚了，讷讷问："你要干吗？"

他面无表情地明说："吵架。"

"……"

林兮迟蒙了，半晌才小心翼翼地说："你要我让着你吗？"

本来以为她会问为什么要吵架的许放："……"

林兮迟很正经地说："不然你吵不过我呀。"

许放直接忽略了她这句话，直入主题："林兮迟，你自己反省一下，你最近有多少事情做得不对。"

林兮迟本以为他是在开玩笑,但看他这么严肃,她也紧张了起来,凝神思考着,很快就想到了一件事情。她挣扎着,半响后才道:"好像没有。"

见他表情变得更难看了,林兮迟神经一绷,只能坦白。

"我前几天用你的钱买了一箱零食。"

林兮迟不敢看他的表情,硬着头皮解释:"但我不是就给自己吃的!我打算过几天就分你一半……而且你身为我的男朋友,给我买箱零食怎么了,居然还让我分给你。"

"……"他还一句话都没说。

许放还是不说话,林兮迟犹豫着,从口袋里拿出一颗糖,讨好似的往他手里塞。

"我今天带了一点儿,别的被我吃完了。"

她的骨架很小,所以手也很小。手指纤细又白皙,指尖微凉,触到他的掌心,像是带了轻微的电流。

许放扯了扯唇角,被她折腾得一点儿脾气都没了,没接也没吭声。

"你还不高兴!"林兮迟皱眉,但因为心虚,也发不出脾气来,"那我现在回宿舍拿给你——"

话还没说完,许放就剥开了那层糖纸,把糖塞进她的嘴里。他似乎有些泄气,语气硬邦邦的:"算了。"

林兮迟含着糖,嘴唇饱满红润,带着艳丽的色泽。

她舔了舔唇,眨着眼看他:"……你不生气了?"

许放的视线一顿,突然低声骂了句脏话。

随后他伸手扣住她的下颔,打开她的唇,重重地吻了上去。

感觉到她有向后退的倾向,许放摁住她的后脑勺,轻咬了下她的舌尖,像是在泄愤,这才卷着那颗糖,退了出来。

林兮迟看着他,嘴唇里还残留着他的气息,还有糖的甜味。

她的脑子晕乎乎的,不知道为什么就被他从图书馆里扯了出来,莫名其妙开始交代了自己做的错事,然后又被他按着亲了一次。

还把喂给自己的糖又拿了回去。

——良久。

"啊,"许放用大拇指揉了揉她的嘴唇,眼睛有暗火划过,声音喑哑,拖腔带调的,带着很浓的欲念,"喂错方向了。"

"……"

"我是想自己吃的。"

呆愣了几秒,林兮迟"哦"了一下,像是尝到了甜头,低头翻了翻自己的口袋,又摸出了一堆糖。

她的表情略带期待,诚实地说:"其实我还有这么多。"

"……"

两人的柏拉图式恋爱只维持了短短的一个星期,林兮迟便受不住美色,自动缴械投降。

美色在前,她也软下心,不像先前那样每天催着许放学习了。

全凭他自愿。

期末考在不知不觉间到来。

许放的考试时间依然被安排得很晚,林兮迟还是像上个学期那样,每天去图书馆陪他复习。

考试结束后,两人回了溪城。

林兮耿已经高考完一个多月,成绩也早就出来了。她超常发挥,比以往任何一次考得都好。

在她填志愿的那段时间,林兮迟还特地回了趟家,帮着她一起选专业。

高考填报志愿是一件大事,所以林兮耿还是跟父母说了一声。知道她考得好,他们也没逼迫着她把志愿改成B大。

最后林兮耿的第一志愿填了S大的心理学。

高考完的长假期总共三个月,林兮耿在高中同学的介绍下,去了一个补习班兼职,大多时间都不在家。

国防生的每个暑假,都有一个月的集训时间。许放才回家几天,连床都还没躺踏实,就要动身过去了。

林兮迟也不想闲着,她在网上看到了一个流浪动物救助站的义工招募通知,再三确认了不是虚假广告后,便把自己的资料发了过去。

总算找到事情干了,林兮迟格外高兴,准备出门去找许放分享这个消息。

虽然许母已经帮许放准备了很多行李,但林兮迟还是想亲力亲为给他准备一些东西,让他在那边的时候能想起她。

一下楼,林兮迟就看到了许放。

她小跑着到他的面前,把手塞进他的手心里,活蹦乱跳地说:"走,我们去买东西。"

"买什么?"许放握着她的手,另一只手拿着手机在看,"吃的就别买了,我家那儿很多,你要就全拿去。"

"我也不知道,我们去看看呀!"

见她一副心情很好的模样,许放才放下手机,皱着眉说:"你这么高兴?"

"嗯。"林兮迟用力点点头,"因为我——"

许放表情一下就沉了下来,打断了她的话。

"林兮迟,明天我就要去部队了,我要去一个月。"

她愣了下,但完全没有那种依依不舍的情绪,只是低下头,掰着手指算:"那你回来了之后,我们还有一个月一起玩。"

许放扯了扯嘴角,低哼了声,语气仍有些不满:"你说得对。"

林兮迟眯着眼笑:"我会想你的呀。"

……

两人进了超市。

让许放推了辆车,林兮迟想往零食区跑,就被他拎着衣领扯了回来:"你要吃什么,我那堆全给你,别买了。"

林兮迟把自己的衣领揪了回去,问道:"阿姨给你买的吗?"

"嗯。"

"那我也得给你买一点儿,让你吃到就想起我。"

许放直截了当地说:"不让带。"

林兮迟没被这话消磨热情,表情很理直气壮:"我问过余同了,他说可以偷偷带。"

"……"许放被她弄得有些无奈,没再拦着她。

林兮迟走在前面,许放在后面推车。

她看到什么都想吃,一个劲儿地往购物车里扔。

许放看着她扔的东西,觉得不健康和热量高的就拿起来重新放回售货架上。

这么一来一回,购物车里也就装了三分之一的东西。

而后又往生活区跑,但她拿起一样,许放就在后面说:"有了。"

林兮迟拿起洗发水。

许放:"有了。"

沐浴露。

"有了。"

牙膏。

"有了。"

到后来,许放看都没看,每隔十秒就说一句"有了"。

过了半晌,林兮迟突然没了动静,也不朝前面走了,定定地站在原地。

许放懒洋洋地打了个哈欠,下意识抬头看,就见她手里拿着一包卫生巾,眼神带着犹疑。

"……"

许放的额角一抽,扯着她往别的区域走:"这个没有,但我不需要。"

"这个。"林兮迟还拿着,小跑着追他,"可以当鞋垫呀,我们之前军训不就是这样的……"

"我没有用。"许放头都没回,打断她的话,"你给我放回去。"

"……"

在超市里折腾半天,最后两人就只买了一开始林兮迟选的那点零食。

付完钱后,许放拎着购物袋,牵着林兮迟出了超市。他们没再继续在外边闲逛,上了辆公交车,回了许放的家。

许放还住在岚北别墅区,他家对面的房子是林兮迟先前的家,现在已经卖出去了,搬进了新的人家。

林兮迟快速瞥了眼，抿了抿唇，便跟着许放进了门。

许父和许母都在，此时正在客厅看电视。

林兮迟从小就经常过来，来这里就像是来自己的另外一个家，完全没有局促的感觉。跟他们打了声招呼便上了楼，进了许放的房间。

许放房间的装修风格很简洁。

白色的墙面，木质地板，标准的单人床，床的样式很奇特，带了四个很大的轮子。正上方安了两个架子，架子上摆放着各种书籍。

再旁边是书桌，床前的地上铺着一块圆形地毯。前面安了一个电视机，两个懒人沙发，还放着两个游戏机的手柄。

而且可能是当了国防生的缘故，许放的房间完全不像以前那么乱。被子会被他下意识地叠成豆腐块，桌上的物品有序整齐地摆放。

看起来十分舒服。

他的行李才收拾到一半，此时正摊开来放在地上，里边只装了一些衣服。一旁是散乱一地的生活用品和零食。

林兮迟走过去坐在他的行李箱旁边。

把手里的袋子放下，许放走到电视旁边，拿了个懒人沙发过来，扔到她身后，漫不经心地说："坐这儿。"

"哦。"林兮迟动了动，坐了上去。

她低下头，把袋子里的东西全部倒进行李箱里，然后又被许放一个又一个地拿了出来。

像是对物品的摆放位置很有"强迫症"，许放全部都要按照大小颜色来摆放。

林兮迟就坐着看他收拾行李。

看久了就有些无聊，林兮迟按捺不住想骚扰他的心情，凑过去戳他的腰。

但许放也不怕痒，一点儿回应都没给她，不为所动地继续收拾。

林兮迟又改成揪他的头发。

他依然不为所动。

她把手挪了下来，掐了掐他的脸。

许放只想赶紧收拾完，完全不理她。

林兮迟闹人的时候什么办法都能使出来，她脑子一转，单手撑在地上，腿上稍稍使了劲儿，从下往上。而后她仰起头，对准他的嘴唇亲了上去。

　　可惜方向没对准，只亲到了唇角。

　　这次，许放总算有了回应，动作停了下来，静静地看着她。

　　林兮迟的脑袋挡住了他看向行李箱的视线。

　　她露出一个狡黠的笑，用空着的另一只手把他刚刚收拾好的东西弄乱，随后向后一退，想起身逃跑。

　　是典型的干了坏事就想跑的样子。

　　可她还没起身，许放立刻握住了她的脚踝，喊了句："回来。"

　　他一双眼点漆似墨，将她往他的方向拽。

　　林兮迟抬眸。

　　也许是做贼心虚，此时，在她的眼里，许放的这副毫无情绪的模样看起来就显得异常凶神恶煞。

　　像是要把她打一顿。

　　林兮迟挣扎着，格外识时务，立刻开口求饶："屁屁别生气，我帮你收拾……"

　　许放没说话，松开了她的脚踝，另一只手拉住她的手腕，把原本耍赖着躺到地上的林兮迟半拉了起来，让她落入自己怀里。

　　手掌挪到她的背后，重重按着。

　　画面停止了几秒。

　　林兮迟咽了咽口水，正想着解救办法的时候。

　　许放忽地把脸凑了过来，声音低沉，还残存点凶恶的感觉。

　　"——刚刚没亲到。"

Chapter 12: 52.零

听到这话,林兮迟停止了挣扎,睁着大眼看他。她的眸色很浅,在灯光的照射下显得清澈明亮,一望能见底。

她安安静静地坐着,像是在等待着他的动静。

然而许放没再继续下去,指尖在她的手腕上一点一点地摩挲着,瞳色略沉,暗示的意味很明显。

两人的距离极近。

林兮迟的鼻尖几乎要擦到他的鼻子,能清晰地感受到他的气息,温热而带着熟悉的薄荷味,散发着男性荷尔蒙。

半响,被这样的距离和等待弄得有些焦虑了,林兮迟受了蛊惑,忍不住仰起头,想贴上他的唇。

许放反应很快,把头仰得更高。

林兮迟的眼睛眨了下,没反应过来他是在躲,单手撑着他的腿又继续往上。

这次许放干脆单手压着她的头顶,不让她动弹。

见状,林兮迟纳闷儿地缩回去,指责他:"你刚刚还说没亲到,现在又一副死活要保护贞操的样子,你是不是——"

他打断了她的话,声音微哑,眼中那团墨半点没散,越聚越浓。

"还捣乱不?"

林兮迟其实也闹够了,但想了想,还是决定先问清楚比较好:"还捣乱会怎样?"

许放的目光停了几秒,一把将她扯了过来,低声说:"没怎样。"

他咬住她的下唇,用舌尖描绘着她的唇线,力道不算重,像是在一点一点地带动着她，带着缱绻和浓厚的爱意。

许放呼吸渐渐急促了些，许久后，才稍稍把她松开，含糊不清道："能怎样？"

命都想给你了。

……

之后林兮迟也没再烦他，抱膝坐在他旁边，检查着他有没有什么漏带的东西。闲着没事时，她偷偷摸摸地塞了几个东西进去，很快就被许放发现，又拿了出来。

就这么磨蹭来磨蹭去，这行李整理了将近一小时。

看着他把行李箱的拉链拉上，林兮迟才放下心，起身到他的床上，用脚尖钩起被子，把他叠的那个豆腐块被子弄乱，然后趴在床上，晃着两个脚丫子玩手机。

许放从厕所出来，瞬间就注意到被她弄得一团糟的床。他没去管，站在她的旁边说："起来，送你回去。"

林兮迟没动，双脚继续晃着："我今天不回去呀，我跟外公说了。"

许放疑惑："你不回去？"

"我明天可要送你去机场，你早上的飞机，一来一回跑好麻烦。"说到这儿，林兮迟回头看他，像是在嫌弃他的大惊小怪，"而且我们又不是没一起睡过。"

"……"

许放觉得他现在说一句她能顶个几百句。

他没说什么，瞥了她几眼便拉开门出去，半天都没回来。

林兮迟玩了会儿手机便觉得无聊，躺在床上等他，却一直不见人影。她疑惑地爬了起来，走了出去。

许放家的格局跟林兮迟家之前的那个房子差不多，二楼都是四个房间，其中一个是主卧，再除开许放的房间，剩下的两间分别是书房和客房。

此时客房的门开着，许放正在里边铺着床，他的动作不算熟稔，所以做起来有点儿慢，现在还在套枕头套。

林兮迟走过去蹲在他的旁边，双手半握拳捧脸，小声道："我睡这儿?"

许放低着眼说:"我睡。"

"那我睡你房间吗?"

"嗯。"

林兮迟没说话了,就一直蹲在他的旁边看他干活。

许放用眼尾看她一眼。

他真的觉得,自从在一起了,每天他都在伺候这个祖宗。以前他从来没做过这些事情,现在倒是越做越得心应手。

把被芯塞进被套里,许放站起来,用力地甩着被子,想把被芯铺平,却怎么都不太对劲。他的眉头皱起,直接将被子平铺在床上,想看看哪里出了错。

与此同时,林兮迟捶了捶蹲麻了的腿,提醒他:"你刚刚装错了,这被子是长方形的,你没有对好,你把长的弄到短的那头去了。"

许放看着被子,顿了几秒后,看她:"你刚刚怎么不说?"

林兮迟站起身,笑嘻嘻地说:"我想看你再装一次。"

"……"

之后许放便黑着一张脸到浴室里去洗澡。

林兮迟下了楼,到客厅去找许父和许母聊天,顺便跟他们说一下自己今晚在这儿睡的事情。

听到这话,许母立刻扯着许父站了起来,摆出一副要去给她拾掇一下房间,让她今晚能睡得舒服一点儿的架势。

林兮迟连忙拦着,告诉他们许放已经收拾好了。

听到这话,许母更不放心了,扯着许父风风火火地上楼,没走几步又折了回来,捎上了林兮迟。

许放的父母跟她父母不太一样,性格不同,对孩子的教育方式也不同。

林父和林母对孩子的要求相对严格一些,会给她们规划每天的时间表,会要求她们考试要考到多少分,排名要排到多少位。

而许父和许母对许放完全没有这样的要求,比起他的成绩,他们似乎更在意他的兴趣爱好,他在学校里过得开不开心,跟他的相处方式也像是对待朋友那样。

从小林兮迟就很喜欢他们。

以前她没多羡慕,现在突然就有一点点羡慕了。

林兮迟站在门旁,看着二老在客房里翻来覆去,像是想找出许放没收拾好的地方,不免觉得有些好玩。

好半晌,许父终于在床沿上抹到一层灰,松了口气,摇着头叹息。

"唉,这小子还是不行啊。"

许放恰好回来,看着他们挤在一间房间里,眉头隆起:"你们干吗?"

二老也没继续在这儿待着,只是嘱咐着林兮迟今晚去许放的房间睡,把这个脏房间留给许放。

等他们走后,许放又问了一遍:"你们刚刚在说什么?"

林兮迟很诚实地说:"说你不行。"

"……"

他刚洗完澡,没有用吹风机吹干头发的习惯,发梢的水珠还顺着脸颊和脖颈向下流。眼珠子墨黑染着水汽,唇色都红艳了些。

但脸色却又黑了一个度。

许放冷着脸,似乎想反驳些什么,但却什么也没说,自顾自地走进了客房。

林兮迟也不在意,走回了许放的房间,从自己的包里拿出带过来的换洗衣物,进了房间里带的卫浴里。

洗完之后,林兮迟用毛巾把自己的头发擦干了些,从浴室的柜子里翻出吹风机,出了房门,往客房的方向走。

许放的头发已经干了大半,此时正躺在床上玩手机。

林兮迟走过去把他的手机拿了过来,替换成吹风机,爬上床,盘腿坐在他的面前。

他的眼皮抬了抬,淡声道:"不吹了,快干了。"

闻言,林兮迟顿了顿,慢吞吞地说:"我是叫你帮我吹。"

许放:"……"

他深吸了口气,在原地挣扎了半秒后,一把抓过她往身前按,把插头插在旁边的排插上,似是气笑了。

"我真是上辈子欠了你的。"

林兮迟下意识地转头看他:"那你还了吗?"

还没等许放说话,她又道:"没还的话就这辈子还吧,你上辈子欠了我十个亿。"

"……"

"按照通货膨胀,给你打个折,你现在得还我一百个亿。"

"……"

在客房磨着许放说了半天的话,直到十一点林兮迟才回去睡觉。她虽然不认床,但不知道为什么,今天就是格外精神。

她翻来覆去,最后还是拿起了放在床头柜上的手机,深思熟虑地给许放发了条消息:深夜聊天吗?

许放回得很快:……

林兮迟歪着头开始自夸:我,漂亮,年轻,身材好,萝莉音,有兴趣吗?

许放:没有。

"……"

林兮迟皱着眉,反着说:我,丑陋,苍老,飞机场,大叔音,有兴趣吗?

许放:有。

许放:我女朋友就这样。

林兮迟:……

许放订的航班在上午九点。

因为要提前一个小时到,所以两人六点多就起来了。

许父和许母九点钟才上班,虽然许放没让他们送,但他们还是早早地起来把早餐做好,之后又提心吊胆地问着许放有没有漏带东西。

原本安静的早上也显得热闹了不少。

两人七点半左右便出了门,拦了辆出租车,上了车。

很少见地,许放似乎也格外不放心的样子,话都比往常多了些,不断地嘱咐着她各种事情。

"就一个月,你别到处乱跑,晚上记得不要一个人待外边。"

林兮迟告诉他："我要去流浪动物救助站当义工。"

"那你自己小心点，不要受伤，如果回家太晚的话你就叫蒋正旭来接你。"许放挠了挠头，没反对她去做自己想做的事情，语气是很少有的温和耐心，"我已经跟他说过了，你有事给他打电话就行。"

林兮迟觉得哪里怪怪的，但又找不出来，只能点头。

想了想，许放又问："你爸妈最近有没有找你？"

"没有。"林兮迟没瞒着他，"就上次打了电话，跟我说他们在B市太忙了，等安顿好了再给我打电话。"

"你如果觉得不开心，"许放的表情看上去很烦，"啧"了一声，"反正你别像之前一样自己一个人去喝酒，叫你妹一起。"

车子刚好到机场。

两人下了车，许放到后备箱拿出自己的行李箱。

林兮迟终于觉得哪儿不对劲了，讷讷道："你干吗，怎么整得像我这一个月都联系不到你一样？"

"差不多，过去要交手机。"许放走过去牵着她，又补充了句，"每周应该能给你打一次电话，还没确定。"

林兮迟"啊"了声，张了张嘴，呆在原地。

许放拉着她往机场里走，没走几步路，后边的林兮迟突然停下了脚步。

不动了。

许放回头看。

就见林兮迟此时正低着头，掰着手指，不知道在算些什么，过了半分钟才抬起头来，不敢相信地问："所以你去一个月，就只能给我打四次电话？"

还没等许放应下声来，林兮迟整个人往他怀里扑，像是八爪鱼一样黏在他身上。

一瞬间，机场的入口对她来说就像地狱之门一样，林兮迟憋着气，将他往来的方向拖。

"那你还敢去！"

此时还不到八点，人流量很多。机场门口人来人往的，旁边是马路，有些车靠边停着，能听到几声鸣笛。

完全不在意别人的目光，林兮迟双手缠着许放的腰，死活不让他往机场那边走。

她的本意是想直接拦辆车，只把许放塞上去，箱子都不要了，赶紧离开这个地方。但她费了好一阵儿的劲，还是扯不动他。

如果她有个棍子就好了，林兮迟想。

那她现在可能会直接把他打晕，绑着走。

许放站在原地，纹丝不动的，垂着眼看她。

良久，林兮迟也不动了，突然就觉得有些委屈，鼻子一酸，把脸埋在他的胸膛前。

许放觉得不太对劲，单手扶着她的后脑勺往后拽。

两人的视线撞上。

看到她的表情后，许放的心情瞬间变得更糟糕了。

跟刚刚笑得没心没肺的模样完全不一样，林兮迟的表情垮了下来。

她的嘴唇轻抿，嘴角微微向下耷拉，鼻翼小幅度地抽着，就连眼眶里也慢慢地浮起了一层水汽。

像是要哭了。

许放的眼神僵住，板着一张脸，语气格外生硬："敢哭？"

顿了顿，林兮迟吸了吸鼻子，眼睛一眨，像是跟他作对一样，豆大的眼泪一颗又一颗往下掉。

"……"许放忙手忙脚地帮她擦掉眼泪，"就为这点破事儿哭，我就去一个月，八月我就回来了。"

林兮迟不吭声。

"不是你说的吗？"许放想了想，提起她昨天说的话，"还有一个月一起玩。"

闻言，林兮迟垂着头，声音低低的，还带着点儿哭腔。

"那不一样。"

"哪里不一样？"

她不看他，语气是难得的任性："反正我不想让你去了。"

许放完全没想过她的反应会这么大。

先前林兮迟一副完全没关系的样子，他虽然内心有点儿别扭，但因她的反应，他还算是放得下心。

此时她这副模样，许放忽然就不知道该怎么办了。

他想狠下心提醒她。

这一个月，比起他往后要在部队待的那八年，只能算是沧海一粟。

以后他们分开的时间，不会变少，只会成倍成倍地增加。

那以后她又该怎么办？

可许放说不出口，只能耐着性子跟她讲道理："这个是必须去的。我不去的话，我这一年大学就白读了。"

听到这话，林兮迟沉默了几秒，很快便"哦"了一声，也不哭了，自己拿着纸巾擦眼泪。随后主动牵着他的手，闷闷地说："那走吧。"

许放侧头看她，不知所措地抓了抓脑袋。

两人走进了机场里。

林兮迟被他牵着，走在他的后边，依然一副情绪很低落的样子。她的眼睫下垂，腮帮子稍稍鼓起，许放也看不出她现在到底在想些什么。

许放用舌尖舔了舔唇角，还在想着怎么哄她的时候。

林兮迟突然开口喊他："屁屁。"

"嗯？"

"你——"林兮迟语调稍扬，听起来有点儿凶，但又突然停住，有种急刹车的感觉，话锋突然转到了别的上面，"你长得好看，过去那边不要拈花惹草。"

许放："……"

那边应该全部都是男人。

林兮迟的声音还带着浅浅的鼻音，又软又糯，面上却板着，秀气的眉毛也蹙了起来，不像是在开玩笑的样子。

许放把嘴里的话咽了回去，应道："知道了。"

办理完托运后，林兮迟跟着许放一起到了安检口。

许放微不可察地叹了口气，吻了吻她的额头。

"等我回来。"

……

林兮迟回了家。

外公此时正在客厅看电视，跟他打了声招呼后，林兮迟便跑回房间，窝进被子里。

闷在里头半分钟后，又开始掉眼泪。

等被子里的空气变得稀薄了，林兮迟才露出脸，边哽咽着边说："气死我了。"

猛地把被子蹬开，林兮迟爬了起来，走到书桌前，从左侧的柜子翻出一个本子。她的眼里还含着泪，止住了哭声，把本子翻到最新一页。

以前的每一页，林兮迟都是认认真真地，一笔一画地，整整齐齐地写下当天跟许放发生的事情。

但今天不一样。

从她的字迹里不再能看出少女的情怀，只剩下满腔的怒火。

字的形状也不再小巧娟秀，而是拉到最大，力道也不轻，几乎要把纸张划破。

像是鬼画符一样地写：

——许放是白痴。

写完后，林兮迟盯着那四个字看了半晌，又觉得骂的力度不够，补充了一个字上去：

——许放是大白痴。

林兮迟想起许放之前在别人面前说的那句"白痴的迟"，倏地更想哭了，抽着鼻子在一旁加着字：

——我才不是。

2012年7月13日，在一起的第263天。

今天许放去集训了，下个月10日才回来。

虽然我从放假开始就知道他要去集训，但我不知道那边会这么严格，连手机都不让用。重点是他也没有跟我提过，完全没有。

要是他早跟我提，我上个星期就会少睡点觉，多花时间去找他玩，甚至昨天晚上，我肯定也会偷偷爬到他的床上去找他聊天的。

我才不会把时间浪费在睡觉上面。

刚刚在机场时，我是想骂他的，但我忍着了。

我反而夸他长得好看了。

我真是宽宏大量。

毕竟接下来我跟他要分开一个月。这一个月里，他只能碰四次手机。我不能花这个工夫来跟他吵架，这也太浪费时间了——

我决定等他回来了再吵。

下了飞机，许放给父母和林兮迟发了消息，告知他们自己已经安全到达。之后按着学校给的信息，到附近上了辆大巴车。

位置很偏，坐过去还要好几个小时，一路上磕磕绊绊的，车子也摇晃得厉害。

窗外的黄沙飞尘铺天盖地，天空像是蒙了一层雾，迷迷蒙蒙的。大巴有些闷热，格外安静，乘客多是在睡觉和玩手机。

想到临走前，林兮迟独自一人站在原地，身陷人海之中，所有的热闹好像都跟她没有任何关系。而且，往后也可能会频繁有这样的时候。

许放低着眼，声音轻得像是在叹息："怎么办啊……"

还没等他深想，手机铃声响起。

林兮迟给他打了电话。

许放回过神，插上耳机，接了起来。

林兮迟的声音顺着电话传来，似乎已经恢复正常了，说话时的尾音会像平时那样稍稍扬起。话很多，每句话都像是带着笑意，让人听了心情就十分愉快。

"屁屁，你现在在哪儿呀？"

"车上。"

"啊——"林兮迟的声音压低下来，"那旁边是不是有人在睡觉？"

"嗯，我戴了耳机。"

"那你就别说话了！听我说就好了。"林兮迟笑嘻嘻地，"我跟你说，我收到那个救助站的短信了，让我明天下午过去。"

"嗯。"

"我明天去看看！"她的声音很兴奋，"然后回来我给你打电话，哦不对，我给你发短信，然后你有时间就能看到了，我就不用挤在同一天跟你说所有的事情。"

许放的嘴角扯起一个弧度："好。"

"这个救助站在西区那边，有点儿偏，那我明天早点儿出门好了。"林兮迟就说着一些琐屑的小事情，嘴巴不间断，像是没人打断就永远停不下来，"对了，屁屁，我刚刚上网查了，好像说部队生活很艰苦……"

呼吸滞了滞，许放哑声说："嗯？应该还好。"

林兮迟那头一顿，小心翼翼地给了他一个建议："要不，我现在去接你回来？"

"做梦呢。"许放轻笑了声，语气又恢复平常，带着惯有的吊儿郎当，"就等着我回去伺候你。"

等许放下了车，林兮迟才磨磨蹭蹭地把电话挂了。没过多久他便发了条消息过来，告诉她自己交手机了。

林兮迟在屏幕这边"哦"了一声，没有回复。

此时林兮耿已经回家了，坐在旁边看她。

见她一脸忧郁，林兮耿突然良心发现，想安慰她几句的时候，林兮迟猛地放下手机，扬起头说："好，我也有自己的事情要做。"

"啊？"

"我明天去救助站当义工，空闲时间我要用来学习或者陪外公。"林兮迟抿了抿唇，正经地说，"我才没那个闲工夫去想许放。"

"……嗯。"

"我可说真的。"林兮迟站起身，开始翻衣柜，选着明天出门要穿的衣服，边强调着，"在我这儿，许放排不上号。"

林兮耿："……"

希望她能撑过三天。

之后林兮耿也没再管她，拿了套换洗衣物便去洗澡了。

洗完后，回到房间。

大灯已经被关上了，只开着床头的灯，昏黄的光线衬得室内温馨又静谧。林兮迟坐在床边，手里不知道抱着本什么东西。

林兮耿瞥她一眼，也没多好奇。她把头发擦得半干，顺手从柜子里拿出一瓶新的洗面奶,这才回到浴室里去吹头发。

等她再回来的时候,就看到林兮迟正在撕着纸张。

林兮耿愣了下,这下才被吸引了注意力,凑过去看。

"你在干吗?"

这才发现林兮迟抱着的东西是一个日历本,一天撕一页纸的那种。

此时她已经撕到了八月九日。

听到她的声音,林兮迟的动作顿了顿,注意到眼前的日期,没再撕下去。随后,她转头,笑眯眯地看向林兮耿:"许放明天要回来了。"

"……"

不说两人现在已经在一起快一年了,就算是以前,他们还没有这层关系的时候,林兮迟和许放也从来没有分开过这么长的时间。

林兮迟早已习惯了每天发生了什么事情,都第一个跟许放说;或者有事没事就去他面前找存在感,等他生气了再开始哄。

在她的心里,许放整个人都站在不能缺少的那个区域。

他被收了手机,就像是有道屏障将两人完完全全地分开来。

让林兮迟的心情有些空落落的。

看她还在撕日历本上没撕干净的纸屑,林兮耿开始火上浇油。

"要我再给你买三十本日历吗?"

林兮迟眼没抬,慢吞吞地把刚刚撕掉的纸整理好,夹回了日历本里。她拍了拍脸,试图将刚刚那副魔怔的样子拍正常:"二十七本就够了。"

"不就去一个月嘛,"林兮耿表情带了点儿嫌弃,翻出旁边整理的教案来看,"真不懂你们这些谈恋爱的人。"

房间安静下来。

几分钟后,林兮迟突然喊她:"林兮耿。"

她的声音低落下来:"我有点儿难过。"

闻言,林兮耿看了过去,郁闷道:"就一个月,你大学去源港那边,几个月见不到我也不见你这么丧。"

"可我可以给你打电话。"林兮迟揉了揉眼睛,神情呆滞地说,"许放今天跟我说,如果他不去的话,这一年大学就白读了。"

"是啊,哪能说不去就不去的啊。"

似乎觉得这话不太好，林兮迟犹豫了下，还是小小声地说了出来："我都想让他直接别读了，以后我养他。"

"……"

林兮迟的语气更低了，很实诚："可我养不起。"

"……"

"所以他还是继续去吧呜呜呜。"

"……"

另一边。

许放扛着行李箱走进安排好的宿舍里。

八人间，上下铺。没有空调，只有两个三叶扇挂在天花板上，此时都开着，偶尔发出"咯吱咯吱"的响声。

人已经来齐了，挤在这狭小的室内，十分闷热。

全是许放认识的人。有些坐在床上，有些在地上收拾行李，都杂乱无章的，一群人大大咧咧地说着话。

许放蹲在地上，随着"刺啦"一声，行李箱打开了。

几套衣服，一些生活用品，半箱的零食像是散发着金灿灿的光。

原本吵闹的室内瞬间安静了下来。

一秒，两秒。

突然有个男生开口道："许放你带这么多吃的？"

这话像是号召一样，其他人猛地扑向他的行李箱，如同饿了几天的狼，随手拿了几包就走，还没过半分钟就将行李箱一扫而光。

"……"

许放的额角一抽，低骂了几声，也没什么动静。他对零食没多大兴趣，也是因为林兮迟想让他带才带的。

房间顿时又多了吃东西的咔嚓声，伴随着余同的声音："唉，要过一个月的原始生活啊，我感觉我女朋友要跟我吹了。"

"别对自己有什么误解成不？"另一个男生抢过他手中的零食，"要跟你分也只是因为你长得太丑了好吗？"

"滚！你还单身呢！"

他们的动静太大，还撒了几片薯片出来，掉到许放的行李箱里。

许放侧头,表情阴沉地盯着他们两个。

余同还拿沾着薯片碎的手推了把他的脸,嗔怪道:"放哥,你这么小气干什么,不就几片薯片吗?"

另一个蹲到地上,把那几片掉落的薯片往嘴里塞:"这不是吃了就好了嘛。"

许放:"……"

才刚来,他就想回去了。

林兮迟要去的那个流浪动物救助中心在溪城的西区,位置很偏,公交车不能直达,下了车之后还要再走半个小时。

按着导航走,林兮迟擦了擦汗,觉得整个人都要冒烟的时候,才终于找到了救助中心的基地。

面积不算小,"U"字形的平房,中间有块很大的空地,两侧都是猫舍狗舍,里边关着很多不同品种的猫狗。

这里装修简陋,看起来很旧。房子的外层掉漆,墙面也开始掉皮。因为有上百只动物,房子里味道很重,十分难闻。

此时已经来了十几个人,正围在一起说着话。

他们的面前站着一个女人,留着一头短发,看上去像是这里的负责人。她手中拿着一个本子,不知道在跟他们说些什么。

余光注意到林兮迟,女人望了过来,随后往本子上一看,不太确定地问:"林兮迟吗?"

林兮迟点头。

女人露出个笑容,肤色偏黄,看上去很年轻又精神:"都到齐了。我先自我介绍一下,我叫于霓,是这家救助站的站长。"

接下来几个老义工也跟着自我介绍了起来。

"那我们现在就开始了啊,先分工一下。"于霓指了指平房的方向,"我们的日常主要就是,把别人捐赠的这些狗粮和日用品搬进基地里,清理一下狗舍和猫舍,还有喂食。"

之后于霓便按义工的体形和意愿分配了任务。

林兮迟和其中一批人被分到外边这一块,清理狗舍。

很快,于霓从房子里出来,给他们发着手套和围裙,边嘱咐着话。

狗舍里的卫生不太好，因为空间不大，里边狗的数量又多，一地的排泄物，气味很冲鼻。

林兮迟穿上围裙，拿着工具进去清理。

救助站里的动物普遍对人有防备心，也怕人，看到她过来，原本趴得好好的狗就会往另一处跑。

只有一只狗，就一直站在原地。

它的体形偏瘦，毛色是黑的，杏色的瞳亮而清澈，但瞎了一只眼。另一只眼睛是凹陷下去的，看上去不像是天生的缺陷。

从林兮迟进狗舍开始，这只狗就不断很可怜地呜呜叫着，头也一直低着，不敢看她。

林兮迟弯下腰，也不敢离它太近，软下声音，隔着一米的距离开始哄它："你不要怕我，我下次来给你带吃的好不好呀？"

小黑狗呜咽着，没动弹。

林兮迟又跟它说了几句话，有些不知所措。

很快，于霓拿着工具，过来帮她的忙。

似乎是闻到了于霓的气味，小黑狗的尾巴摇了起来，表示着友好，但仍旧低着头，浑身似乎还在发颤。

"这只狗叫黑宝。"于霓笑了笑，蹲下来摸了摸它的脑袋，"之前被虐待过，所以有点儿怕人。"

林兮迟明白过来，迟疑着问她："你是说它的眼睛吗？"

"嗯。"于霓叹息了声，声音低了下来，"也不知道是什么样的人，能做出这样的事情。"

看着黑宝，林兮迟的心情突然沉重了起来。她默不作声地站了起来，也没再主动去靠近它，迅速地收拾完了便走了出去，收拾下一间。

林兮迟发现，不仅仅是黑宝，还有不少的狗身上，都是有缺陷的。

多是因为有缺陷，才被主人抛弃。

收拾好后，林兮迟拿着狗粮去狗舍里给它们吃。多数狗都是一拥而上，围在一起吃着碗里的东西。

只有黑宝蜷缩在角落，趴在地面上没动。

林兮迟抿了抿唇，又拿了个小碗装了一些狗粮放在它的附近。

它还是没动。

等林兮迟走出狗舍，往回看的时候，才发现它起了身，慢吞吞地走向那个碗。

林兮迟觉得自己今天去当义工，做了好事，却没有意想中的那么开心。她背上包，往车站的方向走，下意识地拨了许放的电话。

等那头传来了机械的女声，告诉她对方已关机的时候，她才忽然反应过来。

许放去部队里了。

林兮迟走到车站，上了车，才重新拿出手机，给许放发着消息。

林兮迟：我今天去救助站了，那里环境好差。站长是个很年轻的女生，人很开朗的样子，很好相处。

林兮迟：里面有只狗以前被虐待了，眼珠子被人挖了一颗，所以很怕人。我给它喂吃的，它还要等我走了才去吃。

……

林兮迟：唔。

林兮迟：时间过得好快！

林兮迟：已经！一天！了！

接下来的一个星期，林兮迟每天都会去救助站里帮忙，也开始跟于霓熟悉了起来。

看不出来，于霓已经三十多岁了。她以前在一家宠物医院里工作，后来过来这里当工作人员，时间久了便成为负责人了。

林兮迟跟她差了十来岁，但跟她相处起来也很自然融洽。

接到许放电话的那天，林兮迟正在狗舍里给狗们喂食。她把狗盆放在地上，蹲在它们面前看着它们吃东西的样子，心情异常好。

没多久，林兮迟注意到一旁的黑宝，突然想起自己好像漏掉了它。

林兮迟站了起来，拉过旁边的一个小碗，把狗粮倒了进去。

蹲在距离黑宝的一米远处，林兮迟把碗放在自己的面前，逗着它："过来吃呀。"

等了半分钟，看它没有动静，林兮迟才郁闷地说："还怕我啊？我都来一个星期了。"

"小没良心的。"说着她就想站起来了。

但林兮迟还没起身,黑宝就站了起来,动作有点儿小心翼翼,步履缓慢地走到她的面前,低头吃着她面前的狗粮。

林兮迟愣住了,迟疑地抬手,摸了摸它的脑袋。

黑宝吃着东西,尾巴却朝她摇了起来。

对她表示着友好和喜欢。

林兮迟的心顿时软得一塌糊涂。

下一刻,许放的电话就过来了。

怕自己会错过他的电话,林兮迟先前还特地给他换了个很吵的铃声,此刻把她和面前的黑宝吓了一跳。

林兮迟连忙接了起来,走出了狗舍。

恰好看到于霓走了过来,怀里还抱着一只黑耳朵的蝴蝶犬。

林兮迟跟她打了个招呼,因为接到了许放的电话,她的声音比平时高扬和兴奋了不少。

"屁屁!"

电话那头的许放顿了下,随后轻轻"嗯"了一声。

听到他的声音,林兮迟才把注意力转了回来,笑眯眯道:"哦,我刚刚没喊你,我们这儿有只狗叫屁屁。"

"……"

"我现在喊你的才算。"

"……"

"屁屁。"

那头没应。

林兮迟眨了眨眼,以为他听不清,音量提高了些:"屁屁!"

还是没应。

林兮迟皱了眉,深吸了口气,憋足后大声吼:"屁屁!!!"

话音刚落,那头便轻飘飘地传来许放的声音。

"别喊了,我不想应。"像是很不爽,他语气不善,"我就走了一周,你还认识了一条跟我同名的狗?"

"对啊！这里好多猫和狗，我都还没记全它们的名字。"找了个没人的小角落，林兮迟高兴地跟他说话，"那天站长跟我说有只狗叫屁屁，我就给记住了。"

想了想，林兮迟又道："所以我每次想你的时候，就会去找它玩。"

"……"许放顿了下，像是气得笑出了声，"那替我谢谢它。"

"谢什么？我帮你转告。"

"谢它帮忙照顾我家的狗。"

林兮迟："……"

许放扳回一局，心情顿时好了不少。他扯了扯嘴角，低声问："最近每天都去那个救助站？感觉怎么样？"

提起这个，林兮迟立刻就打开了话匣子，把这段时间发生的事情全部都告诉他，尽管先前已经在微信上跟他说过一次了。

过了好半晌，林兮迟突然想起件事情，喊他："屁屁。"

"嗯？"

林兮迟抿了抿唇，语气带了点忐忑不安和失落："你能给我打多久电话？是不是十分钟就要挂了？"

"十分钟？"许放轻笑出声，话里带了点玩味，"你当我在监狱吗？"

林兮迟没反应过来："啊？"

许放的声音懒洋洋的："我今天休息。"

他的周围极为吵闹，是一群男生的喧嚣声。在这片闹腾的背景音下，林兮迟听到他继续说："手机能用到傍晚。"

许放的这句话，就像是——

原本已经跟她说好了，每个月给她一百块钱的生活费，然后到发钱的那一天，突然告诉她，生活费提高到一百万了。

林兮迟此时激动得连话都说不出来，过了好几秒才跟他确认："傍晚才交手机吗？傍晚吗？傍晚！傍晚是几点……"

许放："五点。"

闻言，林兮迟把放在耳边的手机拿下，看了眼时间。

此时才刚过早上九点。

这么算的话，还有八个小时。

林兮迟连忙跟那头的许放说了句"你等我给你打回去",说完她便挂了电话,回到狗舍里跟狗狗们道了别。

而后跟于霓说了一声,收拾好东西就往外走。

时间尚早,林兮迟往回走的脚步却比平时都要快。

微信上,许放给她发了条消息,问她在干什么。

林兮迟一路往前走,边低头回他:我现在回家。

林兮迟:等我到家了再给你打回去。

像长了天眼一样,过了会儿,许放发过来的话看起来刻板又硬,隔着几千公里的距离在教育她。

许放:走路别玩手机。

尽管他这么说,林兮迟依然坚持不懈着走五步路就给他发一条语音。

她自顾自地说一大堆话。

到车站后,林兮迟打开书包,拿出水瓶喝了口水。见许放还没回复她,便纳闷儿道:你怎么不理我?

恰好车也到了。

林兮迟上了车,直走到最后一排的空位旁坐下。

与此同时,手机振动了两声,许放给她发了一张图和一句话。

许放:没听完。

图片上是两人的聊天窗,一排全是林兮迟发过去的语音气泡,气泡后边,还冒着个小红点。

没有听过的语音就会有个小红点。

见状,林兮迟翻了翻前边的记录,这才发现自己已经发了五十多条语音过去了,按许放发的那个截图,他才听了一半。

林兮迟百无聊赖地等他听完,想了想,提了个要求:我的每条语音你都要给我回复。

说着,她数了数气泡的个数:我给你发了五十二条,你也得给我发五十二条。

许放:……

林兮迟发了一串感叹号之后,那边一直没说话。

以为他是觉得自己这个要求太无理取闹了,林兮迟也不在意,正在把话题扯到别的上面的时候,许放给她发了个消息:1.好。

她眨眨眼,有点儿没反应过来。

许放:2.在宿舍,舍友在聊天。

许放:3.刚发手机,跟爸妈说了一声,看完你发的东西就给你打过去了。

……

许放:51.哪来那么多话?

从许放发第二条开始,林兮迟就明白过来,他是应了她的要求。

她单手支着脑袋,不想打断他,等着他把第五十二条发完。

但过了好半晌,都没等到最后一条。

林兮迟疑惑地拉到上面,点开自己最后一条语音,听了听内容:"我到车站了,现在等车。我得拿点零钱,车卡好像没钱了……"

这条很正常啊。

他怎么一副不知道怎么回复的样子。

下一秒,许放就给她发来了最后一条:52.零。

林兮迟的眉心动了动,没懂他这条回复是什么意思。

不过终于可以说话了,林兮迟感动得想哭:你最后一条回复的什么啊?我不是跟你说的我车卡没钱吗。

许放:没钱不就是零?

林兮迟一愣。

这么说好像也有点儿道理。

但林兮迟又觉得哪里不太对劲,犹豫了下,拉回去又看了眼。

她琢磨了下,零,加上前面的序号,连起来念就是——

520。

联想到这个,林兮迟手心莫名有些烫。她舔了舔唇,小心翼翼地问了句:除了这个有别的含义吗?

隔了半分钟,许放破天荒地发了条语音过来。

语气听起来不太自然。

"当然没有。"

此时家里没人，林兮迟脱了鞋子，快速地回到房间。她刚刚给许放发的第一条语音就是，等她回家之后，她想跟他视频。

许放回了个"好"。

林兮迟到镜子前整理了下自己的头发，补了个口红，再三确认没哪里不妥后，这才按了视频通话。

许放接得很快。

那头的光线不太好。

画面里的许放，皮肤又黑了些，看起来硬朗了不少。

他的旁边坐着几个人，此时都凑了过来，镜头里顿时多了四个人头。林兮迟听到他骂了句脏话，画面一晃，像是他从下铺翻到了上铺。

随后在一片模糊中，林兮迟听到他说："都给我滚。"

画面继续晃荡。

几秒后，林兮迟才重新看到许放的模样。

他的头发被剪成寸头，露出光洁的额头和耳侧。五官深邃立体，褪去几分少年气，多了点成熟的气息。

林兮迟眼睛不眨地看着他。

许放的喉结滚了滚，过了一阵子才说："你等会儿。"说完他又探出头，不知朝谁喊："把耳机扔给我。"

又是碰撞和木板吱呀的大动静。

等他插上耳机了，林兮迟才开口问他："屁屁，你在那边每天都干些什么呀？"

"训练。"

"还有呢？"

"吃饭，洗澡，睡觉。"

"……"林兮迟觉得他这个人真是无趣。

林兮迟郁闷道："你就不能说得仔细一点儿？"

"学了射击，匍匐，每天要站军姿，还有跑步。"许放的声音懒懒散散的，明显觉得这些事情没什么好说的，但她想知道便一件一件地告诉她，"哦，偶尔种菜、挑粪、养猪吧。"

林兮迟惊了："部队里还养猪的吗？！"

……

时间真是很神奇的东西。

许放不在的时候，林兮迟每天去一趟救助站，回来陪外公买菜做饭下棋，跟林兮耿说说今天的事情，再看看专业书籍，一天就过去了。

她觉得时间过得也不慢。

但一和他待在一起，好像才说了几句话，什么事情都没做，几个小时就这样过去了。就像是只想睡个半小时的午觉，一起来，却发现天都黑了。

时间很快就从早上九点到了傍晚五点。

不过林兮迟的心情已经没有上一周送许放的那天那么糟糕了，这次还能嬉皮笑脸地嘱咐他挑粪的时候不要沾到了。

许放被她气得够呛。

临挂电话之前，大概是因为快没时间了，许放嘴唇动了动，终于把憋了一天的话说了出来。

"林兮迟。"

"啊？"

"你就不能给那只狗改个名？"

"……"

每周日是许放的休息日，领导早上会把他们的手机发下来，一直到傍晚才收回。有了这一天，林兮迟也像是有了个盼头。

等待这件事情，也比原本所想的要轻松了些。

林兮迟依然每天准时早上七点半出门去救助站。

除了周日，其余的时间，不论风吹日晒，她都雷打不动过去。

她在救助站的任务也不像刚来时那样，只有清洁和喂食，现在多了一项给猫狗们洗澡和剪毛的工作。

林兮迟认识了很多新朋友，里面的动物也开始对她亲近了起来。

她很喜欢这个地方。

某天，林兮迟收拾好东西，从房子里出来，突然注意到于霓就站在旁边打电话。声音很大，听上去像是在哭。

林兮迟的脚步一顿，觉得自己如果直接过去好像有些尴尬。

她正想回到房子里头，于霓就挂了电话，整个人蹲到地上，肩膀一抽一抽的，看上去很无力。

林兮迟犹豫片刻，还是走了过去，小声地问："霓姐，你没事吧？"

于霓抬头，眼睛红着，低声说："没事儿。"

毕竟是她的私事，林兮迟没打算再问，从包里拿了包纸巾递给她。

林兮迟不会安慰人，此时也不知道该说什么，觉得自己就这么走开也不好，就傻傻地戳在她旁边站着。

于霓擦干眼泪后，拍了拍她的肩膀，示意她快回家，之后便走进了厕所里头。

林兮迟在原地站了一会儿，没多久便转身走出了基地。

另一边。

刚吃完晚饭，许放就被班长喊到屋后喂猪。

余同跟在他后头，嘴里叼着根牙签，一副吊儿郎当的模样。

猪棚由石砖砌起，顶棚由木板搭建，很简陋。

许放走进猪棚，嘴唇抿成寡淡的线，把饲料倒进槽里。

余同的双手摆出一个拍照的姿势，十分欠揍地说："我们放哥，天生就是个喂猪的料！帅毙了！"

许放瞥他一眼，没心情跟他计较，低声问："今天几号？"

"六号啊，怎么？"余同单手搭在旁边的石砖上，轻轻拍了拍，"对哦，十号回去了。这么一想，还有几天就解脱了啊。我可以回去找我的可可姐，你也可以回去找你的迟迟妹了。"

许放没说话。

"干吗？"余同伸直手，去拍他的肩膀，"这才几天，你都等不了？"

许放破天荒地"嗯"了一声，声音略沉，低声自嘲着："等不了。"

余同叹了口气："其实我也很想见我的可可姐。"

许放望过来，神情隐晦不明，像是想在他身上找到同样的情绪。

下一刻，余同话锋一转："但你能不能不要站在猪棚里，看着猪，然后摆出一副你很想念你女朋友的样子？"

"……"

"这样我会有点儿心疼迟妹啊。"

许放："……"

因为在救助站待久了，身上常常会沾上一堆毛，也会有味道。回家后，林兮迟习惯性地先洗了澡，顺带把衣服洗干净，才回到房间。

此时林兮耿正待在里头，坐在地上。旁边放着一个摊开了的行李箱，她正一样一样地往里边放着东西。

林兮耿的录取通知书在上个星期就寄过来了，毫无意外地被S大的心理系录取了。还附带着一张入学通知，八月十五日之前报到。

因为要军训，大一的报到时间要比其他年级的早半个月。

父母都不在溪城，没法送她过去，而且林兮耿一个女生，林兮迟也不放心让她自己一个人出远门。

林兮迟之前就做好了打算。

等许放回来了，让他跟她一起把林兮耿送到学校去。

林兮迟用毛巾吸着发梢的水，坐在床上看她。

"这才六号，你十四号才过去，这么着急着收拾干吗？"

"我就先把我不用的，但是要带过去的东西放进去。"林兮耿很严谨，边抬眼看她边摆放着东西，"不然会漏带的——你不要用这种眼神看着我，之前要不是我帮你收拾行李，你至少一半的东西都没带。"

"……"

林兮迟往行李箱里一瞅。

林兮耿过得比她精致多了，粉嫩嫩的一个箱子，放着惯用的洗发水和沐浴露。三个化妆袋，身体乳，香水，还有各种零零散散的东西。

二十四寸的行李箱，大半箱都是衣服，就连床上用品她也要带一套过去，再加上还放在桌上的电脑。整理起来，林兮耿至少要两个行李箱才能带得过去。

林兮迟大一报到也差不多是在这个时段。

当时林父和林母的全部精力都放在林玎身上，想着许家的那个男孩也考到了S大，两人可以做伴，也就完全没提过要送她过去的话。

按常理来说，许父和许母是绝对会亲自开车把许放送过去的。

但不知怎的，许放死活不愿意让他们送，说是都多大了还像个小孩儿一样，去个学校都要家长送过去，丢不丢人。

所以结果就是他们两个人一起过去。

从溪城到源港的距离，坐高铁大概一个半小时的时间，也不算远。

再转一趟地铁,之后便能直接到达 S 大。

林兮迟带了一个行李箱过去。

许放懒得收拾也懒得拿一路,想着带了钱就足够了,只背了个包,装了几套换洗衣物,剩余的再让家里人寄过来。

结果带着林兮迟这家伙,她那个行李箱,全程都是许放在提。

到校门口,会有学长学姐过来带他们到指定的位置报到。不同专业的报到地点不一样,报到完后便可以去分配好的宿舍放行李。

许放报到完就过来找她。

因为学校太大,怕他们找不到路,有个学长还亲自把他们送了过去。

把林兮迟送到宿舍,学长还很热情地问了句,要不要给许放带路到他的宿舍。

许放还没打算走,感谢一声后,便拒绝了。

等学长走了之后,许放就坐在林兮迟的椅子上,两只脚撑在地上,椅背往后靠,像个大爷一样,懒懒散散地指挥着她把东西收拾好。

看着她把带来的东西一点一点地放好,许放敛眉扫了一圈,很快就站起来往外走。

许放离开的时间也不算长。

大概十分钟,林兮迟就看到他回来了。

手上提着大包小包,应该都是在校内超市里买的。一套床上用品,一个桶一个盆,桶里放着洗衣液,还有牙刷、毛巾,等等。

不算私密的日用品,他都给她买全了。

这次确认她没什么缺的东西后,许放才彻底离开。

林兮迟还带着一个行李箱过来,而许放几乎什么都没带,却还是先帮她把所有需要的都买好,这才回去收拾自己的东西。

以前不觉得。

这么一想起来,林兮迟觉得许放有时候对待她的模式——

好像是在养女儿。

许放回来那天,飞机到达时间在晚上七点。

林兮迟还是照常去救助站,打算到时间了直接从这边过去。在清理猫舍的时候,她听到几个义工在讨论一件事情。

说是于霓跟她那个谈婚论嫁的男朋友分手了。

听到这事情,林兮迟还有些不敢相信。

林兮迟有加于霓的微信,也经常看到她在朋友圈提起她的男朋友,就连头像都是两人的合照,看起来很恩爱。

先前于霓还跟林兮迟提过,她跟她的男朋友是在之前工作的宠物医院认识的,到如今也差不多有七年的时间。

那个男人在一家国企工作,长相斯文,性格成熟温和,一切都是于霓喜欢的模样。

前些天,于霓还发了一条带图朋友圈,图片上是一捧鲜花和一枚戒指,意味着他们就要结束这七年的恋爱长跑,走向婚姻的殿堂了。

这还没几天,怎么就分了……

其中一个在这里待了很久的义工叹息了声,也算知道一星半点儿:"听说站长那个男朋友,一直让她不要待在这个机构。"

"啊?为什么啊?"

"这种民营机构平常的支出都是靠好心人的捐赠,还有就是义卖,或者是有偿领养,但基本是入不敷出。"

"然后呢……"

"站长的工资基本也都花在这上面。"义工说,"她的男朋友好像是希望她像以前一样,继续在宠物医院工作。那样工资稳定,而且不会像现在这么辛苦。"

"站长不愿意吗?"

"对啊,可两个人要结婚嘛。结婚要钱,婚房也要钱,以后生了孩子,什么都要钱,但她现在每个月的工资很低,除了吃住,别的都花在基地上,所以基本算是没有任何收入。"

"……"

"不过在结婚之前说清楚了,也算是比较好的结果吧。不然等之后再离,更加难受。"

去机场的路上,林兮迟一直在想这事情。

她突然感觉特别沉重。

觉得感情这种东西,真的比天气还要变幻莫测。

在一起七年的情侣，感情一直不错，前几天男方才求婚成功，今天就能翻脸不认人，头也不回地提了分手。

这就让她想到了自己跟许放，而且他们在一起还不到一年。

不过虽说是这样，可他们从小一起长大，算起来已经认识十九年了，这肯定比七年的感情要稳固很多吧……

林兮迟胡思乱想了一路，走进了机场里。

时间还没到，林兮迟就在出站口等了一会儿，思绪渐渐放空。直到看到许放的身影，她才立刻回过神，兴奋地朝他挥了挥手。

许放跟视频里的样子没差多少，板寸头，清冷淡漠的眼，棱角分明的五官，小麦色的肤色为他平添了几分英气。

他拖着行李箱走过来，身上穿着军绿色的短袖，站在她的面前。

很神奇的。

本来这个月，林兮迟还因为等待的时间有了些委屈。

但他一站在自己面前，那些情绪瞬间就消散了，就像是从未存在过。

许放垂眸看着她，几秒后，松开行李箱的拉杆，环住她的腰把她抱了起来。像称斤掂两一样，还晃了几下。

他的动作很突然，林兮迟双脚忽地就悬空，失重的感觉让她格外没安全感，下意识揪住了他的袖子。

她正想问他干吗。

下一刻，许放皱眉，神色不悦地开了口。

"还真轻了。"

Chapter 13: 还没补回来

林兮迟早上才称了体重,确实是比先前轻了一些,但也没差多少。主要是她以前总宅在家里,最近天天往外跑,每天还走那么多路,瘦了也正常。

　　她自认为这个变化是跟他去部队一个月没什么关系的。

　　林兮迟就一头雾水地看着他像是称猪肉一样,把她抱了又放下,然后又抱了一遍,最后沉下一张脸,牵着她到附近的一家烤肉店吃晚饭。

　　许放看上去没什么胃口,烤完的肉自己一块都没吃,全部放进她的碗里。

　　像喂猪一样。

　　等她吃饱了才把剩下的吃完。

　　吃完饭也差不多八点半了。

　　两人拦了辆车,直接回了许放家。

　　此时许父许母刚换好衣服,似乎要出去一趟。打开门,看到许放和林兮迟,他们瞬间瞪大了眼,突然反应过来:"哦,儿子今天回家啊。"

　　语气平静得像是在说:哦,今天晚饭好像少做了一道菜。

　　简单打了声招呼,他们便爽快地出了门。

　　林兮迟站在旁边,默默地看着门关了,才小声问:"你现在不受宠了吗?"

　　许放瞥她一眼,没说话。

　　两人上了楼。

　　林兮迟走在前面,许放提着行李箱跟在她后面。

进了房间，林兮迟习惯性地坐在电视机旁的懒人沙发上，打开电视，摆弄着面前的游戏手柄。

许放把行李箱放在门旁，也没急着收拾。

随后，林兮迟听到关门的咔嗒响，伴随着"叮"的一声，是锁门的声音。

听到动静，她回头："你锁门干吗？"

许放走过去坐她旁边，面不改色道："我平时在家就锁门。"

"没吧？"林兮迟想起之前的一件事情，"我以前来找你的时候，有一次还看到你光着身子，就穿着一条短裤睡觉。"

"……"

"你当时还很生气，但后来还是没有锁门。"

"……"

许放不想听她说这些，目光沉沉地看她。内勾外翘的眼形显得格外薄情，不带任何情绪的时候，看上去难接近又可怕。

他没耐心了，脑袋一偏，凑了过去。

还没等他亲到，林兮迟突然站了起来，小跑到他的书桌前，低头看着手机。

"我手机没电了。"

"……"

林兮迟找到他的充电线，插上，看到林兮耿发来的微信时，突然想起件事："对了，屁屁。耿耿十四号要去学校，我们一起送她过去好不好？"

许放沉默着，没回答。

林兮迟纳闷儿地回头，就看到他沉着眼，一副若有所思的样子。

她有点儿奇怪："怎么了？"

很快，许放也站了起来，挠了挠头，像是刚想起来："我报名了新生军训的副连长。"

林兮迟"啊"了一声，没反应过来。

"就是。"许放走到她面前，单手撑在书桌旁边，"我也得十四号过去，带新生军训。"

房间里一时沉默下来。

一秒。

两秒。

林兮迟猛地推开他。

许放没防备,下意识向后退了两步,随后她绕到他的背后,整个人扑到他的身上。嘴唇贴近他的耳朵,一副极为不高兴的模样,用尽全力吼。

"你怎么!每天!这么多!事!啊!——"

"……"

许放觉得自己要聋了。

林兮迟的双手勾着他的脖子,又像是八爪鱼上身,缠在他身上:"我不管!这次你不能去了!我不管!"

怕她摔了,许放还得托着她的腿,忍受着她的吼叫。

"你自己想清楚,"许放咬牙切齿地说,"这是不是你叫我报名的,你自己想。"

又沉默下来。

一秒。

两秒。

像是回想起来了,林兮迟声音瞬间低了不少,但依然往他身上撒火,装作没听见他的话:"你为什么要叫屁屁?你不要叫这个名字了,你改名吧。"

不知道她为什么扯到这上面,许放也火大:"我本来也不叫这玩意儿。"

"我要给你改名。"林兮迟在他背后动来动去,完全没有下来的念头,还指示着他,"你把我手机拿过来,我要给你改名。"

"……"许放额角一抽,站在原地不动。

许放整个人正对着书桌,距离两米左右。

林兮迟挂在他的身上,单手按着他的肩膀,全身的力气都压在上边,自己伸手往那头够。

这距离,她根本别想碰到。

看着林兮迟坚持不懈地伸了一分钟的手,许放深吸了口气,满肚子火,妥协着走了过去。

还弯下腰让她能轻松拿到。

林兮迟拿上手机,飞快地解了锁,毫不避讳,就当着他的面操作。

许放看到她点开了微信,在置顶处点开了跟他的聊天对话窗,然后点进他的资料,开始改对他的备注。

原本是:屁屁。

她的动作一停,像是在考虑,很快便删掉了一个屁字。

然后加了三个字:事真多。

许放盯着看,突然有些不认识这个字了,顿了顿,在心里连起来读了一遍。

——屁事真多。

"……"

"?"

经他这么一提醒,林兮迟的记忆立刻就浮现起来了。

当新生军训副连长这事情,好像确实是她让许放报名的。不仅如此,甚至连申请表都是她帮他填的。

按正常情况来说,大学的生活会比高中时要丰富多彩个几百倍,但大多数时候,如果不是自己主动去参与,也可能会过得比高三还要枯燥乏味。

所以除了玩闹,在其他方面,林兮迟都一直在跟许放强调,一定要积极。

积极!

懒惰只会使人颓废。

但她此时实在不想承认,只觉得心里憋得慌,只觉得委屈到了极致,只觉得天底下所有人都在想尽办法拆散他们两个。

很烦躁。

许放还因为备注和刚刚的事情跟她冷脸,硬邦邦地说:"给我下去。"

"不行。"林兮迟瞬间勾紧了他的脖子,一副胡搅蛮缠的样子,"我才孤苦伶仃地熬过了一个月,你又要走半个月。"

顿了顿,她学着他刚刚的语气,像家长教育小孩一样:"你自己想清楚，你这人是不是没完没了？"

"……"

"你要不叫别人替你去吧。"林兮迟思考了下，提议着，"你可以叫个没女朋友的，你看当副连长多帅啊，肯定能吸引到很多妹子，这职位很吃香的。"

许放完全没得商量："不能替。"

林兮迟一噎，自己不占理就开始耍赖皮，把罪名怪到他的头上。

"我知道了，你是不是就是想吸引妹子？"

"……"许放真想把她扔下去。

不再听她瞎扯，许放脚步动了起来，走到床边，背靠着软垫，淡声说："十四日那天一起过去。"

林兮迟没反应过来："什么？"

"你也提前过去。"

听到这话，林兮迟眨眼，慢吞吞地松开了他的脖子，从他背上下来，恰好落到床上，表情若有所思。

似乎对这个提议十分满意，林兮迟"哦"了一声，随后又很刻意地，如同要为自己挽回些面子那般地说："既然你这么想让我过去陪你，那我就勉强过去吧。"

"……"

"我其实不是很想过去的。"

她坐在他的床上，小脸儿白净，嵌着一双像是黑珍珠的眼，红润的唇一张一合，像是幅静态画，场面却又生动无比。

许放定定地看她，几秒后才哑声道："说完了没有？"

林兮迟笑眯眯地："你相信了我的话，那我就说完了呀。"

"嗯。"他弯下腰，单膝跪在床沿，手支着一侧，另一只手抵着她的后脑勺，温热的气息扑面而来，"我信了。"

下一刻，林兮迟唇上被覆上一片柔软，她的眼睛张大了些，神志被他的漆瞳吸引。感受着他舌尖探入，卷着她的舌头缠绕，像是要一寸寸地将她吞进肚内。

许放不断地索取着她的每一个角落，没有克制力气。听到她疼得闷哼出声才放缓动作，缱绻地舔舐着。

良久后，林兮迟睁着双迷蒙的眼，嘴唇烫而发涩，传来点点刺疼。她回过神，看着他的眼神带了谴责。

许放轻笑了声，指腹轻轻刮着她的唇，眼神隐晦不明，很快又吻了上去。

"还没补回来。"

……

因为这事，在接下来的时间里，许放一靠近林兮迟，她就会立刻警惕地跑开，眼神像是在看一个禽兽不如的家伙。

许放心情很好，并没有计较她的行为。

时间也不早了，许放换了身衣服，打算送林兮迟回去。

一路上，他听着林兮迟一直在责备他。

从他的房间，再到楼下，再到别墅区外——

"屁屁，你知道吗，我流血了。

"你刚刚是用牙齿亲我的吗？我觉得我嘴里全是血腥味。

"你干吗这样看着我？我也不是不想让你亲，但是你知道吗，你这个亲法就好像是……

"哦，我想到了。就好像是一条饿了半辈子的狗，突然面前掉落了一块刚烤好的肉，它就狼吞虎咽地啃。"

"……"

许放要过去牵她，林兮迟也不让，就缩着手背在身后，很认真地说："你不要让我牵着，我不喜欢遛巨型犬。"

"……"

后来许放不耐烦了，捏住她的手腕，皮笑肉不笑道："你这形容没什么错误，我就是饿了半辈子了。"

他的狠话还没放出来。

林兮迟突然收住声，表情欲言又止，没多久便出声提醒他："你今年才十九岁，那你的一辈子就是三十八岁吗？"

"……"

许放觉得自己要被她气吐血了。

089

"那不行的,我可都想好了。"林兮迟不太满意他的话,这下倒是主动过去牵住他的手,"我不打算活太久,活个一百岁就好。"

许放因她这话笑出声:"这还不久?"

"你比我大三个月,"林兮迟没搭理他,歪了歪脑袋,决定下来,"那你就活个一百岁零三个月吧。"

似乎觉得这就是一句很普通正常的话,林兮迟说得平静,也不大在意,却在许放的心里打下了一个重重的水花。

涟漪一层又一层,无休无止。

许放愣了愣,忽地笑了下,应道:"行。"

没过多久,林兮迟聊到了今天听说的事情上:"对了屁屁,站长跟她男朋友分手了。"

怕他不记得了,她补充:"就我之前电话里跟你说的,我还跟你说了她答应她男朋友求婚的那个。"

"嗯。"

"他们在一起可七年了。"想起这事,林兮迟的心情又低落起来,"而且我看他们感情很好的,求婚成功但还是分了。"

许放静静地听着她说。

"反正好像是,站长想继续在那个救助站工作,她男朋友不想让她做这个,因为觉得做这个又辛苦又没钱,然后就分手了。"

"……"

"屁屁,如果毕业之后,我也去救助站工作。"林兮迟踢着地上的小石子,慢吞吞地,磕磕巴巴地说,"如果到时候我也很穷,就很穷很穷……"

许放瞥她一眼,打断她的话:"你什么时候不穷?"

"……"好像也是。

"你毕业之后想去做那个?"

"没有,我就说说而已。"林兮迟是有什么说什么的性子,这话也只是随口一提,"反正你不嫌我穷就好了,我就可以一直穷下去了。"

"……"

良久后。

"林兮迟，"许放突然开口，声音轻而寡淡，"我以后的职业也不是什么能够大富大贵的职业。"

林兮迟"啊"了一声，说："我知道啊。"

"明年、后年的暑假，大四的实习，我都要去部队集训。还有毕业后……"许放顿了顿，哑着嗓子说完，"会分配到部队八年的时间。"

这次她没再回应，脑袋垂了下来，过了好半晌才讷讷地说："如果你考研究生呢？是不是就可以不去了？"

"都一样。"许放扯了扯嘴角，"毕业了都要去。"

"哦，到时候也像之前那样，每周休息一天吗？"

"还不确定。"

安静片刻。

"反正还有三年，还有那么久，"林兮迟别开视线，情绪不太好，"你现在别跟我提这个了。"

许放看向她，按捺着眼里涌动的暗流。他低眸，捏了捏林兮迟的手，唇线抿直，难得听进了她的话，没再继续说下去。

一经许放开诚布公地提起了这事儿，就像是有个什么东西堵在林兮迟的胸口处，让她喘不过气来，做什么都打不起精神。

林兮迟觉得毕业后的那八年太可怕了，像是种未知的恐惧，让她每天都提心吊胆的。

她只希望他们永远都不会毕业。

永远像现在这样，她想见他的时候，随时都可以见到。

而不是像上个月那样。

要在固定的时间才能听到他的声音，要每天倒数着能跟他说话的日子，要隔着一道屏幕才能看看他的模样。

林兮迟其实很清楚，没有许放在的时候，她也有自己要做的事情，她也能忙忙碌碌地过一整天，她也能好好地过自己的生活。

但闲下来的时候，就是会觉得格外……格外孤独。

……

最近许放发现了一件事儿，林兮迟好像变得特别黏他。

虽然她从前也算黏他，但现在的程度似乎比先前的还要翻了好几倍。

举最近的一个例子的话，大概就是——

在回学校的高铁上，林兮迟想去上个厕所，她不会让林兮耿陪她一起去，而是叫他这么一个大男人陪她过去。

而且林兮迟也不像先前那样，动不动就拿话饸他，动不动就过来惹他生气。她的性子变得很乖巧，像是一只温顺的小绵羊。

这样的转变来得极为迅速，像是突如其来的暴雨，淋得人猝不及防。

许放极其不习惯，觉得不被她气反而浑身难受。

更觉得有种雪霜欲来的压迫感。

但每次一提起她的反常的时候，林兮迟的表情立刻就变了，原本上扬着的唇瞬间下拉，看起来很惆怅，让许放无法再继续开口。

到了学校之后，林兮耿没再让他们送。说是想像别人一样，被学长学姐带路去报到，再被他们带到宿舍。

这样还能认识一些新的人。

林兮迟不太放心，想帮她把行李搬到宿舍再走时，林兮耿就已经跟着迎新的几个学长学姐走了。

两人身上也没什么行李，只有林兮迟带了个电脑，此时正被许放提着。

恰好也到了午饭时间，林兮迟和许放决定到外边解决午饭，之后再回宿舍整理东西。

给林兮耿发了条消息，问她要不要给她带午饭，很快便遭到了她的拒绝。

林兮迟也不再管，跟许放进了一家拉面馆。

点完单后，两人面对面坐下。

盯着正热情地用茶水给他烫着一次性筷子的林兮迟，许放的眼睫一动，几乎可以明确一点——

她这些日子的反常，都是因为他跟她提起了毕业后分配的那些话。

虽然林兮迟嘴上是说还有三年那么长的时间，但实际上，她应该觉得这段时间非常短。

短到像是眨眼间就过。

所以想现在对他好一点儿。

把先端上来的那碗面推到他的面前,林兮迟托腮摆着笑脸,示意他先吃。

许放拿起筷子,轻声喊她:"林兮迟。"

"啊?"

许放翻着面,也不拐弯抹角,直截了当地提:"你觉得未来的那八年很可怕吗?"

被戳破了心事,林兮迟嘴角的笑意渐收,慢慢垂下了脑袋。

"我觉得挺可怕的。"许放轻抿了下唇,停下动作,"当初只想着跟你一起来S大,但高考成绩不够,刚好够得着国防生的分数线,也没考虑太多,我就报了。"

是始料不及的话。

林兮迟抬眼,愣怔着,说不出话来。

"本来就是随便报的,但之后,我发现我还挺喜欢军人这个职业。"许放的唇角稍稍弯起,双眸望向她,"也觉得那八年的时间虽然长,但还是可以接受。"

提起这件事儿,林兮迟鼻尖泛酸,喃喃低语:"真的太长了……"

"就像你喜欢动物,想像那个站长一样,帮助流浪动物找到家;或者是想普通一点儿,到大四的时候考个研究生,然后毕业后找个宠物医院上班,时间长点就自己开家宠物诊所。这些全部,你想做什么,我都支持你。"

许放伸手,用指腹抚了抚她的眼角:"所以我想做的事情,你也开心点支持我,行吗?"

"……"

"我们以后可能会因为各自的事情分开一小段时间,但你要知道,我们的目的地是一样的。"

我们都在向同一个目标往前走。

为了同一个目标在努力着。

即使分隔两地,即使不能时时刻刻在一起。

但在不同的位置，各自拼搏，各自努力，朝一个方向奔去。

最后的最后，一定会一起到达，同一个理想的终点。

新生军训从十六日开始，一直到月底，足足训练半个月。

通常一个班就是一个排，人少的班级就和同系的另一个班合并。一个排大约有五十人，一个系为一个连。

排长和连长都是专门从军队请来的军官，而副连长由校内的国防生担任。学校的学部算起来就有六个，分出来的系别更是多，所以来担任副连长的国防生并不少。

许放被分配做心理系的副连长，即十八连的副连长。

林兮迟倒是没想过会这么凑巧，他就被分配到了林兮耿所在的连队。

因为新生数量众多，每个连被分到校内不同的地方训练，有些在操场，有些在篮球场，都是露天的场地。

心理系就被分到了篮球场。

与操场拥有的人工草地不一样，篮球场是水泥地，被太阳烤了一上午，地表温度几乎能用来煎鸡蛋。就连休息时间，学生都不敢直接坐到地上。

只能蹲着休息。

林兮迟闲着没事做，申请当了红十字会的志愿者。

每天就坐在帐篷里，胸前挂着块牌，看到训练到不舒服的学生就过去帮忙，给他们倒水、涂风油精等。

源港市的八月，太阳毒辣，林兮迟坐在帐篷里都觉得眼睛睁不开，不断地补涂着防晒，都想不起自己当初军训时是怎么熬过来的。

眼前一片片的绿色，帐篷的对角线方向就是林兮耿所在的排，十八连二排。

许放就站在那前面，身上穿着军队常服。身材高大挺拔，被衣服线条勾勒得笔直流畅。侧脸利落分明，收起了平时的懒散，看上去严肃而又正经。

就说副连长很帅啊……林兮迟趴在桌上想。

大概军训完，他就要收到一大堆学妹的微信号了吧。

距离不算近，林兮迟也不知道那边在做什么，只知道现在已经吹了休息的哨声了，但二排依然还在站军姿。

林兮耿就站在第一排，此时脸都晒红了，林兮迟看不太清她的表情。

直到离休息时间结束还有五分钟的时候，许放才放他们去喝水休息。

林兮耿拿着杯子过来，在帐篷这边装了杯凉茶，坐在林兮迟的旁边补涂防晒霜，一张脸毫无表情，也不说话。

林兮迟眨了眨眼，提醒她："你快回去吧，还有两分钟吹哨了。"

林兮耿深深地看了她一眼，想说些什么，但也不敢迟到，匆匆地喝了两口水之后，立刻往那边跑。

训练才刚开始，十八连就倒了不少人。

帐篷里十个人里有一半都是十八连的，但多是装的，林兮迟和其他志愿者也只看透不说破。

训练主要是排长在带，副连长只起一个监督作用。

林兮迟就看着许放一直在旁边监督着，偶尔会看向她所在的位置。

漆瞳沉沉，挺直的鼻梁，偏淡的唇色。军帽挡不住正对的阳光，睫毛在眼睛下方投射出一个浅浅的阴影。

因为这身衣服，身上的禁欲感成倍地叠加。

林兮迟莫名觉得口干，也不自觉灌了几口凉茶。

……

下午的训练时间从两点半到五点。

训练结束后，林兮迟垂头把东西收拾好，站起身，想找许放一起去吃饭的时候，林兮耿就先跑过来了。

她手里抱着统一用的1.5 L水瓶，摘下了军帽，头发被帽子压出了痕，脸颊都是红的，看上去累得慌。

军训已经开始两天了，林兮耿基本不会找她一起吃饭，多是跟她的舍友一起吃。此时她过来找自己，林兮迟也有些惊讶："你干吗？"

林兮耿直截了当："我要跟你一起吃饭。"

恰好许放也过来了，听到林兮耿的话，他直接把林兮迟扯了过来，眉眼稍稍抬起，神情冷淡："不行。"

"……"林兮耿望向林兮迟。

林兮迟没懂他们在争执什么："我们三个一起去吃不就好了……"

"算了我走了。"听到这话，林兮耿立刻跑了，"我走了，再见！"

"……"

林兮迟转头看向许放："你惹她了？"

许放没答，看着她也略微发红了的脸，皱着眉说："明天戴个帽子过来。"

"你把你的给我啊。"

许放瞥她一眼，没动。

林兮迟站在他旁边，蹦跶着想去拿。

他立刻抓住她的手，啧了声："别闹。"

随后用另一只手把帽子摘了下来，也没给她，就虚盖在她的头上，给她挡着阳光。

"全是汗。"

晚上的训练相对白天会轻松些，还会腾出一些时间给新生练军歌。因为之后会有一个军歌比赛，每个排都要参加。

这个时间段，篮球场的气氛就会变得格外好。

除了《歌唱祖国》是必唱曲目，每个班还要另加一首关于军队的歌曲。

有些班级是找个唱歌好听的带着唱，有些则是由教官带着唱，朴实嘹亮的歌声响遍整个篮球场。

林兮迟单手托着腮帮子，听到十八连那边似乎在闹。她从隐隐传来的声音猜测，大概是在喊让副连长来一曲。

许放才不会唱呢，林兮迟想。

果然。

没过多久，许放不知跟他们说了些什么，直接往她的方向走来。很快，十八连又响起了整齐统一的歌声。

许放站定在林兮迟的旁边，拿起她的水瓶，喝了几口水。

林兮迟坐着，仰头看他："喊你唱歌啊？"

他用鼻腔轻轻应了一声。

"屁屁,你唱吧。"林兮迟扯着他的手腕摇了摇,"你这歌声,唱了一定会让一百个想为你留灯的妹子,直接灭掉一百零一盏灯。"

许放抽开手,冷笑,用力捏了捏她的脸:"哪来多的一盏?"

她笑眯眯地:"我的啊。"

"……"

训练结束,林兮迟回了宿舍。

因为是提早来的,所以此时宿舍里只有她一个人在。

也因为还不算正式开学,国防生那边管得也宽松,许放也不用像之前那样每天十点半就关手机睡觉。

林兮迟洗完澡之后就有一搭没一搭地跟他聊着天。

去年林兮迟军训的时候,副连长是一个大三的国防生,比他们大了两届,长相却很嫩,长了颗小虎牙,笑起来格外可爱。

当时不只是他们连队的女生,就连其他连的都在想着要他的联系方式。

想到许放今天的模样,林兮迟突然觉得危机感太强了。

但她也不能直接跟许放说这事情,免得他认识到自己的优秀,心生膨胀,突然发现她配不上他,就开始想尽方法地跟她提分手。

很可怕。

思绪停在这儿,林兮迟关掉了跟许放的聊天窗,转头就找了林兮耿。

林兮迟:耿耿。

林兮迟:许放是不是被很多女生看上了?

林兮迟:你们宿舍晚上睡前会谈论他吗?

林兮耿回复得很快:会。

看到这话,林兮迟心里有点憋,又问了句"都谈些什么",这次林兮耿没再回复。过了十来分钟,她听到了有人敲门的声音。

林兮迟纳闷儿着问:"谁啊?"

打开门一看,就见林兮耿拿着一沓作文纸走了进来。

每天训练完之后,新生还要写八百字的军训报告,这一天才算过去。

林兮耿坐到林兮迟的座位上，飞快地在纸上写着流水账，边开始说："真的，我们宿舍天天晚上都在提许放哥。"

"要联系方式？"

"要个屁！"林兮耿气炸了，很快又收敛了火气，"不过一开始确实是的，她们全部都在说许放哥好帅，比别的副连长都要帅。"

林兮迟叹了口气："我就知道。"

林兮耿的话锋一转："但我们宿舍现在每天的日常就是骂他。"

林兮迟蒙了："啊？为什么？"

"超级严格，超级凶，超级可怕。"林兮耿的眼睛瞪大，语速极快，"我们私下都不喊他副连长的，我们都叫他魔鬼。"

"……"

"林兮迟，你到底为什么会看上他？我要被折磨死了！他比教官还烦人！天天就站在旁边盯着，你能不能吸引他的注意，让他少过来点儿啊。"

林兮迟下意识给许放说好话："军训都是这么严的呀……"

"林兮迟，我算是看出来了，"林兮耿格外小心眼，开始给她灌输着许放这人的负面信息，"从这些细节就能说明，许放哥这人绝对不会疼女朋友的。"

"……"

"我看别的副连长都会对女生好很多，但他完全不会啊。"说到这儿，林兮耿摸了摸额头，哭丧着脸，"我想转系了，转系是不是就能换副连长了？"

林兮迟："……"

等林兮耿走了之后，林兮迟才重新点开跟许放的聊天窗。

她思考了下，跟他说：屁屁。

林兮迟：今天一看你这样，我有了个预测。

许放：什么？

林兮迟：等军训完了，肯定没有女生来找你要微信号的，因为你长得不怎么样，你要对自己有一个正确的认识。

许放：……

许放：有病。

林兮迟：我说真的，你要好好珍惜我。

林兮迟：我，林兮迟，条件SSS级，按正常来讲，条件C级的许放是追不到SSS级的林兮迟的。

林兮迟：我给你开了个后门，友情后门，俗称友情价，懂吗？

许放：……

这家伙又发什么疯？

那天许放跟她谈了以后的事情，林兮迟其实还是听不太进去，保持着逃避的态度。

尽管觉得他说的话很有道理，但她仍然觉得那八年格外可怕，格外难以接受。

似乎是察觉到她的态度，之后许放也没再跟她提起过。

林兮迟躺在床上，准备睡觉的时候，突然就想起了刚刚林兮耿跟她说的话。

——许放超级严格。

他成为新生的副连长，是在很认真地对待这件事情。

林兮迟睁开眼，瞬间就没了睡意。

又想起许放说："所以我想做的事情，你也开心点支持我，行吗？"

可到现在，她什么回应都没有给他。

他可能，也是很难过的。

在此之前，许放好像没有什么特别喜欢做的事情。

不管是学习，还是打游戏，又或者是篮球队的事情，他的态度都懒懒散散的，总是没做多久就失了兴致。

但之前林兮迟听余同说过。

国防生在晚训的时候，因为都相互认识，有种莫名的战友情，所以在做俯卧撑、仰卧起坐这些项目时，为了让对方轻松点，报数的人总会刻意地跳着数。

一，二，三，四，八，九，十，二十……

可许放不会。

他会自己数着做完全部，十分固执地，一个不落。

从以前林兮迟就知道，许放是个特别特别耀眼的人。

安静地站在人群中，也会让人一开始就把注意力放在他的身上，但大部分也只是因为那副皮囊。

可今天他穿着那身衣服，站在那儿，做着自己想做的事情，身上的光芒像是被无限放大，散发到了极致。

——让人挪不开眼。

想了一整晚，林兮迟半夜还爬起来查资料了，导致第二天睡眠极度不足，但心情看起来却格外好。

吃早饭的时候，许放忍不住多看了她几眼，皱着眉问："你昨晚干吗去了？"

"屁屁。"林兮迟没答，认真地问他，"你毕业之后分配的地区是怎么决定的，学校分还是自己选？"

难得听她主动提起这个，许放一愣，过了几秒才回："有固定的地区。先选军种，再选地区。"

"屁屁，学校有国防生的研究生保送名额。"林兮迟来了劲，跟他说起昨晚查的东西，"本科生和研究生出去的军衔不一样，而且如果去军校读研，也算军龄。"

想到自己的成绩，许放沉默了会儿，低下声来提醒她。

"那名额少得可怜。"

林兮迟的眼睛瞪圆了，像是恨铁不成钢，声音也扬了起来："我本来还想让你把博士也读了。"

许放："……"

"你自己说要努力的。"林兮迟在桌子底下踹了他一脚，"你努力个屁！"

"……"

林兮迟抿了抿唇，固执地看着他："你说保不保？"

"……"

这是他想就能的？

林兮迟重复了一遍："保不保？"

许放深吸了口气，想跟她解释一下拿到这个名额的难度。他看向林兮迟,注意到她那骨碌碌的眼睛,里头的情绪像是在说"你不给我一个明确的回复我就当场打死你"。

他把话收回,闭了闭眼,改了口。

"保。"

一旦有了个明确的目标,所有的事情好像都变得明朗了起来。

林兮迟不再去想未来那八年的事情,因为那已经是既定的事实,再怎么想也无法改变。

事在人为。

他们只能通过自己的努力,让那八年的时间,过得好一些,过得比意想之中的更快一些。

大二学年,于泽成了学生会的主席。通过选拔,体育部的新任部长由叶绍文担任,林兮迟没有继续留任。

而许放也因为国防生训练和学业,申请退出了篮球队。

两人的生活其实没有多大的改变。

就是圈子好像变得小了一些,每天陪伴对方的时间好像多了一些,尽管多数时候都是在做各自的事情。

林兮迟的日常就是,在宿舍、食堂、教室、实验室、图书馆,还有校内的动物医院这几个地点来回奔波。

到晚上,闲下来了,她便会到操场找个地方坐下,抱着专业书籍在一旁啃。等许放训练完了,两人一起去吃个夜宵。

一天就过去了。

林兮迟没有刻意地去监督许放的学业。

许放既然给了她一个承诺,说会拿到那个保送名额,那她就相信,他一定能拿得到。

大二的暑假,许放照例到部队集训。

通过导师的介绍,林兮迟假期没有回溪城,而是在源港市的一家宠物医院实习。工资很低,但主要目的只是去学习,攒够点经验。

两人都有自己的事情要做,但离别的时间也丝毫不显得短暂。

可就是因为有了这些难熬的时间,才会显得未来的日子有多珍贵,多令人向往。

让他们在疲惫的时候，会因为这个，再度燃起动力的火苗。

大三上学期是大学四年里，课程最多的一个学期。

因为学业，林兮迟跟许放就算在同一个学校，也做不到像之前那样天天见面，忙起来的时候只能在手机上说几句话。

倒生出了几分异地恋的错觉。

宿舍的另外三人，除了聂悦，其他两人都决定毕业后直接工作。

聂悦是宿舍里唯一一个，到大三都还没脱单的人。

林兮迟和许放的感情很好，虽然每天基本都会日常地斗一下嘴，偶尔会因此吵起来，但他们的气都不会维持多久，很快就会有一方服了软。

跟她同时期脱单了的陈涵，和男朋友的关系也依然很好。

剩下的就是辛梓丹。

大一刚开学的时候，林兮迟还因为许放和摔杯子的事情，跟她僵持了好一段时间。那段时间，她每天去体育馆或者操场找许放，都会看到辛梓丹的身影。

不知从哪天起，林兮迟就再没见过辛梓丹去找许放了。

也不知道他们私底下有没有说过话。

突然有一天，林兮迟看到辛梓丹身旁多了个男生。没过多久，她身边的男生又换了一个。

辛梓丹换男朋友的速度极快，差不多是三个月就换一个。

大学两年，林兮迟见过的就有三四个。

最近，林兮迟听陈涵说，辛梓丹又换了一个男朋友，新男朋友是大四的一个国防生。两人成天黏糊在一块儿，恩恩爱爱的。

辛梓丹还在宿舍说过，这个应该是她的最后一个男朋友了。

结果这个学期还没过完，林兮迟又听到了辛梓丹分手的消息。

那几天，那个大四国防生每天都在她们宿舍楼下蹲守着辛梓丹。除非到不得已的时候，她才会下楼，但也丝毫不会心软。

任由大四国防生不断变着花样哄她，表情完全没有变化。

那天,林兮迟跟她上同一节课,当时就走在她的旁边。

她是第一次见识到,提分手的一方要是狠起来,能有多狠。之前的那些浓情蜜意似乎从未存在过,甚至不如第一次见面的陌生人。

林兮迟是见过辛梓丹和她男朋友好的时候。

好起来,他们几乎连分开一天都觉得难熬。

此时,林兮迟看到现在这个画面,不知该怎么形容,只有种时过境迁的遗憾感。

别人的事情,林兮迟向来不会主动去问。

但等那个大四国防生走了后,辛梓丹倒是主动开口跟她倾诉,语气带了嘲意。

"你觉得好不好笑?当初他跟我说,毕业后的驻地是可以自己选的,以后他可以选一个离我家那边近的,这样就会轻松很多。"

林兮迟愣了下,点点头:"对呀,这个是可以自己选的。"

"但是那是按综合成绩的排名先后选的,他那个成绩,只能选别人选剩的。"辛梓丹扯了扯嘴角,"分配到的地方我听都没听过,如果我坚持跟他在一起,我以后的日子有一半的时间,都得花在去找他的路上。"

"……"

"我可没那样的心情,把我最好的时光都浪费在他的身上。"辛梓丹越说越气,想到这几天被他纠缠着,火气更是爆发到了一个顶点,"他是不是太自私了啊?哪来的脸来找我和好?"

林兮迟也不知道说什么好,就瞎扯了几句。

"可能就是很喜欢你啊,别生气了。"

辛梓丹喝了口水,平息着怒火,声音软了下来,又提起别的事情:"对了,我最近好像没怎么看到你去找许放了啊?"

林兮迟张了张嘴,正想说点什么。

但辛梓丹好像也不是在问她,就是随口那么一说,很快便接上了别的话:"有时候倒还挺羡慕你们这样。"

大学两年,辛梓丹整个人的模样有了很大的变化。

不像刚来的时候那么内向,素面朝天,说话轻声细语的。她的妆容化得精致,烫了个大波浪卷,身上还散发着若有若无的香气。

十分有魅力。

林兮迟几乎都要记不起来当初她跟自己道歉时候的模样了。

"但爱情这玩意儿也不能当饭吃。"辛梓丹笑了一声,很理智地说,"你也要考虑清楚,跟军人谈恋爱,会比较辛苦。

"他要在部队待八年。要么你就等他八年之后,转业了再结婚,再或者是你们在这八年间就结了婚,但这又有什么用?你身边发生的不好的事情,想跟他说一下,却联系不到人,你怀孕了他不能在你身旁陪你,可能就连你生了孩子,在坐月子的时候他都回不来。"

辛梓丹语气也有些难受了:"我可受不了。"

……

因为辛梓丹这话,林兮迟搁置了自己的一大堆作业,像以往一样,到操场的老位置去等许放。

她坐的这个位置就在操场的看台处,在最上面的那排。

前方就是国防生分散训练的地方。

一群穿着统一训练服的男人,分成三队,做着仰卧起坐、深蹲,还有俯卧撑。

许放向来是最后才做俯卧撑,距离看台的位置最远。

林兮迟戴上眼镜才能看清他在哪里。

没有提前跟许放说一声就过来了,此时林兮迟也不知道他能不能看到自己,还想着他如果直接就走了,自己还能借题发挥一下。

让他拿两个鸡腿来哄她好了。

距离不近,林兮迟也没一直往那边看,玩着手机。

直到听到解散的声音,她才回过神来,抬头找许放所在的位置。人员众多,而且都穿着一样的衣服,来来去去地走,一时间林兮迟也找不到许放在哪里。

找了半天也没找着,林兮迟怕他走了,连忙站了起来,小跑着下了看台。

在包里翻着眼镜,还没来得及戴上,突然就有人从身后扯住她的帽子,力道不算重。可林兮迟没防备,就顺着力道向后倒。

倒进了一个宽厚而熟悉的怀抱里。

林兮迟抬眼,刚好撞上许放若有所思的目光。

他的手肘处搭着一件黑色的外套,身上穿的还是夏季的训练服,短袖短裤。因为是冬天,他出汗并不多,脸颊渗出细汗。

但身上的衣服还是半湿,看上去像是热到不行。

林兮迟站直起来,下意识从口袋里翻出纸巾,递给他。

许放没有接,就弯下腰,把脸凑到她的面前,低声问:"怎么过来也不跟我说?"

林兮迟抬手给他擦汗:"你怎么知道我过来了?"

"不知道。"许放淡声说,"就习惯性过来看看。"

"哦。"林兮迟没再说什么,揪住他的外套,催着他赶紧套上。

今年的冬天比往年都要冷一些,林兮迟也不懂他为什么能只穿这点儿就在这儿待那么久,看着就吓人。

许放听话地穿上。

"屁屁,你觉得你能拿到那个保送名额吗?"

"嗯。"

"到时候你就去B市那边读研了,军校管得比国防生严格多了。"林兮迟慢腾腾地说,"我已经联系好导师了,下个学期也要提交保研申请,就本校保研。"

早知道她的打算,许放侧头看她,此时也没说什么。

"屁屁。"想起今天那个学长红着眼恳求时的卑微模样,林兮迟心里莫名有点儿不好受,"辛梓丹跟你那个学长分手了,就她觉得等他转业的时间太长了,觉得自己等不了。"

许放眸色深沉,握着她的手的力道渐渐加重。

他就知道,她突然来找自己肯定是有原因的。

"其实这样直接说起来确实挺长,我们才——"林兮迟在心里默算着,"我们才认识了二十年,你就要让我等你好几年。"

"……"

"不过,"林兮迟眼睛弯成月牙儿,话锋一转,"我们是要活一百岁的。

"等这八年过去,我们就三十岁了,还能活个七十年。"

"……"

"这样算,这八年就显得好短了。"

两人刚好走到宿舍楼下。

许放紧绷着的身体忽地放松下来,扯着她走到其中一棵树下,扣住她的后脑勺,另一只手捏住她的下颌,重重地往上亲。

他的舌尖冒着寒意,毫不节制的力道,像是在惩罚。

良久后,许放将她的脑袋往胸膛一压,脸颊靠在她的耳际,说话的热气引起一阵阵战栗。

他压低了声音,一字一顿地说:"就你最会吓人。"

林兮迟回过神,在他怀里挣扎着:"我还没说完!"

"……"

"她还说了,以后我们结婚了,有可能我怀孕的时候你在部队,我生孩子的时候你也在部队,我坐月子的时候你还在部队。"

"……"

林兮迟捏着他的脸狂扯:"你想得美!"

许放莫名其妙:"我想什么了?"

林兮迟:"既然她这么说了,那我们三十岁之前就不要孩子了。"

话题虽然有些突然,但谈的内容是他们的未来,许放心底的阴霾瞬间消散。

"那就不要。"

林兮迟点点头,虽说现在八字还没一撇,但她就已经想得很长远了:"我以后如果怀孕了,你必须得在我身旁陪着我——"

光是听听,仅仅是想象那个画面,就让人心生向往。

格外盼望那天的到来。

许放的喉结滑动了下,用指尖蹭了蹭她的脸颊,笑了。

还没等他说出话来,林兮迟又一本正经地接着上边的话,说道:"然后,像伺候爸爸一样伺候我。"

许放额角一抽,觉得自己每天都在跟一个傻子谈情说爱。

见林兮迟还顶着一副让他给个承诺的表情,许放的眼睫微动,蹭着她脸颊的指尖改成了掐,力道不算小,还附带着一声冷笑。

"你见过我伺候我爸?"

林兮迟睁着眼，半下不眨，立刻点头："见过。"

"……"

"我还看到你双膝下跪，在床边给他洗脚脚。"

"……"

"以后你就这样伺候我就好。"

"……"

许放说不过她，却拿她一点儿办法都没有，皮不笑肉不笑道："是挺简单的。"

玩笑过后，许久，林兮迟的眼珠子转了转，垂下眼握住他的手。

如果她会觉得不安。

那么许放肯定也会。

长久的分离所加诸在她身上的那些不安，不仅仅只有她能感觉得到。

这些感受，是平摊给这段感情里的两个人的。

"屁屁。"

"嗯？"

"你以后会想跟我分手吗？"

"……"

林兮迟戳了戳他的脸，问道："你怎么不理我了？"

许放的表情越发难看，语气很不好："不想回复这种智障问题。"

林兮迟坚持不懈："所以会吗？"

"会个屁。"许放冷着脸，手掌抚着她的后颈，一寸寸地摩挲，声音低了下来，轻"啧"了一声，"别再提这个，敢再提一次我就——"

等着他接下来的话，林兮迟盯着他，没有说话。

许放的话顿住，想不到任何能威胁到她的话。他闭了闭眼，低下头，与她的额头相贴，哑着声说："别提了，求你。"

"哦。"林兮迟用手指去戳了戳他的眼睫毛，也像是松了一口气，"那这样的话，我们就可以一直都在一起了。"

你不想，我也绝对不会想。

那就能一直都在一起了。

设置备注

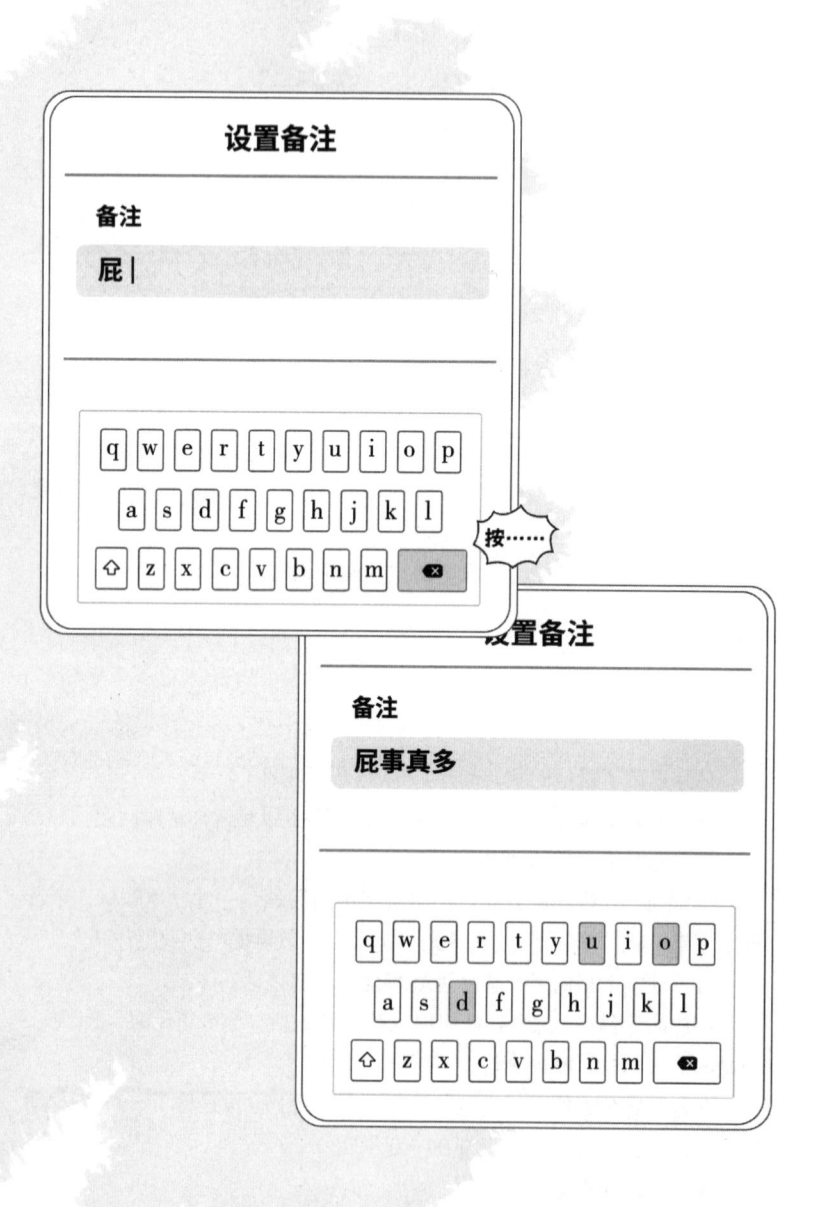

备注

屁|

```
q w e r t y u i o p
 a s d f g h j k l
⇧  z x c v b n m  ⌫
```

按……

设置备注

备注

屁事真多

```
q w e r t y u i o p
 a s d f g h j k l
⇧  z x c v b n m  ⌫
```

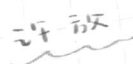

Chapter 14: 确实无法自拔

保研名单在大四上学期出来。

距离开学还没过多久，九月才过了一半。

林兮迟的保研结果比许放早出来几天，选的方向是临床兽医学。

国防生在上交了保研申请之后，还要到医院体检，体检完才会出结果。多了一个流程，结果出来的时间就慢了一些。

虽然先前就知道许放肯定能拿到这个名额，但消息真正落实下来的时候，林兮迟激动和高兴的心情仍然没有减少半分。

像是一颗一直悬着的心终于着了地。

这段时间，许放整天忙着毕业设计的事情。

国防生的选题比普通大学生的出来得要早，他们八月就开始选题，隔年三月毕设结题，而普通大学生在十二月才开始选。

在毕业之前，国防生还要再去部队两个月，统一的，就有点儿类似普通大学生的实习。

但因为这个好消息，林兮迟还是连拉带拽地把他扯到校外去吃饭。

当是庆祝一下。

许多大四的学生在这个学期就已经到校外实习，但国防生基本都还在校内。一路走去，许放还撞见了不少认识的人。

两人也没怎么纠结，就去了之前经常去的那家烤肉店。

林兮迟的心情格外好，还反常地点了两瓶啤酒。

她的酒量很浅，喝一杯就上头，两杯就醉，但酒品倒是好得很。醉酒症状就是比平时更傻了一点儿，其他都很好，不哭也不闹。

想着自己在,而且她就点了两瓶,这么算就是他们两人一人一瓶。

许放也没拦着她。

结果两瓶酒一上,林兮迟就立刻把其中一瓶抱在怀里,然后把另一瓶打开,给他倒了小半杯,之后就自己对着瓶口开始喝。

见许放神情隐晦不明,双眸幽深地看着她。

林兮迟把怀里的那瓶酒抱紧了些,咽下口里的酒,这才开始指责他:"你不要天天想着喝酒好吗?"

许放不想跟她计较,但又忍不住被她这副抠门的样子气到:"等会儿醉了别想我把你送回去。"

林兮迟瞅他一眼,不搭腔,又咕噜咕噜地灌着酒。

一副有恃无恐的模样。

她的脸颊红扑扑的,嘴唇红润,眼睛亮得像是带了星星。

"屁屁,我好开心啊。"

喝点酒有什么开心的?

许放低头给她烤肉,听到这话时,抬起眼皮看了她一眼。

"那就多点几瓶。"

"不是喝酒开心。"林兮迟低头,从口袋里把手机翻出来,给他看了一张图片,"就这个,也是我们学校的一对情侣,他们两个都拿到了剑桥的录取通知书。"

许放低眼一看,对这两个人没什么印象:"你认识?"

"不认识。"

"那你开心什么?"

"就很羡慕啊,他们是……"林兮迟打了个嗝,慢吞吞地说,"他们是两个人的智商都很高,我们就只有我的高。"

许放的动作一顿,立刻抬头,默不作声地盯着她。

"但你现在也拿到保送名额了,我就感觉,我们的平均智商没有被拉低到正常水平之下。"

"……"许放真想直接走人。

林兮迟很快就喝完了一瓶酒,又开了新的一瓶。

她这么不节制地喝,许放下意识把注意力都放在她的身上。感觉她确实并不是借酒消愁，就是很开心地在喝，这才放下心来。

两瓶酒下去，林兮迟的神志变得不太清醒，做什么事情都慢一拍，傻乎乎的。

看到许放在烤肉的时候，她还打算直接用手去烤盘上抓肉吃。

吓得许放半条命都快没了。

许放干脆走过去坐到她的旁边，一只手握住她的两只手，不让她乱动，用另一只手烤肉，烤完之后便喂到她嘴里。

把她喂饱了，许放把东西收拾好，扶起她。

结账走人。

林兮迟虽然还能走，但走起路来歪歪扭扭的，看上去就像是刚开始学走路的小孩，而且话还多，一直缠着他让他背。

怕她摔了，许放没说什么，蹲下身把她背起。

把下巴搁在他的肩膀处，林兮迟叽叽喳喳地说着话，双手还不安分，有事没事就往他脸上蹭，当成玩具一样。

许放的双手正托着她的腿，腾不开，只能在她遮住自己眼睛的时候提醒一下。

其他时间任由她折腾。

到后来，她也不说别的了，就一直喊着他。

"屁屁。"

"嗯。"

"屁屁。"

"嗯。"

……

"我喊了多少次？"

"四十三次。"

话说久了，林兮迟似乎也累了，声音听起来昏昏欲睡："屁屁。"

许放格外有耐心，低声应着："嗯。"

她把脸颊凑了过来，说话的气息喷到他的脸上，带着酒气，却一点儿都不难闻。

"我们好像长大了。"

"嗯。"许放往后看,能看到她密而长的睫毛,眼睛干净清澈,一如以往的所有时刻,"长大了。"

本科毕业后的两年。

许放到 B 市的军校读研,林兮迟则继续留在 S 大。

两人都有自己的事情要做,两年来聚少离多。庆幸的是,许放在军校读研,寒暑假比本科时期要长一些。

到节假日的时候,林兮迟偶尔会去 B 市找他玩。

而许放有空的时候,也会到 S 大来找她。

两人每天都会联系,寒暑假也有时间陪伴彼此。

两年的时间也不算难熬。

至少在林兮迟看来,就算许放没法时时刻刻陪在她的身边,但在她心情不好,想要找他的时候,也基本能找得到。

两人的研究生都是两年制的,林兮迟提前了半年毕业。

毕业后,林兮迟回到溪城,经过几番面试,最后在一家宠物医院上班。地点在市中心,离外公家的路程有些远,她每天要早起一个小时坐车。

就这么折腾了一个月。

林兮迟在医院那边租了个一室一厅的房子,每个月多了两千多的支出,却也每天多了一个小时的睡眠时间。在心疼钱之余,又有了额外的幸福感。

林兮迟所在的这家宠物医院是溪城最出名的一家,专业设施基本都有。这个行业比想象中的要累,她常常回到家之后,洗个澡便倒头就睡了。

这天,林兮迟又加了班,像往常一样回到家。

洗了澡后,她眯着几乎要睁不开的眼,脑子不太清醒地给许放发了一大堆话,多是今天发生的事情。

把最后一个字敲下后,林兮迟才放下心来,按住电源键熄屏。

不知过了多久,大概只过了十分钟,但因为身体的疲惫,又让她觉得是一天过去了。

林兮迟听到手机铃声响起。

她被吵得有些心烦,迷迷糊糊地摸索着手机,接了起来。

林兮迟困得完全没有任何清醒的意识,连是谁打过来的都不知道,只希望对方赶紧说完她好挂电话。

似乎也察觉到了她语气里的敷衍,对方语气变得高深莫测了起来。

"困?那你睡吧。"

隔天,林兮迟一早爬起来。

在餐桌上啃面包的时候,突然回想起昨晚的电话,也不太确定是不是自己半梦半醒时出现了幻觉,她纳闷儿地点开通话记录看了一眼。

确实有。

昨晚十点半,许放给她打了个电话。

林兮迟眨了眨眼,想半天也想不起他昨晚说了什么了,干脆作罢,发了条微信过去问他。之后她收拾了一番,便出了门。

上班前,林兮迟又看了手机一眼。

许放没回复她。

林兮迟也不再把心思放在这上边,进了医院,换了身衣服。

上午来了个病患,年纪有点儿小,是一只刚满12周的公猫,看上去恹恹的,打不起精神来。

林兮迟问了问猫主人大致的情况。

这只猫在两周前第一次接种了疫苗,过了半星期之后就开始呕吐,身上还有过敏的症状,一直持续到现在,没办法了只能送医院来。

林兮迟没想太多,拿起温度计,甩了一下,然后蘸了些润滑油。她眼睛眨了眨,小心翼翼地将猫咪尾巴提起,将温度计插入猫的肛门。

一分钟后拿出,擦干净后,林兮迟看了看上边的数字。

40.2摄氏度。

健康猫的体温一般维持在38摄氏度到39.5摄氏度,这个确实偏高了。

猫主人是个很年轻的女生,此时满脸愁容,视线就一直放在小猫的身上,声音很紧张:"医生,我是第一次养猫,但我遇到不懂的事情都会问一下再做的。"

"我上网查了,猫要满10周接种疫苗才有用,所以我是等它满了10周之后才带它去医院接种的……应该没什么问题吧?"

林兮迟安抚道:"你做得很对。"

又经过一系列的检查,林兮迟在本子上记录了情况——确诊猫瘟。

她开了药给猫输液,看着这只幼猫奄奄一息的模样,以及那个女生几乎要哭出来的表情,莫名也有点儿难过。

今天林兮迟没有加班。

按正常时间下班后,林兮迟也没什么胃口,到附近的便利店买了杯泡面和几包零食,便往家里的方向走。

林兮迟低头看了看手机。

忙到现在,她突然发现,都过了一天了,许放还是没回复她。

林兮迟皱了眉,给许放发了条消息:你人呢?

还是没回。

她干脆打了个电话过去。

没接。

林兮迟猜测他是临时有训练,也不再多想。

她走进了小区里。

这个小区也比较老旧,所以房租在这个地段还算比较便宜。林兮迟租的这间房子,一个月两千五左右,不含水电费。

她自己收拾了一番,住起来也算舒服。

冬天的夜晚来得特别快,林兮迟把外套裹紧了些,加快速度往自己住的那栋楼走。

小区里的路灯光线很暗,一路上看到的人也很少。在要转角的时候,后头突然开来一辆车,灯光直照。

林兮迟发现除了她的影子,还有另外一个。

她下意识回头看。

身后是一个高高大大的男人,穿着连帽外套和修身长裤。帽子戴在头上,脸上还戴着御寒的口罩,看上去像是极其怕冷。

因为光线的关系,林兮迟看得也不太真切,她收回了视线。

走到楼下的门前,往包里翻了翻,林兮迟拿着钥匙打开门。

她走了进去。

走了几步之后，身后没有传来想象中的关门声。林兮迟又往后看了眼，发现刚刚那个男人拉住了门，也走了进来。

门关上，"嘭"的一声响。

声控灯亮起。

林兮迟看到了男人的眼睛，目光一顿，若有所思地往上走。

她住在三楼，没多久便走到家门前。

那个男人按她的速度跟在她的后面，在她定在三楼的时候，他依然继续往上走，步履稳健，最后也停在了三楼。

刚好。

就站在她的身后。

林兮迟的目光放在锁孔上，手上一晃，钥匙串撞击，发出清脆的响声。她的动作很慢，看上去就像是在刻意地磨蹭。

身后的男人没有任何动静，似乎也不觉得自己这种无缘无故站在别人身后的行为有多诡异。

林兮迟又等了一会儿，没听到他吭声。她垂下眼睑，不再等了，语气一本正经的，就像是在跟一个完全不认识的人说话："先生。"

她背对着他，也不知道此时他是什么反应，自顾自地说："你是不是以为你戴了个口罩——"

听到这话，男人的眉眼一动，抬手把头上的帽子摘下，抓了抓头发。他正想说点什么，就听到林兮迟继续道："我就认不出你的傻样？"

说着，林兮迟回了头。

借着楼道昏暗的光线，林兮迟看清了他裸露在外的额头和眉眼，略显锋芒，利落分明，带着桀骜不驯的气质。

身上穿着纯黑色的防寒风衣，拉链拉到下颔处，寸头稍长了些。双眸似点漆，一眨不眨地盯着她。

片刻后，男人摘下了口罩，露出曲线硬朗的五官。

距离上一次见面其实也才过了两个月。

寒假的时候,许放回来了一趟,当时林兮迟已经在医院上班一段时间了,刚从家里搬到这个小区来住。

二〇一七年的春节来得也早,除夕夜在一月底。许放的假期不长,一月中下旬放假,年初七就返校,算起来不到二十天。

他完全不放心让她一个人在外面住,那二十天几乎有一大半的时间都住在她这边。

大概是想让别人觉得她不是一个女生独自在外头住。

林兮迟租的房子小,四十平方米,只有一间卧室。

卧室里带有一张一米五宽的双人床。

因为许放要过来睡,林兮迟还特地收拾了一番,给他准备了一个新的枕头,把原本放在床上的玩偶全部扔到了客厅的沙发上,乐滋滋的,像是装饰新房一样。

结果许放一过来,在客厅扫了一圈,就把玩偶提起,扔回她的床上。随后拿着那个枕头和被子,连着十几天都在客厅的沙发上睡。

有时候林兮迟想黏着他,跟他一起在沙发上睡觉,睡着了之后也会被他抱回房间里。

然后他继续在客厅的沙发上睡觉。

这就像是小学生画的三八线一样。

画了一条没必要的线,保持着一道完全没必要的距离。

在林兮迟的印象里,除了大一,两人出去跨年的那一次,她再也没有跟许放一起睡过觉的经历。

林兮迟听余同说过。

每次以为许放一定不会回宿舍的时候,他都会回来。

无一例外。

对于许放这名字的含义,他们私下默默地拓展出了一个议论。

果然人如其名。

他们还用自己那浅薄的脑力,作了一首打油诗——"世上男子千千万,只许放不行"。

简称"许放"。

因为许放这种默默跟在自己后面,像是恶作剧一样的行为,林兮迟不太高兴。她抿了抿唇，也不再搭理他，拿着钥匙开了门。

许放跟了进去，沉默地脱了鞋。

林兮迟走到餐桌前，把塑料袋里的东西倒出来，"哗啦"一声响。

许放走过来站在她的旁边，看到里边的东西时，皱了眉。

"你平时晚饭就吃这些玩意儿？"

林兮迟没吭声，不想理他。但是两个月没见，她的目光总会不自觉地就放到他的身上，跟随心意。

军校的生活很规律，规定每天六点钟起床，整理内务，早操，然后再去上课。训练量比国防生时期更大，因此他的身材看起来也比先前壮实了些。

算算日子，明天就是清明节，他大概也是放假回来的。

这种假期一般就放两天，后天就得回去。

想到这儿，林兮迟也不跟他生气了，闷声说："你什么时候回来的？"

"刚下飞机就过来了。"许放把她手里的泡面扔开，牵着她走进了厨房，"一下车看到你出便利店，就跟着了。"

"那你怎么不喊我？"

察觉到她的情绪，许放的眼睫一动，慢慢地弯下腰，跟她平视："你一个人住，我想看看你对奇怪的人有没有防范心。"

林兮迟歪了歪头，问他："戴个口罩就以为自己换了张脸？"

许放："……"

瞬间也觉得自己刚刚的行为很蠢，许放"啧"了一声："那就当是惊喜吧。"

"哦。"林兮迟的脾气来得快去得也快，站在旁边看着他煮面，"这个说法比刚刚的好一点，听起来聪明一点。"

"……"

水还没开，厨房里安安静静的，许放从冰箱里挑出些食材，耳边唯有林兮迟在跟他说着话的声音，清脆又生动。

许放侧头，对上她的视线。

又说了几句话后，林兮迟闭了嘴。

两人对视不到三秒。

许放把东西放到一旁,毫无预兆地把她抱了起来,让她坐到流理台上。单手按着她的后脑勺吻了上去,刚从室外进来,他的指尖还带着凉意。

　　林兮迟不禁颤抖了下。

　　不知过了多久,身旁的锅里发出"咕噜咕噜"的声响。

　　像是没听到一样,许放仍不知餍足地舔着她的唇,掌心渐渐向下挪,拉开她外套的拉链,探入她的衣服内——

　　然后停住。

　　许放站直了起来,漆瞳里燃起了火苗,眼神像是想把她吞入腹中。过了几秒,他莫名有点儿火大,又低下头狠狠亲了她几下才到一旁去煮面。

　　林兮迟坐在流理台上,双脚晃荡着,问他:"你这三八线要画多少次?"

　　许放看她一眼:"什么三八线?"

　　"屁屁。"林兮迟一副为他着想的样子,苦心劝导着,"你都二十四岁了,不要再忍了,会生病的。"

　　"……"

　　"反正我是绝对不会嫌弃你的。"林兮迟舔了舔唇,脸上带了点小心翼翼,"就算你有什么问题,我肯定也会吃了这个哑巴亏的啊。"

　　许放面无表情地把她的脸推开,把面端了起来。

　　"闭嘴。"

　　把锅端到了餐桌上,许放回到厨房里想拿两副碗筷的时候,就看到林兮迟还坐在流理台上,杏眼一眨不眨地看着他。

　　他一顿,抿着唇过去,单手抱住她的腰,像抱小朋友一样把她抱了下来。

　　林兮迟踩着拖鞋,自顾自地到餐桌前坐好。

　　许放跟在她后面,装了两碗面后,把其中一碗推到林兮迟的面前,也没急着坐下,漫不经心地说:"你先吃,我去个厕所。"

　　闻言,林兮迟盯着他看,"哦"了一声。

　　几分钟后,许放从厕所里出来,走过来坐到林兮迟的旁边,却发现她面前的面一动未动，表情若有所思。

许放不知道她在想些什么，只是催促道："快吃。"

话音刚落，林兮迟神神秘秘地凑了过来，低声问他："你刚刚是不是在厕所里做什么肮脏的事情？"

许放："……"

几分钟他能怎么肮脏？

林兮迟当他默认，有点儿小失望："你怎么不带上我啊。"

"……"

许放被她噎得够呛，吃完饭之后就拿着餐具到厨房洗，林兮迟坐在沙发上喊他，他也一声不应。

等洗完，许放的气似乎就消掉了。

他过来坐在林兮迟的旁边，像是被长辈附身，开始跟她提起一个人在外边住，遇到奇怪的人跟着要怎么做。

让她要多加小心，不要遇到什么事情都慢一拍。

林兮迟趴在他的腿上，听着他的声音，小声地应着，但回答的话却一点儿也不着调。

"平时如果你发现后面有奇怪的人跟着你，你就往人多的地方去，然后打电话给认识的人。"

"哦，如果那个人是屁屁呢？"

"……如果像今天这样，进了小区才发现，你就回保安亭那边。"

"可那个人是屁屁啊。"

"我给你买的那些防狼的东西也记得要随身带着。"

"用在屁屁身上吗？"

"……"许放的眉头隆起，忍无可忍地掐住她的脸，低声骂，"就没见过比你更难管的。"

次日虽然是清明节，但林兮迟还是要到医院里值班。只值早上的班，下午就放假。

许放把她送到宠物医院之后便回了家。

昨天那个女生又把那只小猫带过来复查。

小猫的精神仍旧很不好，林兮迟给它吊了水。两个小时的水挂完，等女生要走的时候，林兮迟再次嘱咐着："回家不要让它吃东西和喝水。"
……

下班后，林兮迟出了医院。

中午的温度相对于早上会暖和一些，林兮迟也没把围巾戴上，一抬眼就看到站在外边等她的许放。

他换了身衣服，打扮仍然很休闲。军绿色连帽卫衣，黑色长裤，双手插着上衣的兜。站在那儿，笔直挺拔，像是一棵白杨树。

林兮迟走了过去，把手塞进了他的掌心里。

"屁屁，我们去跟外公一起吃饭吧。"

许放刚刚回了一趟家，此时是开着许父的车子过来的。他点点头，拉着她到旁边的一个停车位，让她上了车。

林兮迟坐在副驾驶座，随口问道："你明天几点回去呀？"

许放不放心地过来检查了下她的安全带，这才说："中午的飞机。"

"哦。"林兮迟又问，"你是不是快毕业了？毕业之后直接去部队吗？"

"先分配驻地，会放一段时间的假，然后再过去。"

林兮迟支着下巴，小声问："那你知道有哪些地区了吗？"

许放发动车子，声音低而沉："还不知道。"

因为林兮迟提前说了要回家，所以这会儿外公已经做好了一桌子的菜。

林兮耿也从学校回来，此时正陪着外公在厨房忙碌着。

时光在外公的脸上刻下了一道又一道的痕迹，比起从前，他的白发似乎更多了些，脸上的沟壑也更明显了。

林兮迟心里莫名有些难受，也过去帮忙。

人老了似乎就特别喜欢回忆事情，话也多了起来。

餐桌上，外公一直絮絮叨叨着，让林兮迟突然就想起了从前，在他这般严厉又夹杂了些慈爱的声音中度过的那些时光。

她觉得时间真的过得好快。

过了一会儿，外公提起了别的事情："都算不清多少年了，你们爸妈都搬去 B 市多久了，也没回来见过我几次。"

他叹息了一声:"还让我也搬过去,我都这年纪了,哪里能住得惯啊……"

林兮迟眨了眨眼,声音轻快地说:"我以后多回来跟你吃饭。"

林兮耿连忙接话:"我也是!"

这些年,林兮迟还是像以往一样,逢年过节都回家跟外公一起过。林兮耿则会到 B 市住一段时间,之后再回来跟他们一起。

某次从 B 市回来,林兮耿跟她提起过,林珏现在的状态好很多了。

可能是因为时间久了,也可能是因为生活步入了正轨,父母也开始叫林兮迟和外公一起过去过节。但不知是什么心理在作祟,林兮迟每次都会找借口推掉,到现在也没去过。

几年的时间,她跟父母见面的次数也寥寥可数。

外公的情绪很快就散掉,笑了一下后,侧头看向许放:"你俩呢,不小了吧,要结婚吗?"

许放愣了下,表情变得郑重起来,回道:"嗯。"

闻言,外公看向林兮迟,像是要给她做主一样:"他跟你提过吗?"

林兮迟很诚实:"没有。"

"……"

吃过饭,因为刚刚的对话,许放被外公拉到房间里去训话。

林兮迟把餐桌上的残局留给林兮耿,直接跑回房间里,躺在床上玩手机。没过多久就觉得无聊,爬起来到处翻。

虽然她现在搬到外面去住了,但带过去的也只是平时要用到的衣物和生活用品,其他的东西基本都没带。

此时这一看。

书桌上、床上、书柜里、床头柜里,还有衣柜里边,都摆满了许放送给她的东西。

林兮迟突然就来了兴致,东翻翻西翻翻。最后她坐在了地上,打开了床头柜,在里边摸索着。

这个柜子的容量很大,层层叠叠地摆放着东西。

林兮迟一样一样地往外拿。

大多都是一些小玩意儿,她连在哪里买的都不记得了。

把上边的一层拿出来后,林兮迟在底下发现了一个小盒子,她的神情一顿,慢吞吞地拿了出来。

带了锁的。

因为过了很长的时间,锁头已经开始生锈了。

许放跟外公谈完话,刚好从外边进来,看到她手里的东西时,他的表情也怔住了。

当时许放送林兮迟这个盒子的时候,把她气得半死,天天缠着他要钥匙,他不给就威胁着他,说要去找开锁的开。

可不论怎么折腾,许放也一直没给她。

林兮迟也没像自己所说的那样去找锁匠开锁。

后来大概是兴致过了,她渐渐将此事抛到脑后,再也没提过。

余光注意到他进来,林兮迟抬头看他,举起手中的东西给他看:"屁屁,这盒子锁了五年了。"

许放走过来蹲在她的旁边,"嗯"了一声。

林兮迟好奇道:"五年了,你钥匙还留着吗?"

许放还没来得及点头,林兮迟又道:"我觉得你肯定是丢了才一直没给我。"

"……"

"不过没关系。"林兮迟安抚般地拍了拍他的肩膀,笑眯眯地,"我读研的时候,那个舍友教我怎么不用钥匙开锁。"

许放沉默着看她吹牛。

"只要用一根回形针。"说到这儿,林兮迟又爬了起来,往柜子里翻了翻,然后还真的让她翻到了一根回形针,"然后,把它扳直。"

林兮迟的神情很认真,拿起那个锁孔看了眼:"这一步很重要的,你要观察锁孔的大小,要看清楚里面的构造,然后再调整弧度。"

"……"

许放真的不知道自己为什么要在这里听一个傻子讲课。

他靠在床沿处,一只腿放直,另一只屈起,神情慵懒,视线一直放在她的身上,就看着她在瞎折腾,时不时让她注意点,别弄到手了。

下一刻,林兮迟把回形针探入锁孔内,小心翼翼地动了动,可能是没有任何反应,没过多久,她的动作就变得粗暴了起来。

许放懒洋洋地打了个哈欠,想让她别弄了的时候,他听到林兮迟突然叫了一声。

许放猛地精神了起来,皱眉凑过去看:"刮到了?我就让你小——"他的目光定住,声音也瞬间收了回去。

眼前的画面像是被放慢了。

许放看着林兮迟动作很慢地,非常慢地,把锁头从盒子上拿了下来。

"……"

还真有用?

林兮迟读研的时候,宿舍里就只有两个人住。

这就导致了一小点的不便,就是她偶尔忘了带钥匙,而舍友又不在宿舍的时候,只能亲自去找对方要。

后来舍友就教了她这么一招,她试过几次,从来没成功过,最后干脆多配了一把钥匙,放在包里当备用。

这还是林兮迟第一次用回形针开锁成功。

此时把这锁开了,林兮迟第一反应不是"哇啊啊啊我终于可以知道这个破箱子锁了五年的东西是什么了,我终于可以知道里面装的是什么玩意儿了",而是"哇啊啊啊我居然不用钥匙就开了锁,我真是太牛了"。

林兮迟看向许放,眼睛亮亮的,像是在等待他的夸赞。

许放的喉结滚了滚,不动声色地把她手里的盒子拿了过来,单手摁着,他的眼神有些不自然,顿了一下才说:"你要不去试试开别的锁?"

"哪有别的锁给我开?"没听到他的夸奖,林兮迟有点儿郁闷,也忽地注意到被他拿过去的盒子,"你拿我的盒子干吗?"

许放表情僵硬,生硬地辩解:"我看看你怎么开的。"

闻言,林兮迟拿起地上的锁头:"你要看也应该看锁吧,你拿个盒子看什么?"

许放没接过她手里的锁,依然摁着那个盒子,死死不动。

两人对视三秒。

林兮迟突然反应过来了，身子一歪，蹭过去抢他手里的盒子。

许放的动作很快，随着她的动作，下意识向后倒。手臂还高举着，尽可能地让盒子离她远一些，不让她拿到。

这个举动让林兮迟确信了，许放就是不想把盒子给她。她瞪大了眼，语气莫名其妙："你干吗？这东西不是你送我的吗？"

"我当时可跟你说了，"许放决定跟她讲讲道理，沉着一张脸，"不能随便开，要我给你钥匙你才能开。"

这也是林兮迟那时候威胁了他那么久，却也一直没有去找锁匠开锁的原因。

林兮迟一点儿都不心虚："那我刚刚开的时候你也没拦着啊。"

许放："……"

谁知道你真能开出来？

觉得这件事情明显是他理亏，他沉默了就等同于跟她示弱，等了一会儿，林兮迟又凑过去拿那个盒子。

与此同时，许放直接站了起来，下颌绷紧，毫不退让。

林兮迟也站了起来。

两人身高差距大，许放更是因为不想让林兮迟拿到，把手举得高高的。就像是学生时期逗着女生玩的坏男孩。

林兮迟抓着他的手肘，蹦跶着去抢。

僵持了一分钟后，林兮迟发现自己如果不耍点小心机的话，根本就抢不到。

她停了下来，侧眼看了许放身后的床，又抬头，看着他高举着的手，猛地用力推了推他的腹部。

许放的注意力都放在手里的东西上，毫无防备，顺着她的力道往后倒，坐到了床上。

林兮迟立刻爬了上去，锲而不舍地抢着那个盒子。

此时，两人的姿势格外暧昧。

许放半躺在床上，林兮迟跪坐在他身上。因为一个在争，一个在躲，动静并不小。

门口突然传来拧开门把的声音。

随后，林兮迟听到林兮耿吓得倒抽了口气，伴随着迅速关门的声音。

她的动作停了下来,呆滞地往门的方向看。
"……"

林兮迟从来没想过,自己会因为这种事情跟许放吵架。

因为林兮耿那个动静,林兮迟瞬间没了抢盒子的心思,第一反应就是去跟她解释,想要挽回一下自己的形象。

林兮耿听后,虽然露出了一副"明白、了解"的表情,但看着许放的眼神,居然破天荒地多了几分同情。

同——情。

林兮迟憋着气,觉得自己是跳进黄河也洗不清了。

……

两人在外公家吃完晚饭才离开。

一出外公家,林兮迟就开始跟许放吵架,难得地连名带姓喊他:"许放,你知道你今天做的事情有多离谱吗?"

许放瞥她一眼:"不知道。"

"你知道耿耿怎么想我的吗?"林兮迟又气又郁闷,责怪他,"要不是你抢我的东西,我哪会那样?"

"那怎么了?"许放倒觉得那个误会挺有趣,语气散漫又淡,"我难道是你见不得光的奸夫?"

"可我现在都跟她说——"提到这儿,林兮迟理不直气不壮的,"你喜欢我喜欢得无法自拔,一点儿都离不开我,现在又让她看到这种画面,我的脸往哪里搁?"

许放忍不住看了她一眼。

"她到底是怎么误解成那样的?"林兮迟坐在副驾驶座上,整个人扭过来跟他说话,"那种事情不是要脱衣服的吗?难道何儒梁没有教她?"

许放差点儿被她这话呛到:"我就教你了?"

闻言,林兮迟愣了下,振振有词地说:"我怎么可能等你教我?你初中的时候要我给你记笔记,高中要我教你理综,大学还要我督促你学习,这事儿我肯定得靠自己啊。"

"……"

"别急,等我学会了流程教你。"

恰好是红灯,许放踩下刹车,转头看她,像是抓到做坏事的小孩的家长,表情板了起来,语气都重了不少。

"你都看了些什么玩意儿?"

"哦。"林兮迟慢吞吞地缩回座位上,声音弱了些,"就几篇那种文。"

"……"

"说男人如果……就是不行。"

"……"

许放的语气一重,林兮迟立刻就缩在旁边,厌了好一阵子。

过了半晌,林兮迟突然想起现在生气的人是她,现在的状况是在吵架。

她的气焰又燃了起来,继续跟他吵:"而且哪有你这样的,送了我东西又抢回去,你不想给我就算了,让我看看怎么了?……"

许放低哼了声,没搭腔。

林兮迟绷着张脸,开始教育他:"许放,情侣之间是不应该有隐瞒的事情的。"

他面无表情地转动着方向盘,进了小区里:"是吗?"

林兮迟小鸡啄米般地点头。

许放嘴角一扯:"你私下看那种文的事情跟我说了?"

"……"

这事情有什么好说的?

两人这一吵,从车上一直吵到下车,从楼下一直吵到上楼,回了家还在吵。虽然大多数时间都是林兮迟在骂他,但许放也基本句句回撑——

"你说你给不给我?"

"不给。"

"许放,我就没见过比你更小家子气的男人。"

"我也没见过,但我面前倒是有个在这方面比我出色得多的傻子。"

"……"

——这场争吵愈演愈烈。

到最后,林兮迟气得从沙发上跳了起来,开始套外套。

许放看向她,绷着一张脸:"你干吗去?"

"我现在不想跟你说话,"林兮迟的动作很大,是刻意发泄弄出来的动静,"你不要跟我说话。"

"这么晚你出去干什么?"说着他也站了起来,身上穿着从进家门就没脱过的卫衣,冷声道,"我走。"

林兮迟看他,重复了一遍:"我不想跟你说话。"

许放被她这态度气笑了:"行,我也不想。"

"……"林兮迟站在旁边看他穿鞋,又忍不住去惹他,"你说的,你要是找我说话了就等同于你把我当爸爸认错了。"

许放的脸上毫无笑意,一字一顿道:"你看我找不找你。"

说完后,许放毫无留恋地走了出去,用力地关上门。他站定在门口,似是松了口气,不动声色地摸了摸口袋里的东西,然后往楼下走。

没走几步,他又折返,站在门口喊:"把门给我锁好。"

……

许放走了之后,室内瞬间安静下来。

刚刚的争吵像是她的幻觉。

林兮迟趴在沙发上,越想越气,噔噔噔地跑到玄关处。顺着猫眼往外看,确定许放走了之后,才把门锁上,上微信找林兮耿聊天。

林兮迟:我跟许放吵架了。

林兮耿:啊?

林兮迟:他还拿门甩我!很用力地甩我!甩我!

林兮耿:说不定一会儿就回来了。

林兮迟:不会的,他让我锁门了。

林兮耿:……

隔了半分钟,林兮耿又发了一条消息过来:你们吵架,他甩了门之后还要回来提醒你锁门的吗?

林兮迟没觉得这有什么奇怪,闷闷地回:是啊,如果他还会回来就不会说，但不回来了就会让我锁门。

林兮耿真的震惊了：……

林兮耿：你们两个是不是有病？

林兮迟敲屏幕的力道很重：我感觉他就是想趁机出去鬼混一个晚上。

"……"林兮耿对这种小孩子过家家般的争吵不想发表什么言论。

过了一会儿，林兮迟又忍不住道：虽然我跟他吵架了，但是我之前跟你说的事情可没骗你，许放暗恋我好多年了。

林兮迟咽了咽口水，有点儿小心虚：他可喜欢我喜欢得要生要死，无法自拔。

林兮迟：而且今天完全不是你看到的那样。

林兮耿：你刚刚用许放哥的手机给我发消息了？

看到这句话，林兮迟的眼睛一眨：啊？

很快，林兮耿发了张截图过来。

图片上，是林兮耿和许放的聊天界面，上面干干净净的，看得出两人不经常聊天。对话框里，就只有许放发来的一句话。

时间是今晚八点，他们刚下车的时候。

……

许放：确实无法自拔。

这个时间点，他们好像还处于吵得不可开交的时候。

老房子的隔音效果不好，进了楼内，林兮迟还要压低声音跟他吵。不想吵到别人，也不想丢人丢到家外。

那会儿，林兮迟的全部心思都放在跟他吵架上边，也没注意他是不是动了手机。

此时看到林兮耿发来的这张截图，以及上边许放的话。

林兮迟一时也反应不过来他这话的意思，想了半天，终于想起。

她今天在车上好像跟许放说了一句话。

——"可我现在都跟她说，你喜欢我喜欢得无法自拔，一点儿都离不开我，现在又让她看到这种画面，我的脸往哪里搁？！"

然后他下车了就给林兮耿发了句。

——"确实无法自拔。"

林兮迟火气瞬间就消了大半,她抿了抿唇,一直盯着许放的那句话看。

看久了,随着时间的流逝,林兮迟的情绪低落了下来。原本的怒火直接散去,想到许放刚刚的背影,她突然就多了几分愧疚。

对于许放。

林兮迟是属于软硬都吃的那种。

他如果真凶起来了,她就会厌;他要是服软了,她也瞬间没了脾气。

但要是他处于"虽然跟她吵着架,但是整体还是让着她"的那种态度,林兮迟就会一发不可收拾,一直蹬鼻子上脸。

刚刚许放就是处于这种态度,所以最后的情况就是,被她气得出了家门。

结果她现在才知道他早就私下跟她服软了。

那这样就很难办。

这么一想,他明天就要回B市了,今晚还莫名其妙地吵了一架,两人在一块的时间就这么浪费掉了。

林兮迟抬头瞅了眼挂钟,这才发现已经十点半了。

他们回来之后,居然整整吵了两个小时。

把脸埋进抱枕里蹭了蹭,过了好半响,林兮迟才犹豫着给许放编辑了一条短信,在发送的时候又犯了难。

刚刚才说了不想跟他说话,现在连半小时都没过去就给他发求和短信。

这是不是太"打脸"了?

想到这儿,林兮迟的心情又变得闷沉了起来,不由得埋怨。

林兮耿怎么到现在才给她发截图啊?

要是早点儿发,她肯定不会跟许放吵那么久了,说不定现在已经甜甜蜜蜜了。

她正想打个电话过去骂林兮耿一顿,林兮耿提前一步,又给她发了消息:还在生气啊?

林兮耿:你都快三十岁的人了,气量大点好吗?

林兮迟:"……"

谁三十了?

这句话瞬间给了林兮迟发泄的渠道,她立刻打了个电话过去,连着骂了林兮耿半小时之后,才神清气爽地挂了电话。

生了一天的气,林兮迟觉得自己实在是太辛苦了。她伸了个懒腰,洗完澡之后,趴在床上,调了个早早的闹钟。

决定明天直接到许放家门口堵他。

过了一天才跟他说话,这样应该就不算很"打脸"了吧?

第二天一早。

林兮迟起来后,做的第一件事情就是看手机。

看着毫无新消息的微信,林兮迟撇了撇嘴角,丧气地爬了起来,心想着许放这货的心眼就是小,气了一个晚上还不够。

不像她,大人有大量。

不过没关系,她来宠着他。

一点儿关系都没有。

飞快地洗漱完,林兮迟换了身衣服,化了个日常妆,背上平时惯用的包,连早餐都没心情吃,心情沉重地打开家门。

她也不知道许放要生多久气,而且昨天她的语气好像是不怎么好,要是他一气之下,连话都不跟她说就跑回 B 市了怎么办?

想着想着,林兮迟有点儿急了,加快了动作,把门关上。抬眼,突然注意到靠站在门旁小角落的许放。

也不知道他在这儿站了多长的时间。

许放的脑袋稍仰着,脖颈线条拉直,能清楚地看到喉结的轮廓。他的站姿懒散,双手插着兜,看不出在想些什么。

听到这边的动静,许放下意识看了过来。

两人的视线对上。

空气像是停滞了下来。

许放一直把目光放在她的身上,不声不响的,让林兮迟的头皮莫名发麻。沉默了几秒后,他抓了抓后颈,生硬地冒出了句:"我失忆了。"

"……"

林兮迟愣了，内心的沉重感瞬间因他的出现而减少，更是因为他的这句话消散。

随后，她蓦地想起了昨天她在许放走之前跟他说的话，又忍不住——

蹬鼻子上脸。

林兮迟咽了咽口水，点点头，小心翼翼地接了他的茬儿："却还记得我是你的爸爸。"

许放："……"

Chapter 15: 我比你更想

许放觉得自己这辈子发脾气的权利，全部都在他十九岁之前用完了。此时对于林兮迟这种得寸进尺的行为，他虽然想把她教训一顿，但也只能憋着。

反正又不是没憋过。

反正也憋习惯了。

许放抬了抬眼，懒得搭理她了："开门。"

林兮迟乖乖"哦"了一声，又转头拿出钥匙开了门。她的心情已经好了起来，说话的语气又变回平时那般的轻快。

"你失忆了是怎么知道你家在这儿的呀？"

许放把手中的东西放在鞋柜上，随口道："问路。"

闻言，林兮迟回头看他："怎么问？"

"问这个小区有没有个叫傻子的人。"许放的语气淡淡，不带任何情绪，"保安就给我指了这一家。"

"……"

林兮迟咬咬牙，正想说点什么，突然注意到鞋柜上的东西。

那又是一个盒子，外形像是一本书，深蓝色的封皮。

她的好奇心瞬间起来了，凑过去翻开了最外的那层，映入眼中的是一个四位数的滚轮密码锁。

"……"昨天因为生气，林兮迟完全忘记了那个盒子的存在，此时顿时明白过来，"你昨天出去就为了买这东西？"

许放的眉眼稍抬，算是默认。他把那个盒子塞进林兮迟的怀里，然后把她抱到鞋柜上，给她脱鞋，顺带说："一天试一个数字。"

林夕迟动了动上边的四个滚轮："什么数字？"

许放把她的鞋子放到一旁的鞋架上，敷衍般地说："当天的日期。"

随后，许放像是按捺不住般地低头，吻住了林夕迟的唇，舌尖抵开她的牙关，一路向里，卷住她的舌头，不断地索取和交缠。

他的嘴唇渐渐向下移动，轻咬了下她的下巴，再继续向下，力度慢慢放大，直到留下痕迹才含糊不清地抱怨。

"老惹我生气……"

送许放上飞机后，林夕迟回了家。她今天放清明假，明天轮休，接连两天的假期也不知道做什么好。

在床上玩了会儿手机，余光瞥见茶几上的盒子，林夕迟伸手捞了过来。她看着那个滚轮密码锁，纳闷儿地晃了晃盒子。

能听到里边的东西随着盒子的晃动撞击到壁上的声音。

到底是什么东西，能放五年都不会坏？

今天是四月四日。

那就——

林夕迟慢吞吞地用指腹推着，把数字转成0404。

果然不是。

时隔五年，林夕迟再度被里边这神秘的东西弄得心痒痒的，忍不住又想继续试。但想到许放的冷脸，她迟疑地收回了手。

算了，不然被他知道了，又要生气。

……

清明假期一过，林夕迟回到医院上班。

这两天她没待在医院，但还是有其他医生值班。林夕迟忙活了一上午，直到中午休息的时候才忽地想起之前的那只小黑猫。

今天好像还没来吊水？

林夕迟到前台处问了问，听这几天值班的实习生说，那个女生昨天和前天都带着猫过来了，时间是在上午，也不知道今天怎么没有过来。

闻言，林夕迟也没再问，只想着是临时有事，可能下午才过来。

结果下午的时候，林夕迟接到了一个电话。

是那个女生。

她的声音带着哭腔，磕磕巴巴地说："我的猫昨天吊完水之后，晚上就开始大小便失禁，而且还不停地吐着黄色液体。"

林兮迟一愣，想让她把猫带过来检查一下的时候，女生又继续道："然后我今天早上一看，没呼吸了。"

林兮迟的心情也沉重了起来，轻声安慰："请不要太伤心了，猫瘟的存活率只有百分之八十，年纪越小存活率越低，这不是——"

"早知道我就不去了。"女生哭出声，把悲痛全部都发泄在她的身上，"你到底会不会的啊？一点儿用处都没有，越来越严重，还花了我几千块钱。"

女生的哭声越来越大。

过了片刻，林兮迟闭了闭眼，挂了电话。

打个电话过来骂，这种状况还算是轻的。

林兮迟刚来这家医院的时候，还看到有个女人因为自家的狗死了，跟亲戚朋友在医院外面挂着横幅，看到那个兽医出来就一哄而上。

最后还是通过报警来解决。

但林兮迟还是第一次遇到这种状况。

她来的时间不算长，接待的病患通常得的也只是一些比较常见且不严重的病，这是第一个在她手里死去的小生命。

想到刚刚那个女生的话，林兮迟的胸口像是被什么东西压住，有些喘不过气来，以至于她接下来一天的精神都恹恹的。

林兮迟觉得这是她从事这个行业必须要承担的事情，现在找人倾诉是有用，但未来，这样的事情可能还是会接连不断。

林兮迟不断地自我调节着，拎着晚饭回了家。

路上，林兮耿给她打了个电话："林兮迟，你现在有空吗？"

林兮迟："有啊。"

林兮耿："那你帮我个忙吧，我一会儿给你发个 Word，你按照上面的内容帮我做个 PPT，我现在有点儿事情……"

林兮迟："好啊。"

很快她便挂了电话。

林兮迟拿着钥匙开了楼下的门,继续自我调节着。走了几层楼梯,声控灯不太灵敏,在一片漆黑中,她的眼泪突然就冒了出来。

又来了电话。

林兮迟恰好走到家门前,开门后,她用袖子抹了抹眼泪,再次接起了电话。

——是许放。

他的语气不太高兴,林兮迟在这边都能想象到他那副冷着脸的模样:"你不是说要跟我视频通话?给你打了多少次了,你在干什么?"

"我刚回家呀。"

"现在九点了。"许放的语气更不善了,"你每天就不能早点儿回家?"

林兮迟鼓了下腮帮子,小声道:"今天加班。"

许放顿了下,又继续说话。

跟往常相较,此刻的他就像是被平时的林兮迟上身。话多得不行,声音低低淡淡的,跟她说着今天发生的事情。

林兮迟抱着膝,坐在沙发上听着。

良久后,她红着眼,不想让他担心,但又忍不住想跟他说,语气像是开玩笑一样:"屁屁,我心情有点儿不好。"

闻言,许放的气息一停:"我知道。"

他完全没当成玩笑,隔了几秒后才继续说:"不然我哪来那么多屁话跟你说。"

林兮迟吸着鼻子,在膝盖上蹭了蹭眼泪,莫名地被他这话安慰到了。她一时间也不知道该说什么,就小声反驳:"屁屁说的话本来就是屁话。"

许放没跟她计较这话,低下声音喊她:"林兮迟。"

林兮迟闷闷地应:"怎么了?"

可许放却没再出声,又安静下来。

狭小的室内一片静谧,在这头,林兮迟能清楚地听到他的呼吸声,萦绕在耳边,仿佛他就在她的身边。

许放像是十分有耐心,不声不响,却一直在等待。

良久,林兮迟眨着眼,嘴角扯了扯,把脸埋进臂弯里:"医院里来了只得了猫瘟的小猫,是我的病患,它今天早上去世了。"

许放终于有了动静,淡淡地应着:"嗯。"

林兮迟抿了抿唇,把今天发生的事情快速简练地告诉他:"今天下午,那个猫主人打电话来骂我了。"

许放顿了顿:"骂你什么?"

林兮迟:"说我没有用,让她的猫病得越来越重,还浪费了钱。"

这次许放沉默了一会儿,才继续问:"那是你失误了吗?"

闻言,林兮迟的眼睫动了动,抿成线的唇更加收紧。她深吸了口气,很认真地解释着:"那只猫的症状很明显就是得了猫瘟,我给它做了试纸检测和血检,试纸显示两道杠,白细胞只有0.2,然后——"

因为对面的人是他,林兮迟有点儿说不下去了,忍不住呜咽了声,眼泪啪嗒啪嗒往下掉,像个孩子一样指责他。

"你不能在这方面质疑我……"

"我不懂这些,我也没有质疑你。"许放似乎有点儿懊恼,语气都急了些,"我只是想跟你说,既然你做的每个步骤都是对的,那你现在在难过什么?"

"……"

"你当兽医,你去帮那些动物治好它们的病,能治好的话是你做得很棒,你很厉害,你值得被称赞。"许放不懂讲什么大道理,抓了抓脑袋,就按自己的想法说,"但如果治不好,你尽力了,也依然值得被夸奖。"

因为他的安慰,林兮迟憋了一路的眼泪掉得更凶了,抽抽噎噎的声音越发大。

许放的眼睛闭了闭,依然温和耐心:"你没做错任何事情,所以别哭了。"

"……"

有时候只是很想哭。

孤身一个人的时候,掉着掉着眼泪,哭意自然而然地就会消散。

但一旦身边有了能依赖的人,那些委屈感就会成百上千倍放大起来。不会因为他的安慰而止住眼泪,情绪只会越发汹涌。

林兮迟现在就是处于这种状态。

她觉得许放说的话很对，觉得许放真的太好了，觉得自己绝对离不开他。

她只想听他多说点话，想跟他撒娇，想黏着他，想让他对自己这般的耐心和关注度多一点，再多一点。

可令她失望的是，之后的时间，许放却不再说话。

半晌，林兮迟止住了哭声，揉了揉眼睛，带着鼻音问："你怎么不说话了？"

"我现在只觉得我刚刚说的都是废话。"许放深吸了口气，像是没了耐心，语气也暴躁了起来，"我真不想说这话。"

林兮迟以为他被自己弄得不耐烦了，讷讷道："什么？"

懒得再说那些浪费口舌还没有用的鸡汤，他轻嗤了一声，直截了当道："那猫主人的脑子有病吧。"

"……"

跟许放这么一聊，林兮迟原本难受的情绪瞬间就轻松了不少，也渐渐想通了。

医生这个行业，本来就要面对很多的生死别离。她不能在病患身上投入太多的感情，也不能因为别人的几句气话就开始怀疑自己。

能力和承受力要成正比。

这才能走得更远。

抽了几张纸巾把脸上的泪水擦干净，想到许放听了自己的两句话就察觉到自己不开心，林兮迟原本还有些闷沉的心情就像是被涂了蜜。

甜滋滋的。

她真的觉得许放太好了。

太太太太太好了。

先前的难过一扫而光，林兮迟现在心里装的全是感动，眉眼弯起，语气带着显而易见的讨好："屁屁，你现在在干吗？"

"等你哭完。"

林兮迟"哦"了一声，乖乖地说："我哭完了。"

察觉到她的情绪确实正常了，许放松了口气，心想着果然还是直接帮她骂人比较有用，温情手段完全不适用于林兮迟这傻子。

看了眼时间，许放也不磨蹭了："那我去洗澡了。"

林兮迟点头，笑眯眯道："你去洗吧，洗完跟我说一声。"

挂了电话，林兮迟睁着眼，在沙发上躺了一会儿，倏地想起林兮耿叫她帮的忙。她连忙爬了起来，小跑着回到房间。

林兮迟打开电脑，上了QQ，发现林兮耿早已给她发了一个Word文档，还大致说了一下做的时候的注意事项。

林兮迟回复了个"好"，随后打开了PPT。

另一边。

许放从卫生间里出来，拿着一条吸水毛巾用力揉着头发，他没急着去把换洗衣物洗掉，而是回到桌前拿起手机。

想起她刚刚在电话里哭的声音，许放还是有点儿不放心，给她发了条微信。

许放：你在干吗？

林兮迟回复得很快：我在做屁屁梯。

"……"

屁屁梯是什么玩意儿？

看着那熟悉的叠字，许放沉默一瞬，开始思考着是不是送给自己的东西：什么东西？

林兮迟给他解释：PPT。

许放："……"

许放顿时不想理她了，他把手机扔了回去，到卫生间去把换下来的贴身衣物洗干净，顺便把牙也刷了。

等回到宿舍里，许放还是忍不住问：没事做那玩意儿干吗？

林兮迟：耿耿让我帮忙的，她有事。

林兮迟：我现在在屁图。

林兮迟：因为我不会用屁屁梯作图，我只能用屁S屁好了之后，再把图弄到屁屁梯上面。

看到她才说了几句话，几乎每句话里都带着"屁"字，许放的额角一抽，完全可以肯定下来她是故意的。

许放按捺着脾气：你正常点说话。

过了一会儿。

林兮迟慢吞吞地回：屁屁，你看到我掩藏在这些话里的爱意了吗？

"……"

就是强行把每句话里的每个谐音字改成"屁"吗？

许放冷笑：没有。

林兮迟毫不介意他的不捧场，很认真地说：屁屁，我真的好喜欢你。

看到这句话，许放感觉心跳像是漏了半拍。漆黑的眼眸稍稍垂下，眼睫扬了起来。随后，他敛着下颔，轻轻笑了。

路过他旁边的舍友看到他的模样，狐疑着问："你中彩票了？笑成这个缺德样。"

许放眼也没抬，嘴角却勾了起来，散漫道："是啊。"

他低头，继续看着林兮迟给他发的内容。

林兮迟：所以。

林兮迟很谄媚：从今天开始，我跟你说话的时候，要尽可能多地提到你的名字，以示我对你的重视程度。

许放："……"

这个就不用了吧？

但林兮迟的兴致一起，许放怎么拦都拦不住，只能每天忍受着她翻来覆去地说着——

"你的屁气怎么这么差？"

"我今晚喝了杯屁酒。"

"我今天去了个地方，好偏屁。"

"今天好冷，所以我屁了条围巾。"

——等等。

直到她找不到能替换的词之后，才渐渐消停。

五月初和五月底都有假期，分别是劳动节和端午节。

纠结了一阵子，还跟许放讨论了一番，林兮迟才决定下来，等到端午节再过去找他玩，顺便带几个粽子给他吃。

恰好六月，许放毕业后分配的地区就出来了。等她从 B 市回来，差不多就能知道他分配的地区。再过一个月，他就放假回溪城。

林兮迟跟同事换了班，还连着加了一个星期的班，才有了个连续四天的假期。她打算五月二十七日过去，许放也从那天开始放假，一直到三十日。

两人一起玩三天，等三十一日早上她再回去。

从许放到 B 市读研开始，林兮迟每年都会过去找他玩，一年大概两三次。

虽然林父林母也都在 B 市，但林兮迟几乎没有一次过去会告诉他们，所以到那边之后，她一般都是在外头住酒店。

许放会跟她一起出去住，一般是订两间房，两人一人一间。

为此林兮迟还跟他抗议过，说情侣出去玩还订两间房，是傻子的行为，是给人白送钱的行为。

许放没搭理她，之后的每次照样继续订两间房。

结果这一次过去，看到许放把她带进了一间标准双床房的时候，林兮迟的第一反应就是——是不是走错房间了？

她转头看向许放。

注意到她狐疑的目光，许放瞥她一眼，神情很坦然："订太晚了，没别的房了。"

林兮迟恍然大悟般地"哦"了一声，看着他的眼神多了几分意味深长。

"……"

林兮迟坐在椅子上，一副多年媳妇熬成婆的模样，很欣慰地说："屁屁，你终于想通了。"

许放嘴角一抽："想通什么？"

林兮迟才不相信他不懂，噔噔噔地爬起来，把刚脱下的外套重新套上，连拖带拽地把许放带出了门。

……

本来林兮迟只是不想一个晚上都窝在酒店里，想出去跟许放逛一逛超市，顺便买一些零食和日用品。但她完全没想到，她会在这里遇到一个很久很久没有见过面的人——

林玎。

她的旁边没有别的人，似乎就只是一个人出来的，此时她正推着一辆购物车，站在牛奶的陈列架前。

比起很久以前林兮迟见过的模样，林玎的变化不只是一点点。

头发剪短至肩膀，露出巴掌大的脸。肤色不似从前那般蜡黄，现在白皙而染着红晕，看上去精神又干净。她穿着至脚踝的长裙，脸上还化着淡妆，嘴唇微抿着，像是在思考着买哪个牌子的牛奶。

气质娴静淡然，外形十分吸引人。

因为这巨大的变化，林兮迟都不太确定那个人是不是她。

直到她推动购物车向前走，林兮迟看到她那依然一跛一跛的脚步，才肯定下来。

林兮迟的呼吸一滞，顿时不知道该做些什么反应，她傻乎乎地站在原地，像是失去了思考的能力。

很快，林玎注意到她的目光，疑惑地看了过来。

两人的视线对上了一秒。

林兮迟这才回过神，瞬间往后退。

装作什么都没看到，林兮迟转了身，提着心走向许放所在的位置。

许放还在零食区给她挑东西，余光注意到她的身影，也没看过去，漫不经心地问："吃不吃巧克力？"

林兮迟含糊不清地"嗯"了一声，伸手抓住了他的衣服下摆，有些不安。

察觉到她的小动作，许放的眉眼一动，扭头看向她。他的手稍稍向下移，握住她的手："果冻呢？"

许放的掌心宽厚而温暖，让林兮迟一时慌乱的心情很快就镇定了下来。她勉强将刚刚的事儿抛到脑后，凑过去，杏眼扫视着陈列架上的果冻。

看了好久她都没有选定。

许放垂眸看她："你不是喜欢柁果味？"

"我现在换口味了，你怎么不懂我？"林兮迟定下心神，看了他一眼，里头谴责的意味很明显，"你现在不关心我了。"

143

"……"许放皱眉,拿起其中一排果冻,"那草莓味?"

"不是,你别吵我,我在找。"

"……荔枝?"

"不是。"

"菠萝?"

"不是不是。"

许放把她扯起来,板着脸说:"那没了。"

林兮迟叹了口气:"好像是没了。"

看她似乎带了点不甘心,还一副这么依依不舍的模样,许放忍不住说:"什么味道?我下次去给你找。"

这话像是正中林兮迟的下怀,她的嘴角一翘,凑到他耳边,声音很轻,像是在跟他说一个很神秘的事情一样,还一字一顿。

"屁味。"

许放:"……"

她是不是以为自己这样很浪漫?

两人提着东西出了超市。

虽然林兮迟也没太受影响,但她还是有些犹豫,要不要跟父母说一声她看到林玎的事情。

而且林玎好像也看到她了。

想到这儿,林兮迟还是给林母编辑了条短信,点击发送。

许放就站在她旁边,林兮迟也不避讳。所以他能很清楚地看到她短信上的内容,顿时明白过来她那一瞬间的不自然。

许放捏着她的手,见她放下了手机才问:"饿不饿?"

此时刚过晚上九点,夜市热闹,人来人往的。周围的霓虹灯亮起,小吃街的香气顺着风吹了过来。

林兮迟本来不饿,闻到这气味就饿了。她摸着肚子,立刻点了点头:"饿,我们去吃东西吧。"

"吃什么?"

B市什么都多,尤其是吃的。

林兮迟也犯了难,往周围扫了一圈,然后目光定在一家法式比萨店上,眼里闪过一道光,像是想到了什么。

许放顺着她的目光望去。

还没来得及开口,他就听到林兮迟开了口,说:"我想吃那个。"

"屁萨。"

"……"

许放已经被她弄得毫无脾气了。

一开始还要琢磨一下她说的是什么,到现在已经能立刻听懂了。许放低眼,面无表情、无波无澜地说:"比萨?"

林兮迟点点头。

得到肯定的回答后,许放把她扯了过去。

林兮迟跟在他后头,眼睛弯成一道小月牙,神情兴高采烈的,又带了点小郁闷:"屁屁,你怎么没有一点儿——"

说到这儿,她想了想,才继续道:"被我撩到的反应。"

许放:"……"

因为确实没有。

临近六月,B市的夏天已然来临。白日里,阳光毒辣照射,地面滚烫似火,就连夜里的气温都不显低凉,空气里一片燥意。

这家店的空间不算大,角落里放置了两台柜式空调,运作时会发出轻微的声响。

只剩空调旁的那桌有位置,林兮迟下意识就走过去那边。

两人面对面坐下,许放把菜单推到她的面前,随口道:"看看吃什么。"

瞥了眼她认真看菜单的模样,许放站起身,走到空调旁,把扇叶往上扳。等他坐回去的时候,林兮迟也选好了菜品。

许放直接拿过,把菜单递给了路过的服务员。

林兮迟双手捧着杯子,小口小口地喝着水。

许放看着她,突然想让她也感受一下被尬撩的滋味。他沉吟片刻,轻扯嘴角:"迟迟,你喝水的样子真可爱。"

闻言,林兮迟立刻抬起了头,眼睛清澈干净,直视着他。

许放深吸了口气,咬牙说完:"像只猫。"

她的反应完全不在许放想象之中。

听到这个形容,林兮迟的眉头立刻皱了起来。既没有一种被尬撩到的感觉,也没有一种被撩到了的感觉。

她居然开始跟他科普:"屁屁,猫喝水是会伸出舌头的。它们的舌尖在碰到水面的时候会迅速收回,然后利用水的张力弄出一条水柱,就能直接喝到水。"

许放也看向她,眼神狐疑:"所以?"

林兮迟很认真:"我喝水的时候并没有伸出舌头。"

"……"

"你不懂的话就不要乱夸人。"林兮迟拍了拍他放在桌面上的手掌,像是好心提醒,"幸好是在我面前,不然在其他人面前你就出丑了。"

许放:"……"

之后林兮迟就边咬着比萨边跟他科普着其他动物的各种习性,直到兴致过了,才继续吐槽他那没文化的夸奖。

等注意到他的冷脸之后,她才迅速收住声。

许放没有吃夜宵的习惯,此时也不饿,吃了几口就没动了。他拿纸巾擦了擦手,单手撑着下巴,看着对面的林兮迟。

她似乎一直都没有什么变化,额前留着薄刘海儿,头发刚过肩,细软蓬松。吃东西的时候不太注意形象,脸上蹭到了酱都不知道。

也依然是总喜欢惹他生气,然后再来哄他。

像是乐此不疲。

许放拿起旁边的纸巾,探了过去,给她擦着脸上的酱,轻声说:"吃到脸上也不知道。"

说着,他抬起了眼,漫不经心地跟她的视线对上,学着她刚刚的话:"幸好是在我面前,不然在其他人面前你就出丑了。"

林兮迟刚吃完一块,又拿起一块,吃着比萨的小角,含糊不清地说:"可我在别人面前不这样啊。"

许放手上的动作顿了下,眉眼一挑:"是吗?"

林兮迟没再说话,腮帮子一鼓一鼓的,慢吞吞地啃着手里的东西。

……

　　林兮迟点的比萨是八寸的。一般这个大小是双人份，可许放没怎么吃，她也吃不完，剩下一半的量。到后来，她吃东西的速度变得很慢。
　　许放看了她几眼，也拿了块比萨开始吃。
　　林兮迟好不容易把手上的那块吃完，松了口气，捧着水杯喝了一口。她实在是吃不下了，整个人靠在椅背上，百无聊赖了起来，双腿晃荡着去碰他桌下的脚。
　　许放没躲，轻飘飘地看她一眼，吃东西的速度加快了。
　　她还想去逗他玩的时候，手机铃声响了。
　　林兮迟脸上还挂着笑，侧头一看，发现来电显示是林母。她的眼睛眨了眨，想起刚刚发的短信，犹豫着接了起来。
　　林母的声音一如平时，温和带着笑意："迟迟，你来 B 市玩了？"
　　林兮迟"嗯"了一声："我来找许放。"
　　"那你住哪儿？"旁边还隐隐能听到林父的声音，林母的声音带了点责备，"你怎么也不跟妈妈说一声？"
　　林兮迟不知道该说什么，只能讷讷道："我住酒店。"
　　"……"林母顿了顿，过了几秒才轻声说，"你刚刚看到玎玎也没打声招呼就走了吗？你们两个也没说说话。她现在没像之前那样了，看了好几年的医生，已经好很多了。"
　　林兮迟又"嗯"了一声："那就好。"

　　这些年，她和父母之间的沟通变得很少。
　　跟林母打电话的时候，林兮迟不再会像从前那样，主动去跟她说自己最近发生的事情，大多数时间都是在听她说。
　　林母也不是话多的人，常常说着说着就没话说了。
　　之后就会不自觉地出现一段时间的沉默，双方便草草地挂了电话。
　　到后来，林母给她打电话的次数也少了。
　　一般只有到她生日，或是什么大型的节假日才会给她打电话。
　　此时又是那种，林母不知道说什么，林兮迟又不主动提话题的尴尬氛围。

林母叹息了一声，似乎有些忧愁："迟迟，你回家一趟吧，爸妈都好久没见你了。而且你一个人在外边住，我们也不放心。"

　　林兮迟下意识看了许放一眼，支支吾吾地："我已经订了酒店了……而且奶奶也住你们那儿，应该没有多余的位置给我睡。"

　　"那就退掉。"林母替她决定下来，"你可以跟玎玎一间房，她的床不小。"

　　林兮迟也不知道该怎么形容自己此刻的心情，她找不到理由了，只能诚实地答："我不想。"

　　林母以为自己听错了："什……"

　　电话似乎是外放的，此时林父也出了声，声音多了几分严厉："不想回家住？那你是跟许放住一块吗？"

　　林兮迟没说话。

　　接下来听筒里传来了林母哄着林父，让他别生气了的话。

　　又传来一阵窸窸窣窣的声音后，林母跟她说："迟迟，你跟许放现在怎么样？你俩已经谈恋爱六年了吧？打算什么时候领证？"

　　"应该快了吧。"

　　"什么叫应该，他是不是没跟你提过？"林母叹了口气，语气带了劝哄，"妈妈有一句说一句，许家那孩子，我从以前就不看好。学习什么的一塌糊涂，不思进取，性子还不好。最近是要毕业了吧，之后还要在部队待多少年？你当初跟他在一起的时候，我就不想同意，但我当时没精力管——"

　　林兮迟握着手机的力道慢慢收紧，突然觉得有点儿好笑，打断了她的话："那你现在有精力了吗？"

　　此时许放已经把面前剩余的东西吃完了，坐在她对面玩着手机，听到林兮迟语气变得这么不客气时，还愣愣地抬起了头。

　　林父火了："这说的什么话！"

　　这次林母沉默了许久，才说："迟迟，你是知道当时家里的情况的，玎玎当时状态不好，还赶上了耿耿高考，我们可能就把你忽略了。但你一直很懂事，学习成绩很好，性格也好，什么都不需要我们操心，所以……"

"我也没有很懂事,"林兮迟像是忍不住了,低下头,伸手去揪着衣服上的线头,"我也不想把所有的时间都用来学习,但是……"

她像是想起了什么,声音一哽:"是因为,之前我听到奶奶跟你说,叫你别再把钱花在我身上,钱都留给林玎和耿耿。"

"我怕你会听了她的话,真的不让我上学了。"林兮迟吸了吸鼻子,"那我就自己拿奖学金,然后继续读书啊。"

"……"

"林玎的状况不好,我也觉得不开心。你们想搬去B市那边,我也没有不同意。那边的医疗条件好,过去是很好的,但是,我也希望你们能在走之前跟我说一声。

"不能抽空过来找我,打个电话的时间也是有的吧?"

她的眼睛突然红了,很平静地重复了一遍:"我也没有很懂事。

"你们叫耿耿过去过年的时候,我也希望你们能叫上我,就算不能让我过去,我也很希望你们能跟我说句新年快乐。

"这又不是什么很难做到的事情。"

"如果当初你们没有领养我,我可能也没法过上现在这么好的生活。"林兮迟呜咽出声,又强忍着克制住,"但是我就是觉得你们一点儿都不好,我就是想……怪你们。"

说完最后三个字,林兮迟结束了谈话,那边也没有说话。

她挂了电话,止住哭声,用手心蹭了蹭眼泪。

许放已经把东西收拾好了,见她把手机放下之后,便起身牵住了她的手。感受了她手上的湿润,他的动作一停,低头看了她一眼,却什么都没说。

扯着她出了店外。

夜市热闹非凡,一路上人来人往。

林兮迟全程低着头,一点儿也没看路,只靠许放带着。

走到人少的地段,许放的脚步才慢了下来,抿了抿唇,想跟她说点什么。

他还没开口,身后的林兮迟突然停下了脚步,定在原地不动了,像是个大人不让买玩具就不肯走的小孩。

"屁屁。"

许放回头看。

林兮迟的眼睛红红的,没再掉眼泪,说话时却还带了浅浅的鼻音:"我都准备好了……"

许放用指腹蹭了蹭她发红的眼角,认真问:"准备好什么?"

她吸了吸鼻子,犹豫了一下,很小声地说:"你怎么还不说要跟我结婚?"

听到这话,许放的动作僵住,垂下眼眸。看着她略显紧张的表情,他的喉结轻滚着,喉咙发涩。

很久以前的感受再度席卷。

在这一瞬间,他像是回到了多年前的那个盛夏。看着记忆里的那个少女,从温室里被移植,如同鲜艳的花瓣般无声凋零。

可他却一直不曾察觉。

林兮迟向来直白,在他面前也基本都是有什么就说什么的性子。就连一件微不足道的小事情,只要觉得有意思,都要特地翻来覆去地跟他分享多次。

可当她真的出了事儿。

如果出现了让她真切觉得难过的事情,她反倒会自己一个人憋着不说,会默默地胡思乱想。

结婚这件事情,许放从没跟她提过。

但她也像是个没事人一样,从来没有催过他,也没有问起过这件事情。

像是完全不在意。

所以许放也从来没想过,她会在这件事情上没有安全感。她也会担心他是否不情愿,才一直没有主动跟他提及过这件事情。

许放微微俯下身子,抬起手,抵着她的后脑勺往怀里按。

林兮迟的脸囧在他的胸膛前,眨巴着眼。因为一鼓作气说出来了,此时胆子也大了起来,锲而不舍地说:"你不要以为抱我一下就可以直接当作没听见我说的……"

许放打断了她的话,语气像是带了点笑意,还是照例吊儿郎当。

"你也太看得起我了。"许放的下巴在她脑袋上蹭了下,声音低哑,"不跟你结婚,那我得未婚一辈子——

"这我可受不了。"

……

周围有热风吹过,吹在林兮迟的指尖处,带了些烫意。

像是顺着指尖,十指连心,连到了心上。跳动着的心脏也随之发热,速度不断加快。

林兮迟不安的心情一扫而光,脑袋慢吞吞地抬了起来,思考着他刚刚说的话:"所以如果我不肯跟你结婚的话,你就不结婚了吗?"

许放的眉眼稍扬,乌黑如鸦羽的眼睫覆在眼睛上方,显得那双眼越发深邃。他的声线略沉,神情也是难得郑重:"不然?"

说完他便扯着林兮迟往前走。

"我可不一定的。"仿佛是松了口气,林兮迟眼睛弯了起来,还带着浅浅的水光,"你不早点儿跟我结婚,我还有好多——好多——好多——的选择。"

她还用另一只手比着手势,像是要引起他的重视。

"……"许放往后看了一眼,语气变得刻板了起来,十分不爽,"你可以试试。"

"那你在磨蹭什么?你现在就可以求了呀。"林兮迟非常大气,主动提道,"我连鲜花戒指都不用,下跪也免了,你直接说一句就好了。"

许放的视线重新向前,拉着她往酒店的方向走。

他没有顺着她的话茬儿,也把这事情当成一个玩笑。

许放神色正经,认认真真地说出了自己的想法:"再等一段时间,毕业后的分配下个月会出来,之后我会打结婚报告。"

说到这儿,许放的声音顿了下,像是叹息了一声:"可能你觉得没有必要,但别人有的东西,我都一定要给你。"

想帮她将碎片拼凑,让她不再患得患失。

想用自己的力量,建造一个只属于她的温室,让她能够永远待在里面,不用再担心会被迫驱逐,更加灿烂地绽放。

还想要给她很多很多的惊喜,让她不会再去羡慕其他人所拥有的东西。

她所缺少的那些部分,许放没有能力替她补回。

所以只能在其他方面,让她比其他人拥有得更多。

"……"

"所以这些话,你听了就过,只要记住一点,"许放牵着她走在前头,林兮迟只能看到他的背影,声音随着晚风传来,"我比你更想,更想要结婚。"

回想起刚刚林兮迟在店里的模样。她红着眼眶,强忍着呜咽,字句清晰地说着:"我也没有很懂事……"

许放垂下眼,声音微带哑意:"我什么都不需要你做。

"你不需要懂事,也不需要想着主动去做些什么。喜欢惹我生气也好,爱闹脾气也好,一直长不大也没关系,想做什么事情都好。

"可能还需要让你再等我一段时间,但不会太久了。"

夜空下,远离了繁华的夜市,小巷里幽深静谧。白亮的路灯照射在水泥地上,除了他们两个,看不到任何人。

他的背影高大宽厚,像是能为她撑起一片天。

这些年,他们一直都是聚少离多。

林兮迟虽知道他每天都在做些什么,但因为不是时时刻刻都待在一块,很多细枝末节的事情她不能察觉,也不知道会对他造成什么样的影响。

可他独自一人在别的城市,独自一人经历了许多的事情。

在她的面前仍旧没有什么变化。

依然像从前那样对她,会因为她的话而生气,也会在大吵后妥协地跟她示好;做什么都会第一个想起她,会给她安排好一切,就算不在她的身边也能第一时间就察觉到她的情绪。

很神奇的。

他就像是个宝物一样。

只要在他的面前,林兮迟觉得自己永远都不会长大。

也永远都不需要长大。

才在外边走了这点时间,林兮迟就像是精疲力竭了,体力差得不行,一回酒店房间就往床上倒。

她连鞋子都不脱,就懒洋洋地把脚垂在床边。

许放站在桌旁,把刚刚买的东西收拾好,之后才望向她。

看到她这副不成体统的模样,许放的眉头一皱,走过去坐在她的旁边,边给她脱鞋边板着脸说:"赶紧去洗澡。"

林兮迟埋在被子里的脸突然抬了起来,瞬间明白了他话里的含意,笑眯眯的。

"然后把自己送到你的床上吗?"

许放:"……"

她到底从哪儿学的这些?

许放把她拽了起来,漆眸不带情绪,唇线抿直,指尖用力地扯了扯她的脸颊,像是有些不可思议:"不要自作多情。"

林兮迟轻哼一声,把他的手拍开:"屁屁,你这个狂野系的就不要假装自己是清冷禁欲系的好吗?"

"……"

"我都不想说你了。"林兮迟拿脚去踢他,"都认识多少年了,该懂的都懂,你再怎么装我都能看清你的本质啊。"

许放抓住她的脚踝,面无表情地说:"叫你少看点小说,没听?"

"为什么不让我看?"林兮迟想拽回自己的脚,没拽回来,"你是不是怕我把你跟小说里的男主对比,然后嫌弃你?"

许放的指腹略带薄茧,慢条斯理地摩挲着她的脚踝:"我一个人吊打他们全部。"

"……"

林兮迟被他的厚颜无耻惊到了,刚想说点什么,口袋里的手机就响了起来。她嘟囔了句"要小说男主都像你这样那谁还看小说啊",之后才接起了电话。

许放:"……"

坐在旁边看着她接电话,想着她刚刚说的话,许放突然就被气笑了,不再搭理她，起身拿了衣服便进浴室里洗澡。

来电话的是林兮耿。

林兮迟提前跟她说过，端午节会到B市找许放，所以让她有空的话，就回家跟外公一起过节。

此时林兮耿就是在外公家里给她打的电话："你去那边遇到林玎了啊？"

林兮迟点头："嗯。"

"妈妈刚刚给外公打了个电话，我就听到了一些。"林兮耿的声音轻轻的，"反正你就做自己想做的事情就好了，不用听他们的。"

"我知道。"

"林玎那边……唉不管了。"林兮耿似乎也有些烦躁，"对了，我刚刚还听到外公把妈妈骂了一顿，哦，现在还在骂……"

像是把手机放远了，林兮迟听不太清她后边的话，却能听到外公毫不退让的怒骂声："许放那孩子不好？那孩子我看着长大的，我人老眼睛还没瞎！倒是你，我确实是没教好——闭嘴！不去你那儿住怎么了？你当你那儿在派钱吗谁都赶着去！……"

"……"

林兮迟很久没听过外公这么有魄力的声音了。

虽然知道不应该这样想，但听到外公在给她撑腰，也站在许放的这边，替他们指责着林父林母，她莫名就有点儿得意和幸灾乐祸。

林兮迟高兴地坐了起来。

与此同时，林兮耿也把电话贴回了耳边。

林兮迟把自己埋进了被窝里，在里边悄悄跟她说："林兮耿，我跟你说，我很快就会跟许放结婚了。"

林兮耿好奇道："他怎么跟你求婚的？"

林兮迟眨了下眼："还没求啊。"

"……那怎么就快了？"

"他说会跟我求呀，但要我装作不知道。"林兮迟在被子里滚了一圈，自顾自地乐着，"他要给我惊喜。"

"……"两个幼稚鬼。

但听她这么开心,似乎也没被父母影响到,林兮耿松了口气,也替她开心:"那祝你新婚快乐。"

恰在此时,许放打开了浴室的门,从里头出来。

他的脑袋上搭着一条纯白色的毛巾,身上还冒湿气,穿着短袖短裤,露出健壮的手臂和腿。

林兮迟下意识就说了句:"屁屁你怎么洗得这么快?"

许放走过来坐在她的旁边,抬眸看她,懒洋洋道:"洗个澡要多久?"

电话那头的林兮耿听到他们的对话,也听到林兮迟对许放的称呼,觉得有点儿好笑:"林兮迟,你老这样喊许放哥,他不会生气吗?"

"什么?"

"就你给他起的那个外号啊,我记得你这样喊他的时候,他的表情好像都不太好看啊。"

林兮迟反应过来:"你说屁屁吗?"

许放还以为她是在喊自己,还很自然地应了一声:"嗯?"

林兮耿:"是啊。"

"啊——他怎么会生气。"林兮迟凑过去给许放擦头发,语气一本正经地,"他很喜欢这个名字啊。"

林兮耿愣了下:"真的假的?"

许放也看了过来,大概能猜到她们在说什么。

"你想想,外号这东西都是看人的。如果你很胖,你也很在意这个事情,别人给你起了个外号,说你是胖子,那你肯定听到就会浑身不自在吧。"林兮迟把手机夹在肩膀和耳朵之间,腾出两只手给许放擦头发,"或者你因为个子矮很自卑,被别人提到'矮'这个字也会很不舒服呀。"

林兮耿没反应过来:"你怎么扯到这上面来了?"

许放跟她面对面,看着她一本正经地瞎扯。

"可许放不一样啊。"林兮迟完全没有许放就在自己的面前,说话要收敛点的自觉,"他如果不喜欢我这样喊他,就等同于他不喜欢'屁'这个字。"

"……"

"但他说话就喜欢带'屁'字。

"就举个例子,在不爽的时候,有些人会说,'开心个头',或者'开心个鬼',但许放不一样。

"他会说'开心个屁'。"

林兮迟越说越觉得自己说的格外有道理,还抬起眼,很期待地看着许放。

"所以可以由此推导出,许放很喜欢'屁屁'这个名字。"

许放:"……"

Chapter 16:
让我有点儿困扰啊

许放 ♡ 林兮迟

电话那头的林兮耿明显信了，语气恍然大悟："哦，好像是欸，我之前还以为你就是因为他不喜欢，想跟他作对，才故意一直这么喊。"

两人的距离极近，许放也能很清楚地听到林兮耿说的话。

见他没反应，林兮迟的眼睛一眨，视线从他的眼睛挪到他的头发上，很善解人意地说："没有啊，他不喜欢的话，我肯定就不喊了呀。"

盯着她的表情，过了几秒，许放像是被气到了，将毛巾扯过，背过身，自己把头上的水擦干。

许放洗完澡没有用干毛巾擦身的习惯，所以此时他的上衣沾了点水，黏着背脊，将他背部的轮廓勾勒了出来。

房间的灯光很明亮，林兮迟看着他的背影，舔了舔唇，又跟林兮耿说了一会儿话，之后把电话挂了。

林兮迟磨蹭了一会儿，凑过去问他："屁屁，你生气了吗？"

许放的头发短，把水擦干之后基本就干了。他把毛巾搭在腿上，单手拿着手机，不知在看些什么。

听到她的话，许放侧头看她，漆瞳染着水汽，沉而深邃。他的嘴角轻扯，很直接地说："知道还问？"

"哦。"林兮迟也没有给他多少回应，又凑近了些，伸手摸了摸他的脑袋，很敷衍地哄了一句，"那你别生气了。"

"……"

说完她也不等许放的反应，直接下了床，赤脚蹦跶到桌边，往包里摸索着自己带来的换洗衣物，之后进了浴室。

看着她的动作，直到听到关门的声响，许放才冷笑出声，把毛巾扔到一旁，躺到了床上。

过了一会儿，他又像是闲不住，想到林兮迟在里头洗澡，便起身拿起遥控器，把空调的温度调高了些。

许放直接把温度按到最高。

他躺回床上，正想翻个电影来看的时候，手机响了。

来电显示不是陌生的人，许放也能猜到对面给他打电话的原因。他的眼眸向下垂，像是在想事情，很快就接了起来。

林兮迟还在洗澡，从这儿还能听到里头传出哗哗的水声。

许放的坐姿笔直，主动问了声好："林叔叔。"

电话那头传来男人略带威严的声音，带着点客套的亲切感："许放，听你爸妈说，你来B市读研了？"

许放顿了下，轻轻应了一声："是的。"

"是这样的，迟迟那孩子最近跟我们闹别扭，你看你能不能劝劝她，让她回家一趟？"林父斟酌了下，叹息了一声，"这几年我们是有点儿忽略她了，但都不是本意。"

许放没说话。

"她妈妈刚跟她外公打了个电话，现在一直在哭。你劝劝她，让她回来跟她妈妈道个歉，不懂事也要分场合。她现在也不小了，也该懂每个人都有各自的难处，我们也不是故意忽略她的感受，她妈妈这几年都过得很辛苦……"

像是在找一个树洞，也像是在求着许放的认同，林父一开口就停不下来，一个劲儿地在说他们的艰难。

时间能将一个人改变，经历过的事情也能将一个人的想法改变。

还记得很久以前，许放见到的林父和林母，对待孩子也是耐心而有条理的。

虽然严苛，却也会很敏感地注意到她们的情绪，会给她们规定每天要做的事情，也会在有空的时候带她们出去玩。

当时还确实是，很好很好的家长。

而现在，他们的情况不似当时。他们无法再接受自己犯下的差错，只能下意识地推脱责任。

他们已经没有别的精力了。

觉得这辈子把林玎弄丢，让她受了那么多苦，光是为了弥补这件事情，就已经耗去了所有的所有。

他们没有勇气再去承担别的责任，尽管他们已经察觉到自己的不对。

良久后，林父的语气变得沉重了起来，能听到话里夹杂着浅浅的叹息声："也罢，我们再想想办法吧。但许放，叔叔有句话一定得跟你说，迟迟那孩子性子犟，说什么也听不进去。你俩——"

许放的嘴唇轻抿，听着他接下来的话。

"确实不合适。

"军人这职业有一定的危险性，去部队之后，你们肯定没法像现在这样，还有那么多见面的时间。

"说一句不好听的，如果你以后执行任务，出了意外，你让她怎么办？

"当然我也不是说让你们分开，只是希望在你转业之前，你们就先暂时，不要提结婚的事情吧——不然以后多影响迟迟。"

……

等林兮迟从浴室里出来，已经是半个多小时后的事情了。

她故意连头发都没擦，脑袋上搭了条毛巾便出来了。发梢处滴着水，小脸蛋儿白净湿润，一双眼大而清澈。

许放还坐在原来的位置上，手机放在一旁，垂着头，像是在发呆，看不出在想什么。

林兮迟洗完澡出来了，许放也好像是没察觉到一样，整个人一动不动。等她走到他的面前，他才慢悠悠地抬起了头。

感觉他的表情不像是还在生气，但也说不上是什么情绪，就是比她去洗澡之前神情，看起来黯淡了些。

林兮迟蹲在他的面前，杏眼圆而亮，像是一只讨主人欢喜的小狗，她捏着他的指尖，终于开始认真哄他："你居然还在生气？"

"……"

"我本来还想让你礼尚往来一下。"林兮迟有些苦恼,"那算了,我自己擦头发。你别生气了,我刚刚给你擦头发就是在哄你,你就当我刚刚的行为是不求回报的——"

还没等她说完,许放便抬起了手,拿起搭在她脑袋上的那条毛巾,默不作声地揉搓着她的头发。

林兮迟眨着眼看他,站起来又坐在他的旁边,闷闷地解释:"我就是觉得你喜欢这个名字的呀,不然我跟别人一样喊你许放,那多生疏啊。"

许放没搭腔。

林兮迟干脆抱着他,脸往他的身上蹭,耍赖般地喊着:"你!不!要!生!气!了!好!吗!"

许放瞥她一眼,终于开了口:"谁生气了?"

听到这话,林兮迟抬头看他,表情还有些小心翼翼:"那你怎么不开心?"

他轻笑一声:"装的。"

"……"林兮迟忍不住轻踢了他一脚,这才松了口气,开始指使他,"你去给我拿吹风机,给我吹头发。我不想动了,我好累。"

许放的眉眼一挑:"你什么时候不累?"

林兮迟很直接:"你不在的时候。"

"……"

许放没再说什么,起身到浴室里去拿吹风机。

林兮迟趴在床上,拿起床头柜上的手机,打开网页开始搜索:现役军人结婚的规定和流程。

等许放回来了,她就换了个位置,趴在他的腿上,看着网页上的内容。

把大致的流程看完,林兮迟突然注意到其中一条——部队响应号召,提倡晚婚,男性提倡满二十五周岁后结婚。

二十五岁。

林兮迟暗自在心中算。

等许放过完今年的生日,他就二十五岁了。

哦。

刚刚好。

林兮迟心满意足地点点头。

她继续往下滑动，又看到了一句——破坏军婚罪，对军婚予以特别保护。法律规定："现役军人的配偶要求离婚，须得军人同意。"

看到这话，林兮迟愣了下，瞬间抬头看着许放。

耳边是吹风机运作时发出的"呼呼"声，格外吵。

她的动作很突然，许放差点儿就把她的头发卷进吹风机里，此时也吓了一跳。他立刻关掉了吹风机，皱着眉问："你干什么？"

"屁屁。"林兮迟把手机上的内容给他看，"这个真的假的？"

许放漫不经心地扫了眼，也没多在意，轻轻应了一声："嗯。"

林兮迟"啊"了一声，呆滞地看他，讷讷道："那如果是你提的离婚呢？"

没想到她会说出这样的话，许放的表情立刻难看了起来。

"说的什么玩意儿。"

林兮迟直接把这话理解成"只要他提了离婚她就必须离"的意思，她猛地坐了起来，胡搅蛮缠地压在他的身上，不敢相信地说："许放！你还要不要脸！"

许放："……"

"不行，我不管。"林兮迟俯下身，泄愤般地咬着他的脖子，"这也太不公平了！我缠了半天的结婚你只要说一句就离了吗？你做梦！"

说着，林兮迟抬起了头，直视着他："我要弄个婚前协议了，你要是想跟我离婚，你就得自宫！自！宫！！！"

"……"

他在她心中到底是一个什么样的形象？

林兮迟撒起泼来什么都不管，就喜欢像个小孩子一样胡闹。

夏天的衣服薄，此时两人的身体紧贴着，隔着的那两层布料像是不存在了一样。许放能很清晰地感受到她的曲线，以及在他身上蹭着的双腿。

触感冰凉而软,在这夏日里格外舒适。

许放本来还想跟她吵架的心情瞬间荡然无存,他的喉结滑动着,就这么被她压着,一动不动,也一声不吭。

脖颈处还残留着她唇上的触感,温热而湿润。

他的眼神又黑又暗,仿佛带了隐火,因她的举动,开始燃烧了起来。

注意到许放的表情,林兮迟突然也察觉到此时氛围的暧昧。

她向来就只是有贼心没贼胆的人,对许放的调戏永远仅限于口头上,再进一步的,给她一百个胆子她也不敢。

林兮迟咽了咽口水,刚刚的气势顿时散了,单手撑着床,想爬起来。

下一刻,许放闷哼一声,扯住了她的手腕,把她拉了回去。

林兮迟没防备,整个人又扑到他的身上,鼻尖差点儿就撞上他的鼻子,两人的距离变得极近,只要她再低下一寸,就能吻到他的唇。

可她还没开始有动作,许放就半坐了起来,背靠着床头。她几乎还没有反应过来,他便急不可耐地低下头。

这次和往常的任何一次都不一样。

像是难以自持,又像是隐忍多时。

许放的嘴唇滚烫,卷着她的舌尖,一寸寸地向外带,像是想把她吞咽进腹。他的动作粗野生涩,唇舌向下挪,舔舐着她的耳垂。

再继续向下——

这样的热情让林兮迟像是溺在水中,带来了窒息感,他的气息从四面八方向她扑来,她无法挣脱,也不想挣脱。

略带薄茧的掌心轻轻带过她的身体,像是带了温度和电流,慢慢地烧了起来。

良久,林兮迟大脑一片空白,没了声响。

许放深吸了口气,咬着她的脖颈,不断地找回自己的理智。他扯过一旁的被子,卷到她的身上。

看着她红润的眼尾,以及被他留下的痕迹。

许放闭了闭眼,咬咬牙,再次把她扯进怀里,声音低润又沙哑,含糊不清,却又能让她听得一清二楚。

"这次先放过你。"

这次许放在浴室待的时间比往常都久。

听着厕所里传来的水声,林兮迟坐在床上,神情有点儿蒙,过了几分钟才爬起来把衣服穿上,又开始发呆。

觉得浑身黏糊又湿,难受得紧,身上的热气半分没散,林兮迟抬手捂了捂脸,从床上找到空调遥控,把温度调低了些。

然后趴在床上玩手机。

心思却半点儿都没放在上面,注意力时不时地就偏到浴室那边。

等了二十分钟,林兮迟有点儿郁闷了,蹬开被子,起身到浴室门口,拍了拍门:"屁屁,你怎么洗个澡那么久?"

大概是水声太大,掩过了她的声音,许放没回应。

林兮迟加大了力道。

嘭嘭嘭——嘭——嘭——嘭嘭——

下一刻,林兮迟隐隐听到了许放低哼了一声,若有若无,淹没在哗啦啦的流水声中,就像是她的幻觉。

她手上的动作僵住,抿了抿唇,回到了床上。

林兮迟装作什么事情都没发生,继续拿起手机,面上不动声色,内心戏倒是比往常的任何一个时候都要多——

之前还不承认。

这次被她抓到了,就说他尴不尴尬?

不过刚刚为什么要停?又不是她让他停的,还敢口出狂言说以后要……要……

哦,是因为没有……安全措施吗?

想到这儿,林兮迟愣了下,叹息了一声,有些发愁,觉得许放真是什么都不懂。她磨磨蹭蹭地挪到床头柜旁,小心翼翼地拉开柜子。

果然。

林兮迟从里边拿出了一个崭新的小盒子。

恰在此时,许放打开浴室门,从里头出来。他又洗了个澡,薄荷味的沐浴露味道很浓,气息铺天盖地袭来。

林兮迟往后看了一眼,刚好和他的视线对上。

许放的眼睛湿亮,稍稍向下垂,看到了她手里的东西。

气氛停滞一秒。

许放的喉结滑动着,挪开了视线。

林兮迟莫名觉得手中的东西有点儿烫手,她舔了舔唇角,又想跟他科普一下,声音磕磕巴巴的:"屁屁,那什么,你懂吧,酒店一般都会提供这个的。"

许放没说话。

林兮迟再接再厉,指着床边的柜子:"一般就放在那个柜子里……"

本以为自己不回应她就不会再揪着不放,许放忍无可忍,走到她的面前把她手上的东西扔回柜子里。

"知道,你快闭嘴。"

随后他神情僵硬地躺到另外一张床上,拿起一旁的手机看了起来。

林兮迟眨了眨眼。

又开始不懂刚刚许放停下来的原因。

她的身上黏糊糊的,此时也想再去洗个澡,便爬了起来,往包里翻了翻,拿出一套新的睡衣,不小心扯出了两片卫生巾。

看到这个,林兮迟呆住,立刻抬头跟他解释:"屁屁,我没有来大姨妈呀,我这个只是拿着备用的。"

"……"

许放看向她,面无表情地问:"你想说什么?"

林兮迟很认真:"我就提醒你一下,我怕你不懂。"

"没有,我都懂。"

这下林兮迟是真不懂了,挠了挠头:"哦,那你刚刚……"

怕她再说出什么话来,许放提前打断了她,表情绷住,很生硬地说:"我不想在结婚前做这种事情。"

"……"

林兮迟的嘴唇张了张,"啊"了一声,像是没反应过来。很快,她的神情变得古怪了起来,盯着他,目光幽幽的:"看不出你这么保守。"

总算找到个能让她信服的理由,许放松了口气:"是啊。"

"……"

许放语气懒散，吊儿郎当道："所以你就不要总想方设法地得到我的肉体了，让我有点困扰啊——"

尾音刻意拉长，听起来格外欠揍。

林兮迟莫名觉得有点憋，但想到刚刚自己一直试探许放的话，确实是有种想方设法爬他床的感觉。

她收回了视线，不再搭理他，拿着衣服进了浴室。

等听到浴室的关门声后，许放的眼皮耷拉下来。

回想起林父刚刚的话，他轻扯了下唇角，低不可闻地轻叹了一声，神情看起来黯淡不明。

接下来的几天。

两人的行事风格都比较随意，一般都是当天决定当天去哪儿去哪儿，想到想做的事情便出门，想不到便能在酒店里窝个一整天。

出乎林兮迟的意料，这几天父母一直没给她打电话。她虽觉得奇怪，但也松了口气，乐得自在。

想着许放的话，林兮迟还刻意地跟他保持了距离。因为订的是双人标间，她原本还有个半夜去爬他床的想法，也瞬间因此而消失。

林兮迟的假期放到三十一日，但许放三十日晚上就得回学校。

许放想给她改签三十日回去的机票，被林兮迟拦着了。缠了他一天之后，到点了才把他送到了学校门口，之后自己一个人回酒店。

她一个人在一个不算特别熟悉的城市，许放格外不放心，在她回酒店的路上，还跟她讲了一路的电话。

等确定林兮迟回到了酒店，两人又说了几句，才挂掉了电话。

林兮迟垂头看了眼手机，忽地注意到她和许放打电话的时候，有个B市的号码打了进来，时间在十分钟前。

她也没想太多，想着应该是骚扰电话，便放下手机，到浴室里去洗澡。

等林兮迟再出来，看到一旁的手机时，又想起了刚刚那个电话。她定了定，莫名有种强烈的想打回去的欲望。

房间里安安静静的，光线明亮得有些刺眼。

林兮迟躺到床上，睁着眼盯着那束光，神情有些呆滞。放弃了刚刚的想法，她想着事情，渐渐犯困。

很快，她爬了起来，关上了房间的灯。

准备睡觉的时候，电话再度响起。

林兮迟下意识就认为是许放，连来电显示也没看，直接接了起来，懒洋洋地问："点完名了？"

那头很安静，迟迟没给她回应。

林兮迟等了一会儿，纳闷儿道："你怎么不说话？没信号吗？"

说着她就把手机拿离耳边，看了一眼。这才发现给她打电话的人不是许放，而是刚刚那个B市的陌生号码。

见状，林兮迟犹疑地把手机贴回耳边，小声问："您好，您是哪位呀？"

过了几秒，那头终于有了动静，声音轻而哑，说出了一个出乎她意料的名字。

"我是林玎。"

"……"

林兮迟从来没想过林玎会有主动给她打电话的一天。

她的呼吸一滞，神情有些茫然，嘴巴动了动，却不知道该说些什么。

电话里安静了很久，林玎也没有开口。

林兮迟的眼睫颤抖着，像是忍受不了这样安静的氛围。良久后，她主动问："你有什么事情吗？"

林玎的声带像是被伤过，说起话来会带着点沙，声音偏中性："之前你跟爸妈打的电话是外放的，我听到你说的话了。"

"……"

她的声音发颤，一字一顿地说："对不起。"

这是一个意料之外的电话。

这也同样是一句意料之外的话。

林兮迟握着手机的力道抓紧，喉间一哽，鼻子莫名一酸。

二〇〇七年，通过DNA数据库，警方通知了林父和林母，告诉他们找到了失踪孩子的下落。林父和林母过去之后,当天就把林玎带了回来。

林兮迟还能记得第一次见到林玎时,她的模样。

因为营养不良而造成的面黄,头发像枯草一样,瘦得明显凸起的骨头,以及走路一跛一跛的模样。她的表情怯懦又恐惧,茫然地看着四周。

像是一个外来者,应该就连她自己都觉得格格不入。

虽然父母从来没跟林兮迟说过林玎先前发生的事情,但从亲戚的口中,她也大概了解了一些。

林玎被拐卖的时候才七个月大,她没有记忆,思维也还没成型,被人贩子卖到了一个偏僻的村子里,给一户生不出孩子的人家。

在此之前,林玎都过得不算太惨。虽说那家人对她不算多好,但也会送她到村里的小学上学。

但后来,在林玎十二岁大的时候,那户人家的女主人居然意外地怀上了孩子。

而且还是个男孩。

算是老来得子,他们想把最好的都给那个孩子,却没有那个能力和金钱。然后,他们就把主意放到了林玎的身上。

二次拐卖。

他们把林玎再度交给了人贩子,换取了一笔金钱。人贩子又将林玎卖给了另一户人家,给那家的傻儿子当老婆。

林玎逃跑过一次,被打断了一条腿。

……

那些事情多可怕。

林兮迟没经历过那些事情,但只要想到那些,都觉得毛骨悚然。

可林玎是实实在在地承受过。

她的记忆里,大概有百分之八十的时间,都是黑暗而绝望的。

把林玎接回来之后,林母专门请了医生,替她调养了一段时间的身体。

又过了一段时间,林父和林母不希望她整天一个人待在家里那么孤独,问了林玎的想法后,便替她办了初中的入学手续。

可林玎小学都没读完，什么都跟不上。

那会儿林兮迟读初三，正值中考，每天在学校就把自己的作业都做完，回家就开始教林玎，帮她补回那些缺失的知识。

她们也曾，十分亲密地相处了两年的时间。

到后来，林玎的歇斯底里，那像是淬了毒药的目光，以及拿着东西往她身上砸，用力地扯着她头发的力道——

要说不怪吗？

怎么可能呢？

可是在这件事情里，林玎才是最大的受害者。

她的一生，仅仅毁于林母的一次粗心大意，之后再得到多少的疼爱，拥有多少东西，发泄多少的情绪，都弥补不了。

林兮迟垂下眼帘，不知道该怎么回应。

像是也不需要她的回应，林玎很快又道："后来爸爸给许放打了个电话，感觉说的话挺过分的——我不知道你知不知道，就跟你说一声……"

她的语气又带了点点的怯懦："那我挂了。"

林兮迟突然喊住她："林玎。"

林玎一顿。

"你过得好吗？"

"……挺好的。"

"那就好。"

"……"

"我也挺好的。"

沉默下来。

良久后，林玎再度开了口，声音带着哭腔。

"……那就好。"

挂了电话，林兮迟把手机放下。

室内的窗帘紧闭，没有一个缝隙能让窗外的光线照射进来，漆黑一片。她睁着眼，却什么都看不到，一时间也分不清现实和虚幻。

林兮迟不知道林玎为什么会给她打这个电话。

他们在二〇一二年的新年从溪城搬到 B 市，到如今，已经过了五年多了。

可能林玎搬到了一个新的地方，一直坚持在看心理医生，遇到了很多很好的人。

也开始发现，这个世界其实不是每个角落都是黑暗的。

她发现了一点点的色彩。

慢慢地，渐渐地，就会发现更多更多的美好而令人满怀期待的事情。

她不再封闭自己，不再把所有的怨恨都发泄在一个人身上，不再把自己的所有时间都用来沉浸在过去的那段痛苦的时光里。

她也想拯救自己。

然后，开始回应和拥抱这个温暖的世界。

林兮迟看了看时间，此时才十点出头。

因为刚刚的电话，她忽然没了睡意，开了床头的灯。她翻了个身，趴在床上，把手机放在自己的眼前，默不作声地盯着屏幕。

默数了几十秒，还不到一分钟。

像是心有灵犀一样，手机屏幕亮了起来。

来电显示：屁屁。

林兮迟弯了弯唇，迅速接了起来。

许放刚点完名，洗了个澡便给她打了电话，语气略显散漫："在干吗？"

林兮迟抱着枕头，小声道："我准备睡觉了。"

"嗯。"许放应了一声，"跟我说点话再睡。"

林兮迟跟他提刚刚的事情："屁屁，刚刚林玎给我打了电话。"

闻言，许放顿了下："为什么给你打电话？"

"她给我道歉了。"

"……"许放抿了抿唇，"那你怎么回？"

"我没怎么回呀。"

"不怪她？"

听到这儿，林兮迟拖着嗓子思考着，很快便道："想到那个时候还是有一点点不开心,但我觉得那些事情好像没什么好想的。"

"……"

"而且她是生病了,她没法控制自己。"林兮迟挠了挠头,回想着以前的事情,"其实她初一去学校的时候就很明显了,有男生碰到她她就会开始尖叫,而且同学都在嘲笑她的脚。半个学期没到,她就不肯再去了。"

许放没说话,就听着她说。

"我就觉得早该带她去看医生。"说到这儿,林兮迟闷闷地哼了一声,"不听我的就算了,还说我不对。现在这样多好。"

"谁说你不对?"

林兮迟脱口而出:"奶奶啊。"

说完她立刻就收住了声,微鼓着腮帮子,把脸埋进枕头里。

许放下了床,走出阳台跟她说话:"讨厌奶奶?"

林兮迟抬起了头,小心谨慎地问:"这个能说吗?"

"嗯。"

林兮迟忍不住道:"有一点儿讨厌。"

许放的声音带了笑意:"嗯。"

"这种讨厌是,"林兮迟想了想,掰着手指跟他说,"我不会主动去找她,新年不会跟她问好,赚了钱也不会给她养老的那种讨厌。"

许放挑了挑眉:"这不就是很讨厌吗?"

"这哪算?"林兮迟为自己辩解,"很讨厌的话是,她摔倒在地上爬不起来我都不会去扶,这才叫很讨厌。"

林兮迟板起了脸,开始教训他:"你不要反驳我的话,而且我讨厌的话,你也得讨厌。"

许放在这头无声地笑,声音带了轻轻的气息:"知道了。"

话匣子开了,林兮迟干脆把想说的都告诉他,皱着鼻子:"爸爸妈妈也不算很讨厌,就希望他们别管我了。"

她的声音低了下来:"觉得有点儿烦。"

这么多年都是这么过的。

一开始可能觉得很难受,很难熬。但时间久了,她突然发现,少了那几个人,好像对她的生活也没有什么大的影响。

她依然能活得很好,依然有重要的人,也依然有把她当成心上至宝的人。

"还有林玎。"林兮迟抓了抓脸,略微思考了下,"虽然也不是很讨厌她,但也不是那种想再跟她见面的不讨厌。"

她头一回跟自己提这些事情,将自己的内心世界毫无保留地说给他听。

许放的眉眼柔软,带着纵容。

"那以后就不见了。"

"以后外公最重要。"林兮迟不再去提那些,自顾自说起喜欢的人,"屁屁和耿耿并列第二……哦,那我还得选个第三欤,只有前二好像有点儿寒酸。"

床头的灯不算亮,房间里大半都是昏暗的,除了她的说话声,没有其余的声音。许放也不怎么说话,全程就在听她说。

又黑又静。

林兮迟的困意渐渐袭来,慢慢地闭上眼,小声嘟囔着:"对了,让许叔叔和许阿姨当第三名吧——反正以后也是我的爸妈了。"

"好。"

林兮迟没了声响,像是睡着了,许放还能听到她和缓均匀的呼吸声。

许放扯起嘴角,却也不想把电话挂掉。

过了一会儿,林兮迟却再次开了口,语气迷迷糊糊的,像是困极了:"屁屁,我爸爸是不是给你打电话了?"

许放一愣,点点头:"嗯。"

林兮迟没再说话。

这次像是真的睡着了。

对这件事情,她仿佛完全不在意,只是随口一提。

她相信他足够强大,会解决好一切。

相信他如果真正遇到什么难以抉择的事情,也一定会告诉她。

相信他就算听到什么样的话,不论怎样,都会对他们的关系毫不退让。

晚风微微凉,弯弯的月亮挂在天空中。

一片静谧中,许放抬头,盯着那抹柔和的白光,突然笑了声。

"你爸爸让我等转业之后再跟你结婚。

"那我至少三十岁了。

"我是傻子吗?"

……

——"说一句不好听的,如果你以后执行任务,出了意外,你让她怎么办?"

——"当然我也不是说让你们分开,只是希望在你转业之前,你们就先暂时,不要提结婚的事情吧——不然以后多影响迟迟。"

……

——"对不起,我已经决定好了。明年开春之前,我会跟她结婚的。"

——"我已经让她等了很久了。"

——"不会再拖了。"

隔天,林兮迟一大早起床。收拾好东西,她到前台退了房,在附近吃完早餐,拦了辆车到机场。

过了安检,林兮迟到候机室等待。

许放比她起得早,一起床就开始打电话轰炸她,让她快点起来,不要赖床。像是完全把她当成一个没有生活自理能力的人,时不时就给她发几条消息,提醒她该做些什么。

此时他又发了条消息过来,问她:登机没?

林兮迟:还没。

过了一会儿,她突然想起一件事情:哦,我忘了买保险了。

许放:……

登上App,林兮迟选了个"1000万航空意外全球保",付款后截图,发给了许放。

林兮迟很认真:如果一会儿飞机掉下来了。

林兮迟:你就去领1000万。

许放:……

神经病。

……

下了飞机，林兮迟也不赶着回家，先是回了一趟外公家。本以为能见到林兮耿，哪知她早自己一步去了学校，两人刚好错过。

林兮迟陪着外公吃了晚饭，又跟他说了会儿话。

明天还要上班，林兮迟没在这边留宿，九点的时候跟外公道了别，之后便回了家。

小房子里几天没住人，室内的空气都闷了几分。

林兮迟打开窗通风，闲着没事便将客厅收拾了一番。打扫的劲头一上来，她干脆把整个家都收拾一遍。

收拾好客厅后，她往四周看了看，进了房间里。

把一些不用的东西都扔进垃圾桶里，林兮迟忽地注意到许放给她的那个密码锁箱子，被她放在桌面一角。

她倾身拿了起来。

这几天去 B 市，好几个数字都没有试。

那就 0528，0529，0530，0531。

哦，都不是。

林兮迟抱着箱子坐在椅子上，闲着没事，瞬间忘了许放的嘱咐，开始试别的数字。

应该是许放的生日吧，还刚好是在一起那天。

那就 1024。

……也不是。

难道是她的生日？那得明年了啊。

0118。

哦，自作多情了，也不是。

这盒子里的东西他放了那么久，感觉应该挺重要的。那能开箱子的那天，许放大概会在自己身边吧。

那他挑的时间应该就是确定他一定在的时候？

他毕业回来的那段时间？

应该不可能是随便一个数字吧。

接下来的比较浪漫的日子就只有七夕了,但今年七夕都八月底了,那时候他早就去部队了吧。

林兮迟还是不死心地试了下。

0828。

唉。

她神情疲惫,把箱子扔到一旁。

这个月,医院难得清闲了一些。

林兮迟不用过之前那样每天加班的日子,每天准时六点下班,自己倒腾点东西吃,再洗个澡,还有一大堆的空闲时间。

这天,林兮迟正躺在床上,抱着台笔记本电脑在看综艺。她正想起身到厨房拿瓶酸奶来喝的时候,手机一响,是QQ的提示音。

林兮迟垂眸一看,发现是林兮耿给她发的消息。

两人基本不用QQ联系,此时林兮迟也有点儿好奇她想做什么。

点开一看。

林兮耿:兮迟,我有个朋友向我借一万元钱,我现在手头上没这么多钱,你帮我转吧,过几天我把钱还你。

林兮迟:"……"

她转头便在微信上跟林兮耿说:朋友,QQ被盗了。

又打开QQ瞅了眼,林兮迟懒得回复那个盗号的,退出了聊天窗。她这个QQ是在小学的时候注册的,到高中还在用。

上了大学之后,因为有了微信,才闲置起来。

所以分组里的好友多是她小学、初中和高中的同学。

随手点进自己的资料看了看,林兮迟突然注意到自己的昵称是:0710。

她眨了眨眼,想了半天也记不起这个数字的含义。

恰好林兮耿也回复她了:……无语。

林兮耿:居然还喊兮迟……

林兮耿:我要吐了……

"……"

林兮迟懒得跟她计较,把自己的昵称截图给她,问:这个0710啥意思?

林兮耿:你非主流啊。

林兮迟:???

林兮迟:你以前还跟我炫耀过啊。

林兮耿:你说0等于林,7等于兮,10等于迟,读音像。

林兮耿:还说我的耿没数字替换,一点儿都不潮。

"……"

她以前是这种人吗?

林兮迟抬眼,再次注意到放在桌角的那个盒子。她灵光一闪,突然有了种强烈的预感,起身走了过去。她把手里的手机放在桌子上,把盒子拿了起来。

用指腹推动着滚轮。

0,7,1,0。

她的眼睛半分不眨,紧张地舔了舔唇角。

伸手转动上面的旋转钮。

咔嗒一声。

开了。

恰在此时,像是抓到了她的行为一样,放在桌旁的手机振动了起来。

是许放打过来的。

林兮迟看了手机一眼,呼吸滞住,心虚得完全不敢看盒子里面的内容,胡乱地拨动滚轮重新锁上。

她觉得许放这人真的是无所不知,一接起电话就是否认自己的行为:"我不是,我没有,我什么都没做。"

"……"许放一愣,"你做了什么?"

林兮迟怕被他骂,紧闭着嘴,不说话了。

但许放也没追问,他的心情像是很好,语调都比平时高了几分,带着笑意:"毕业分配结果出来了。"

林兮迟"啊"了一声:"分哪儿了?"

许放:"源港市。"

"……"林夕迟沉默了几秒,有点儿没反应过来,"就隔壁城市吗?我们一起读本科的那个城市?"

"嗯。"

林夕迟又沉默了几秒,忽然说了句:"我现在有点儿激动,我能说句脏话吗?"

"不能。"许放轻笑出声,一字一顿地说,"我过两天就回来了——"他的声音哑了下来,像是在说一件期待已久的事情。

"等我回来。"

许放订的机票是十三日上午的,他到溪城的时候,林夕迟还在上班,没法过去接他。他倒也不在意,跟林夕迟说了一声便自己回了家。

下班后,林夕迟出了医院,一下子就看到站在门口的许放。

距离上次见面没过多久,他的模样没有任何变化,身姿站得笔挺,头发略短,露出光洁的额头,硬朗分明。

林夕迟小跑过去扑到他的怀里,笑嘻嘻道:"走,我请你吃晚饭。"

他的眉眼一扬,也笑了:"我请你吧。"

两人到附近的一家家常菜馆吃饭。

许放全程一直在给她夹菜,神情高深莫测,一双眼又黑又亮,直直地盯着她,仿佛把她当成了晚饭:"吃多点。"

林夕迟被他这副模样弄得毛骨悚然。

……

回家后,等她脱完鞋子,许放弯腰,直接把她拎到了浴室,温温和和地说:"去洗澡。"

林夕迟蒙了,站在原地:"……我还没拿衣服啊。"

他抬了抬下巴,示意她往上看。

林夕迟抬头,突然发现架子上已经放好了她的换洗衣物。

与此同时,许放也关上了浴室的门,出去了。

……什么鬼?

林夕迟就十分莫名其妙地洗完了这个澡。

等她出来的时候,许放无缝衔接地进了浴室里,进去之前还捧着她的脑袋亲了一口:"等我。"

林兮迟蒙蒙地回房间吹头发。

把头发吹得半干后,许放还没出来。

林兮迟出了房间,恰好看到茶几上放着一袋东西,看上去是许放先前去了趟超市。她拨开袋子看了看,里边大多是她喜欢的零食。

她刚好闲着,干脆把东西收拾好。

林兮迟抱起袋子,走到电视柜旁,把袋子里边的东西一样一样地往里边塞。

薯片。

巧克力。

奥利奥。

……

威化饼干。

安全套。

……

林兮迟的动作一僵,重新拿起刚刚的东西看了一眼,反反复复地看了三遍之后,才确信自己的眼神没有出现问题。

十几天前,许放好像才说过自己是保守派。

那这玩意儿哪来的?

她沉浸在自己的世界当中,连许放出来了都没察觉到。

此时许放就站在她的旁边,只穿了条短裤就出来了,光着上半身,露出结实分明的腹肌。他单手撑着柜门,垂下头看她。

"在看什么?"

林兮迟张了张嘴,把手里的东西递给他看,想问问他是不是不小心拿错了的时候。

许放的眉眼一扬,拖腔带调地说:"这个啊——"

他的脑袋又低了些,温热的气息喷在她的脖颈处,像是刻意的一样。

"要不要一起用用?"

"……"林兮迟顿时把嘴里的话收了回来,上下扫视着他,眉头微微皱起,"你被鬼上身了?"

许放垂眼看她，小麦色的皮肤，眼睫上还沾着细细的水珠，黑瞳沉沉，像是个无底洞，除此之外没别的色彩。

林兮迟干脆上手揪住他的脸，像是要撕掉他的面具，用力向外扯。

"还是说，你是换了个人回来的？"

许放没耐心了，抓住她的手腕："说完没有？"

林兮迟的动作顿了下来，还是不太敢相信，她咽了咽口水，语气不可思议："你不是说不想在结婚之前做这种事情吗？"

许放偏了偏脑袋，迟疑道："我说过这种话？"

林兮迟："……"

你还要脸吗？

林兮迟还记恨着他那句"不要总想方设法地得到我的肉体"，下意识往后退了两步，阴阳怪气地说："我个人不主张婚前性行为，希望你尊重我。"

"对不起。"许放把她揪了回来，很平静地说，"我这个人不是很喜欢尊重人。"

"……"

林兮迟觉得许放今天真的是被鬼上身了。

不然她怎么完全说不过他，就连一句话都反驳不了。

林兮迟抿了抿唇，懒得理他了。她把手里那盒东西塞进他的手里，绕过他，脚步噔噔噔的，想跑回房间里。

没跑几步就被许放抓了回来，整个人被他按在怀里。

许放垂着脑袋，像是在笑，气息呵在她的颈窝，薄荷味凛冽，带来的感受却热情而滚烫。

"跑什么？"

林兮迟抬头，很认真地看他："我觉得你今天有点儿不正常。"

"嗯。"许放弯腰，把她抱了起来，往房间走，嘴里还低声重复着她以前说过的一句话，"二十四岁了，不能再忍了，会生病的。"

"……"

林兮迟几乎要吐血了。

许放进了房间，抬脚用力一踢，把房门关上。他把林兮迟放到了床上，慢条斯理地到窗边把窗帘拉上，视线却直直地放在她的身上。

深邃的眼里，像是有什么情绪在翻涌，难以自持。

林兮迟默默地缩进被子里，对他这种前几天还古板得像是六十岁的老头，现在就能风骚得像是混了几十年夜场的转变十分难以接受。

"你什么情况？……"

许放舔了舔唇角，在原地思索片刻，走到门边把灯也关了，只留了一盏小夜灯："我还能什么情况？"

林兮迟的眼睛骨碌碌的，很正经地说："我觉得应该不是我想的那样。"

"就是你想的那样。"

"可我之前想跟你一起睡个觉，"林兮迟在被子里打滚，把自己缠成一条毛毛虫，"你都一副像是被夺了贞操了，然后要生要死的模样。"

"确实要生要死。"许放走过来坐在她的旁边，十分耐心地把她从被子里剥离，"一直在我旁边动来动去，搞得我整晚都睡不着。"

"……"

林兮迟被他的话震撼到了。

她虽然看了几本小说，但这种真实的状况，还是让她完全缓不过神来。

林兮迟推开他，往外滚了些，又变回一条毛毛虫，用打着商量的语气跟他说："那个，屁屁先生，我希望你说话能注意一点点。"

"嗯。"许放再次把她抓回来，"下床了我就注意。"

这次林兮迟没反抗了，好奇道："你怎么突然想通了？我算了算时间，我们很快就能结婚了呀……最迟就，明年新年吧。"

许放冷笑一声："我再多忍一个小时我都当自己是傻子。"

"……"林兮迟盯着他，点了点头，"你当了六年的傻子。"

许放没心思跟她计较，把她从被子里扯了出来，唇片压在她的锁骨处，轻轻咬住那块凸起的骨头。

另一只手掌心带了温度，在她的腰际摩挲着，薄茧带来的触感沙沙的，更加强烈。

林兮迟莫名有点儿想笑，忍不住向后躲："好痒。"

许放缓缓抬头,低下眼看她,唇上一片光泽,长睫浓密微颤,脸上的情绪因这昏暗的光线看得不太真切。

她的脸上挂着笑,眼睛清澈干净,仿佛能将他整个人都映入其中,因为刚洗过澡,脸蛋白皙带着红晕,发梢还有些湿润。

大学的时候觉得她还太小了,不想,也不舍得对她做这种事情。

等读研了之后,又怕自己毕业之后被分到什么偏僻的地方,让她想过来找自己都要跋山涉水的,怕她以后会累,怕她会后悔。

可现在这样看她,他依然觉得她像是从未长大过。

看起来纯真又没心没肺,就连此时的模样,都像是个涉世未深的小女孩。

但此刻,那些舍不得,那些小心翼翼,那一点一滴的克制,都因多年的忍耐而化为了乌有。

他只想把她拉扯进自己的欲望之中,想让她也沉沦其中。

许放垂头,低头吻住了她的唇。

昏黄的光线,她整个人陷在军绿色的床单里,发丝凌乱,皮肤与被单的颜色形成了鲜明的对比。

像是上天派来摧毁他意志的妖精。

许放的视线定在她的身上,漆黑的眼越发黑沉,理智慢慢被吞噬掉。他的眼角猩红,突然笑了下,滚烫的气息笼罩下来。

这感受实在陌生。

林兮迟忍不了了,又踢了他一脚,往后挪,抽抽噎噎地:"我不来了……你、你太磨蹭了,你把我所有的耐心都磨没了……"

许放坐在原地,抓着她的脚踝把她扯了回去:"过来。"

他轻轻吻了吻她的唇角,哑声道:"不急,怕你疼。"

"我怕什么疼。"林兮迟想把他的手甩开,甩了几次都没成功,她来了气,直接拆穿他,"许放,你是不是不会?"

"……"

"你不会就我来啊——"

林兮迟接下来的话被许放堵在了口中。

像是被惹到了一样,他唇上的力道毫不节制,啃咬着她的唇瓣,感受到她的躲闪才慢慢地收敛。

又静又暗的房间里,小夜灯的光线变得模糊了起来,空气旖旎,像是浪潮席卷而来,感觉折磨又令人沉醉其中。
林兮迟的声音沙哑,眼角红红的,吸着鼻子问:"还没完事儿吗?"
许放气笑了:"你完事儿就不管我了?"
许放哑声低哄道:"就忍一下下。"
她的娇软,她略带撒娇的哭声,每一样都像是在凌迟着许放的理智。引起他的暴戾。
林兮迟完全听不清他的话,像是溺在深海里,喘不过气,想逃出却又被他扯着,不断向下沉。
他像是要拉着她一起下地狱。
不知过了多久,他轻哼一声,喘着气,舌尖舔了舔她的眼泪,然后吻住她的唇,像是在安抚。
林兮迟勾着他的脖子,没抬头,也没吭声。
许放喘气的声音急促,靠在她的耳际哼笑,声音又低又哑:"说我不会?"
林兮迟的脸埋得更深。
他像是恶劣上了瘾,又道:"说我不行?"
林兮迟没力气也没那个心思去跟他闹,她把他的脑袋推开,手上的力道软绵绵的,难受地开始哼唧:"我要洗澡。"
许放低低地应了一声,把她抱了起来。
"嗯,都听你的。"

Chapter 17:
要不要嫁给我

许放 ♡ 林兮迟

许放的作息早就因为在军校的三年生活而固定下来了,所以昨晚他虽然睡得晚,今天还是照常早上六点半起来,晨跑完之后,给她带了早餐回来。

　　回到家后,许放闲着没事便开始收拾房子,等到时间差不多了才叫她起床。

　　林兮迟还要上班,却难得地赖到八点半才起来。她匆匆忙忙地洗漱完,抓起餐桌上的面包咬了一口,将牛奶一饮而尽。

　　她回头,恰好看到一脸神清气爽的许放,心里憋闷。

　　林兮迟哼了声,不想理他。走到门边穿鞋,边说着:"我要出门了。"

　　许放也走到她旁边,随意地套上鞋子。

　　"嗯,我送你去。"

　　路上,因为赶时间,林兮迟走的速度不算慢。走了半程,她看了眼时间,突然发现好像不用那么赶的时候,才慢下脚步。

　　许放跟在她的后边,姿态闲适,像是在散步。

　　林兮迟瞅了他一眼,清了清嗓子,说:"你这次回来待多久?"

　　许放:"一个多月吧,七月底去部队。"

　　林兮迟"哦"了一声,磨磨蹭蹭地说:"你不觉得我们现在的关系有了一点儿变化吗?"

　　"什么变化?"

　　"就从纯洁的精神层面,"林兮迟拿指尖碰了碰他的手臂,嘟囔了句,"变成肮脏的肉体关系。"

许放稍稍抬了抬眼，轻声说："我还能更肮脏。"

"……"林兮迟突然往周围看了看，表情很小心，像是不想让其他人听到，"你是不是也背着我看那种小说了？"

许放笑了："那玩意儿能吃？"

"哦。"林兮迟若有所思地收回眼，点点头，"也对，小说和现实总有差距的。"

许放："……"

进了医院，林兮迟跟同事打了声招呼，到更衣室里换了衣服，进入了工作状态。下班前最后一个任务是给一只成年母猫打疫苗。

那只猫先前是一只流浪猫，不知被谁打断了一条腿，后来被现在的主人收养。它对陌生人戒备心强，几乎一碰到它就要奓毛。

虽然有几个实习医生和护士的帮忙，但林兮迟还是不经意地被它抓到了手臂，从手腕至手肘，一道细长的血痕。

林兮迟的眉头一皱，替它把疫苗打完之后，才到一旁处理伤口。

伤口很浅，不算太疼。

林兮迟也没多在意。

许放在医院外等她。

夏天穿着短袖，他很快便注意到她手上的伤口，表情沉了下来，抓住她的手腕问："这怎么弄的？"

闻言，林兮迟顺势一看："哦，不小心被猫抓到了。"

看她这副轻描淡写的模样，许放抿了抿唇："你之前也被抓过？"

"没有。"林兮迟想了想，提起之前的事情，"不过被狗咬过一次，那个主人说他的狗很温顺，我就没弄嘴套，然后被咬了，不过没出血。"

许放的视线依然放在她的伤口上："你怎么没跟我说？"

"因为不严重呀。"林兮迟说着，突然想起别的事情，小声顶嘴，"你训练的时候受伤也没告诉我啊。"

许放面无表情地看向她："你是在跟我比赛？"

他的表情像是真的不高兴了，林兮迟顿了顿，有点儿无辜："不是啊。但是这很正常的呀，我要是怕这个我怎么当兽医？"

许放垂下头,看着她手上的伤口:"去医院?"

林兮迟也随着他的视线望去,本想拒绝,为了让他放心,还是点了点头:"我刚刚自己处理过了,不过还是去一趟吧。"

两人到了附近的一家三甲医院,挂了号。

许放全程没再说话,直到接种完第一针,才冷脸牵着她往家里的方向走。

"你居然因为这个不高兴了。"林兮迟跟在他身后,踢着地上的小石子,"我这个伤口,就跟你训练匍匐时,被地上的石头划伤了是同一个概念。"

许放总算开口,冷声道:"不一样。"

"哪里不一样?"

"我不觉得疼。"

闻言,林兮迟举起手臂给他看:"我也不觉得疼。"

他低眼看了几秒,然后挪开视线,盯着她的眼睛:"我觉得疼。"

林兮迟没反应过来,"啊"了一声,纳闷儿道:"你跟我作对是吧?我说我也不觉得疼你就觉得疼了。"

许放没吭声,自顾自往前走。

林兮迟舔了舔嘴角,没懂他为什么因为这个不高兴:"屁屁,你这种想法是不对的。每个职业都有一定的危险性呀,你当军人也危险啊。"

"……"

许放的脚步一顿,转头看向她。

"但又不是什么大事,受点小伤怎么了,做自己喜欢做的事情就够了。"林兮迟想了想,又道,"虽然今天这只猫抓我了,但之前也有跟我撒娇的猫啊。"

"……"

"有付出也会有收获的嘛。"

许放吐了口气,用指腹虚碰着她的伤口,勉强道:"你以后注意点。"

林兮迟连忙点头:"知道了。"

安静下来。

许放的掌心向下挪，揉着她的手，表情像是在思索，过了一会儿突然问："林兮迟，你希望我以后转业吗？"

林兮迟愣了下，下意识问："那你以后转业出来要干吗？"

许放挠挠头："现在还不清楚。"

"反正我觉得都可以呀。"林兮迟也不太懂他的事情，就按着自己的想法说，"我之前上网查过，好像转业出来一般都是在事业单位工作，或者是当公务员？这样的话生活好像就比较稳定一些，但你不想转业的话也可以啊，你就继续往上爬，变得很厉害。之后就不用一直待在部队里，然后带我住进那个什么……军区大院。"

她像是特别向往，眼睛弯成一道月牙儿。

许放的喉结滚了滚，停下了脚步，侧身站在她的面前，伸手摸了摸她的眼睛，声音低哑，带着不知名的情绪："怎样都好？"

"怎样都好啊。"

反正身边都是你呀。

他盯着她的眉眼，突然笑了："好。"

……

过去的日子里，许放觉得自己过得并不算特别上进，性格不算好，喜欢对身边的人发脾气，却仍然幸运地拥有一对好的父母，一个好的家庭，一个健全的身体。

还有一个最好的林兮迟。

当上了国防生，保研到了军校，认识了一群一起欢笑一起哭的战友，经历了过去从来没有经历过的时光。

这些都是值得他感激一生的事情。

他从未后悔过当初填报了国防生。

唯一一件想起来就难以忍受的事就是，他觉得太对不起林兮迟了。

在这几年，许放看着自己的伙伴相继跟他们的对象分手，抱着酒瓶哭了一晚，却从不责怪对方，依然理解对方的做法。

因为他们自己也清楚，跟军人谈恋爱很辛苦。

可和林兮迟在一起的这么多年。

她几乎不曾在他面前提及自己一个人有多难熬，在他面前永远积极向上，笑容满面。她像是没有任何负能量，也不需要他时时刻刻的陪伴。

她支持他的所有想法。

在他面前，她像是个什么都不会做的孩子，时时刻刻让他操心；可他不在的时候，她又坚强得像是无所畏惧，让他远在异乡也能放心得下。

过去零零散散在部队待的那些时光。

许放最为清晰的一个记忆，是大三暑假到部队集训，在某个周日他给林兮迟打电话。

那天，也忘了是因为什么，他突然跟林兮迟吵了起来。

两人从小吵到大，虽说都是些鸡毛蒜皮的小事，但有时候许放来了火，气顺不下去，脾气就犟了起来，也不会主动服软。

当时已经很晚了，许放仍旧火大，但时间长了，他也不想一直揪着这件事情不放，正准备跟她低头的时候，身后就响起了朋友的提醒声。

"喂，许放，准备交手机了。"

许放的声音一顿，随口应了句："嗯，知道了。"

下一刻，他就听到电话里，她原本还高扬着的声音瞬间低了下来："屁屁，你要交手机了吗？"

"嗯。"

停顿几秒。

林兮迟说："那我现在不跟你吵了。"

"……"

"你就当我们现在没有吵架呀，然后你下次给我打电话的时候，我们再继续吵好不好？"她的声音慢吞吞的，带了点点的哭腔，"不然我也有一点儿委屈……"

她还在因为刚刚的吵架而生气。

却因为接下来没法联系的一个星期，选择了妥协。

可能挂了电话之后，她就开始哭了吧。

隔着那么远的距离，无法跟她联系，许放也无法知道。

只能知道是因为他，她才会那么难过。

那晚，许放一夜难眠，听着舍友的打鼾声和周围蚊子的嗡嗡声，睁着眼，看着从窗户射进的满地银光。

彻夜在后悔自己的小心眼,自己对她的斤斤计较,自己的暴脾气,自己那张得理不饶人的嘴。

那是他在部队里最难熬的一段时间。

他曾经在雨中练习匍匐,喝过纯泥水;也曾被毒辣的阳光晒得脱皮,被汗水刺得生疼;还因为训练过度而造成肌肉拉伤,轻轻一动就浑身难耐。

觉得撑不住的时候,也比不上,听到她那么卑微的声音时那样难熬。

大概是从那次起。

在林兮迟的面前,许放几乎是彻底拔除了自己身上的刺儿,收敛了自己的暴脾气。有时候忍不住冒火,也会在当天就跟她低头和好。

两人回家之后。

林兮迟吃完许放做的晚饭,监督着他把碗筷洗好,才拿着衣服到浴室里洗澡。等她出来的时候,就看到许放坐在客厅的沙发上。

旁边放着医药箱。

林兮迟正想回房间。

许放眼也没抬,直接喊她:"过来。"

林兮迟"哦"了一声,格外听话地走了过去,坐在他的旁边。

沙发向下陷。

许放抓起她的手臂,淡抿着唇,帮她处理伤口。

林兮迟闲不住,叽叽喳喳地跟他说话:"屁屁,我明天休息,我们一起去救助站好不好?我好久没去了。"

以前每个假期都会抽几天过去。

但自从开始上班,林兮迟基本抽不出时间过去了。

许放吹了吹她的伤口,漫不经心道:"明天去看房子。"

林兮迟一愣:"看什么房子?"

他抬了眼,似笑非笑的:"你说什么房子。"

林兮迟乖乖地问:"什么房子?"

"……"

她没对这件事情揪着不放,又扯起刚刚的话题:"屁屁,你还记得我以前跟你说过的那个站长吗？她现在还在那儿待着。"

"嗯。"

"而且她已经结婚了，两年前就结婚了，她的那个结婚对象对她特别好，很支持她想做的事情。"林兮迟看着他，轻声说，"他们是三年前在一起的，两年前就结婚了。"

每说到"结婚"两个字，她的读音就咬重了一些。

她这暗示的意味太浓了。

许放沉默几秒，回答了她刚刚的问题："结婚的房子。"

得到想要的答案，林兮迟心满意足地往他身上蹭，手脚并用着，几乎整个人挂在他的身上。

旁边还放着医药箱，许放怕被她弄撒了，很干脆地把她抱远了些。她还没闹腾够，许放便单手压着她的双手，自顾自地整理着东西。

手上动弹不得，林兮迟挣扎了一下，下意识地用上了脚，往他身上蹭。她碰了碰他的腹肌，见他没反应，便继续向上挪。

但力道没控制住，用力过猛，林兮迟不小心踢到他的脸。

"啪"的一声——

空气凝固。

许放望了过来，两人四目对视。

林兮迟的脚像是粘了胶水一样，依然放在他的脸上，看起来有些滑稽。

又过了几秒，她的嘴唇动了动，就当许放以为她要跟他撒娇道歉的时候，林兮迟的眼睛一眨，继续拿脚往他脸上蹭，十分得寸进尺。

"……"

许放的神情没有什么波动，额角一抽，任由林兮迟蹭。

就这么过了几十秒。

他完全没有反抗的念头，反而让林兮迟开始提心吊胆了。她捏了捏拳头，小心翼翼地收回了脚。

看着她慢慢地坐直，像是做了错事的小孩，很自觉地在低头反思。

他轻笑一声，把她整个人扯了过来，盯着她略带茫然的表情。

随后，许放把她的脸摁在自己的脸上，强势地让她亲刚刚被她用脚蹭过的地方。

林兮迟："……"

林兮迟用力地挣扎了一下。

可一点儿用处都没有。

因为两人身高的差距，此时林兮迟是半跪在沙发上的。她两只手握拳抵着他的胸口，用力往前推，试图将他推开。

许放单手摁着她的脑袋，另一只手压在她的背部，神态轻松，看上去不像是在使劲，但任凭她怎么挣扎都纹丝不动。

一分钟后。

林兮迟憋着气，嘴唇贴在他的脸上，放弃了抵抗。她想咬他，但想到刚刚的画面，就完全张不开嘴，下不了口。

感觉到林兮迟散发出的生无可恋的气息，许放的眉眼一挑，松开了手，哂笑一声："知错了没有？"

一获得自由，林兮迟的第一想法不是回答他的话，而是立刻扶着他的手臂，仰起头，带着恶意吻住他的唇。

不带任何旖旎的想法，满心的全是报复。

"……"

只碰了一下，林兮迟便立刻退开，用指腹蹭了蹭他的嘴唇，一副小人得志的模样，开始警告他："屁屁，你斗不过我的。"

许放面无表情地看着她。

"所以你不要老想着给我使绊，不然我一定会——"

她的话还没说完，许放突然抓住她的脚踝，用力一扯，将她的脚凑到唇边，带着浅笑，目光放在她的身上，然后亲了一口。

林兮迟："……"

她的汗毛一竖，突然意识到了什么。

下一刻，如她所料。

许放向前倾了身，铺天盖地的气息向她袭来，覆上她的唇。他单手扶着她的脸，眼睑低垂，细密的眼睫微颤。

林兮迟被这画面震惊到了。

过了好半响才反应过来要反抗，她咬住他的下唇，挣扎着往后退。

她刚洗完澡，脸蛋白净还带着湿气，头发也是习惯性地只吹到半干，露出光洁的额头，素面朝天，看起来比平时稚嫩几分。

此时林兮迟的脸上全是震撼，像是不敢相信自己的眼睛："你不嫌脏吗？"

许放漫不经心地问："你嫌脏？"

"……"林兮迟看着他，不带情绪地说，"要不你自己亲亲自己的脚？"

闻言，许放"哦"了一声，又扯起她的脚亲了一下，然后贴上她的唇。"那再来一次。"

林兮迟："……"

她觉得她这辈子都斗不过许放了。

许放看中的是市中心的一个新楼盘，地理位置就在林兮迟工作的医院附近，房子面积150平方米，三室二厅二卫，有电梯。

这里地理位置好，周围设施应有尽有，交通也便利。两人看了样板房之后，几乎是立刻就定下来了。

楼盘还没盖好，要等半年后才交楼。

两人带着证件办好手续，交了首付。

出了售楼处，林兮迟一直沉默着没说话，表情若有所思。

许放瞥了她一眼："在想什么？"

"我在想，"林兮迟舔了舔唇，很小声地说，"那个房子好像还挺大的。"

"然后？"

林兮迟眨着眼，小心翼翼地提出了一个想法："感觉只有我们两个住好像有点儿寂寞，你觉得呢？"

不知道她想做什么，许放收回视线："不觉得。"

林兮迟装作没听见，试图讲道理改变他的想法："我觉得，一个家里面，如果少了狗这种生物，就不算是一个完整的家。"

"……"没想到她打的是这个主意，许放的眉眼稍抬，用另一只手挠了挠她的下巴，"所以我们家完整了。"

林兮迟："……"

但林兮迟像是打定主意想养狗。

从出了售楼处开始,她就不断地跟他提这茬儿,就算被许放扯开了话题,之后也会被她及时地扯回去。

"屁屁,我想养狗。"

"我不想。"

"我想养柴犬。"

"我讨厌狗。"

在外面,两人还是这样十分文明地、你一句我一句地拉扯。

林兮迟的想法大概就是"你不愿意的话我就一直说到你愿意为止",而许放则是"你别想了你再怎么说我都不会同意的"。

就这样没完没了——

结果一进了家门,在外边保持的形象瞬间消失。

林兮迟整个人往他身上扑,死缠烂打着:"我要养狗,你快点同意,房子这么大你还不让我养狗,你太过分了!"

许放很冷漠:"我不想同意。"

许放还记恨于多年前,他第一次去部队集训的第一个周日。

他满怀期待地给林兮迟打电话,本以为她也同样想念他,结果听到的第一声"屁屁",居然喊的是一条狗。

他绝对不会忘。

也绝对地讨厌上了狗这种生物。

但林兮迟缠人的能力实在可怕,他想把她放在沙发上,但她的双手和双脚都扒拉在他的身上,用的劲儿还不小。

许放也不敢太用力,怕弄疼她。

到后来林兮迟干脆不听他说话了,一直重复着:"我要养狗,没有狗的人生是不完整的……"

直到最后,许放被她缠得没辙了,妥协道:"搬家之后再养。"

终于听到肯定的答案,林兮迟心满意足地从他身上爬下来,高高兴兴地到冰箱里去找吃的东西。

但许放莫名开始不爽,走过去站在她的旁边。看着她拿了瓶酸奶出来,舔着盖上的奶皮。

他突然问:"养只柴犬叫屁屁?"

许放的语气不太好。

林兮迟突然反应过来，转头看他一眼，立刻摇头，十分谄媚地说："怎么能叫屁屁？我们家就只能有一个屁屁，多一个蚊子叫屁屁的都不行。"

听完她的话，许放的脸色才好看了一些。还没等他开口，就听到林兮迟一本正经地继续道："所以叫放放吧。"

许放："……"

现在才六月，算起来要等到十二月才能拿到房子，再加上装修的时间，至少到明年二月才能入住。

所以养狗也是那时候的事情。

林兮迟也不着急。

半个月的时间一晃而过，转眼间便到了七月。

按照林兮迟上次试的时间，距离开那个盒子的日子越来越近。

许放不知道她试过那个密码锁，还提前跟她说，让她看看七月十日的时候能不能跟同事调个班，腾出一天的时间来。

林兮迟还有点儿蒙。

她本以为，这一天，两人会特意待在家里，像开启宝箱一样，把那个封闭了五年多的盒子打开。

结果还要出去玩吗？

但她也没多问，不敢跟他坦白自己已经开过一次盒子了，只能装作完全不知情的样子："要去干吗？"

许放没细说："陪我去找个朋友。"

七月十日那天。

因为许放说是去一个比较重要的场合，林兮迟还刻意打扮了一番，在化妆桌前折腾了半天。换了条收腰连衣裙，踩上一双细跟高跟鞋。

她选了个小背包，准备妥当之后，在镜子前看了好几分钟，才站到许放的面前，试图得到他的夸奖。

结果许放完全没发表任何意见，只是道："去把我给你的那个盒子也带上。"

"……"林兮迟很无语,"带那玩意儿干吗?"

"今天回来应该要很晚了,去那边开。"许放站了起来,用指腹蹭了蹭她的唇,"我不是跟你说每天试一个数字?"

"别动,口红会花掉的。"林兮迟别开脑袋,再次十分刻意地装作自己不知道密码,"之前去B市找你也没见你让我带。"

许放像是没听到,把她的脑袋扳了回来,用力蹭了一下她的唇。

"啊,真花了。"

"……"

随后,他低下头,哑声道:"那我吃掉吧。"

……

许放要见的那个人好像是住在源港市。

他提前订了两张高铁票,林兮迟莫名其妙地就被他拉着上了高铁,到那儿的时候恰好到午饭的时间。

许放也不着急,带着她回了S大,在那条熟悉的小吃街来来回回地走。

林兮迟不知道他想干什么,被他扯着走了半个多小时之后,终于忍不住问:"你在找什么?"

很快,许放停在了一家自助餐店门口,侧头问她:"你之前是不是跟我说想来这家店吃东西?"

林兮迟愣了下,抬头看了眼招牌。

这家店是在她研究生快毕业的时候开的。她跟许放聊天时提过,说等他下次过来,两人一起去吃。

但他一直没有时间过来。

再后来,林兮迟提前毕业了,也早就已经把这件事情抛到脑后。

却没想过他还一直记得。

吃完午饭之后,许放依然没有带她去找他那个朋友的意思,不紧不慢地牵着她进了S大,像是要重温旧地。

林兮迟纳闷儿道:"你不是要找朋友吗?"

他似乎不太在意,走到校内的奶茶店前,买了一杯奶茶塞进她的手里。

"不急。"

今天是周一,校内十分热闹,而且两人还赶上了下午第一节课的时间,校道上全是拿着书往教学楼里走的学生。

像是很有兴趣,许放跟着其中一批人进了一间教室里。还十分凑巧,恰好是他们大一那个英语老师闫志斌的课。

前面的位置都被填满,两人只能坐在最后一排的位置。

林兮迟对这个老师的恐惧还在,趁还没打铃,死活想扯着他走。

许放纹丝不动。

等打铃了之后,已经来不及了。

闫志斌一眼就看到了坐在最后一排的两人,板着脸说:"我不是说了不准坐最后一排?把我的话当耳边风——"

他突然注意到其他位置都被坐得满当当的,难得地愣了一下:"怎么多了两个人?"

许放懒洋洋道:"老师,我们是来蹭课的。"

闫志斌带过的学生众多,显然已经不记得他们了。他的眉目一下子就明朗了起来,像是没有想过有学生会来蹭他的课。

闫志斌心情大好,看着他:"那你起来,用英文说几句话。"

许放站了起来,思考了下,问:"说什么都可以?"

"什么都行。"

林兮迟看热闹一样坐在他的旁边,盯着他看。

过了好几秒。

许放清了清嗓子,盯着前方,喉结微滚,声音略带磁性,吐字清晰,是标准的美式发音:"This is the most memorable day of my life."

——这是我一生中最值得纪念的日子。

听到这句话时,林兮迟怔住,嘴巴微张,对他这句话有点儿摸不着头脑。

她突然有了危机感。

来蹭个闫志斌魔头的课有什么好纪念的?

所以是他一会儿要去见的那个人?到底是要去见谁啊?还一生中最值得纪念,还敢当着她的面说。

这个许放还要不要脸？

等许放坐下之后，林兮迟略微暗示了他几句。

许放含糊一句应付过："随便说说的。"

林兮迟看着他的眼神越发地意味深长："你背着我做了什么事情？"

许放用眼尾扫她，直白道："我背着你做了很多事情。"

"……"

等下课之后，许放依然闲闲散散的，像是一个无业游民一样，牵着她在校内四处晃荡。话也比往常多了一些，提的大多是"哦，我们以前是不是在这里干吗干吗过"，却从不提起那个朋友的事情。

林兮迟觉得许放真的是老了。

人一老就喜欢回忆往事。

她突然也不生气了，跟着他一起回忆了起来。

直到下午六点，两人出了S大。

林兮迟以为许放这下肯定要带她去见那个朋友的时候，他反倒带着她去了一家西餐厅，吃起了烛光晚餐。

仍旧只有他们两个人。

林兮迟也不好奇那个人了。

此时店里灯光昏暗，音乐暧昧旖旎，他的面容在火烛的晕染下忽明忽暗，俊朗的五官像是挂着笑意，桌边是一捧娇艳欲滴的玫瑰花。

这个氛围，完完全全就是求婚的前兆啊。

仿佛下一刻，许放就会拿出戒指，单膝下跪跟她求婚。

林兮迟满怀期待地等到了最后一刻，在吃饭后甜点的时候，都比平时热情了一些。但直到她挖到底部，都没有挖到她想到的东西。

她不死心地又挖了几下。

随后，许放就喊了服务员过来，准备买单走人了。

林兮迟瞬间明白过来，是自己想太多了，心情大起大落到只想吐血："你不是过来见朋友的吗？再不见就没时间了啊，我明天还要上班。"

许放低头看了看手机，像是在跟人联系："准备去了。"

走之前，许放还把桌上那捧花塞进她的怀里："拿着，别浪费了。"

"……"

出了店，林兮迟下意识牵着他往地铁站走。没走几步，就被许放拖回，带着她往另一个方向走。
　　林兮迟纳闷儿道："你那个朋友在哪儿？"
　　"不坐地铁。"许放轻声道，"去坐公交车。"
　　"哦。"
　　到车站后，林兮迟看了看车牌，问道："去哪儿？"
　　许放的视线往马路上看着，像是在找些什么，随口道："等11路吧。"
　　"啊，没有11路啊。"
　　"那12。"
　　"也没有12。"
　　许放皱了眉，往车牌看了一眼，随便选了个数字："33路。"
　　话音刚落，33路就开了过来。
　　林兮迟往包里翻着零钱，连忙扯着他往那头走："来了。"
　　"……"许放把她扯了回来，"人太多，等下一辆。"
　　林兮迟蒙了，看着那辆连人都没坐满的车，终于察觉到他的不对劲。
　　"你今天好奇怪。"
　　她盯着许放，还等着他的解释，猛然间就被他扯上了一辆车："33路来了。"

　　林兮迟比他先上车，看着除了司机位空无一人的车内，以及并排的座位，立刻回头问他："屁屁，是不是上错了啊？——这是大巴啊。"
　　司机突然开了口："这我没办法，租不到公交车啊——"
　　林兮迟："……"
　　什么玩意儿？
　　而且这声音是不是有点儿耳熟……
　　许放抬了抬下巴，仿佛没听到那个司机的话，示意她往后走。
　　"坐最后一排去。"
　　林兮迟一头雾水地走了过去，走到最后一排靠窗的位置，看着前方。
　　倏忽间想起了两人在一起之后，第一次度过的那个跨年夜。那时候也是这样，空旷的车内，除了司机只有他们两个人的存在。
　　以及那个略带青涩的吻。

车子发动,开了好一阵子后。

林兮迟抱着手里的那捧花看向许放,疑惑地问:"我们是坐了黑车吗……"

许放没回答,从包里拿出那个盒子,放到她眼前。

"试试今天的密码。"

"哦。"

林兮迟接了过来,指腹轻轻滑动,将密码转到0710。她莫名有些紧张,也许是因为这车内的安静,又或许是因为许放一直望过来的目光。

她舔了舔唇,慢吞吞地把盒子打开。

里边是一张纸,还有一个戒指盒。

林兮迟的呼吸一滞。

再抬眼时,发现车子在不知不觉中已经停在了一个略显偏僻的地方。她愣愣地往前看,看到司机起身下了车。

林兮迟紧张得掌心冒汗,她的眼睫微颤,想拿起那张纸来看。

许放却摁住了她的手。

林兮迟这才发现他的掌心也是湿的。

"不用看了,我记得上面的内容。"

许放拿出那个戒指盒,伸手打开,看着里边的戒指。

"我算过时间,我应该会在二〇一七年的七月十日把钥匙给你,其实这张纸你也没必要看,因为你打开这个盒子的时候,我一定在你的身边。

"今年是二〇一二年,送你这个礼物的时候,你刚好十九岁。给你准备这个礼物的时候,我刚过完十九岁的生日没多久。

"十九岁的生日,对我来说是很美好的。因为在那天,你同意跟我在一起了。

"现役军人最好年满二十五周岁再结婚,所以可能从现在,一直到二〇一七年,这五年的时间里,我都不会跟你提结婚这件事情。

"但希望你不要怀疑我。

"我有多么期待这件事情,我想用这份礼物来告诉你,从跟你在一起的那一天起,我就一直抱着跟你结婚的念头。

"并且我坚信,五年后的我,依然对这件事情非常地渴望。"

说到这儿,许放停了下来,笑了:"下一句我忘了。"

林兮迟的大脑一片空白,下意识地就拿起那张纸来看,想提醒他。

瞬间看到末尾的字:

——所以你明白了吧?要不要嫁给我?

她抬头。

撞上许放那双略带紧张,却满是如愿以偿的眼。

"要不要嫁给我?"

夜色浓沉,远离了闹市的喧嚣,似乎还能听到海浪拍打礁石的声音。夏日的夜里,连风都是燥的。

大巴车里的味道很重,头顶的空调透凉,白灯大亮着。没有其他人的车内,静谧得像是将他们与外界隔绝开来。

这个世界里,除了他们两个,再没有其他人。

林兮迟垂眸,盯着戒指盒里的戒指。

款式有点儿俭朴,银色的环,内圈刻着 X&L。

她的目光像是被黏在了上面,半天都挪不开。

时间像是停了下来。

一直没等到林兮迟的回应,许放舔了舔唇,紧张得背脊冒出汗来。他低下眼,突然想起另一件事情,翻了翻口袋,哑着嗓子说:"买这戒指的时候我大——"

还没等他说完,林兮迟忽地伸手拿起那枚戒指,蒙蒙地往无名指上套:"我是不是戴上就好了……"

"……"

许放想阻止她都来不及了。

看着她把戒指套在手指上,隔了那么多年的时间,大小居然还刚刚好,直接推到白皙纤细的手指根部。

气氛瞬间被打破。

许放闭了闭眼,几乎想把她抓过来狠打一顿。他的眼尾稍扬,双眸被这黑夜衬得越发幽深,像是点缀着最浓郁的墨。

"你见过有人自己戴求婚戒指的？"

被他说得一愣，林兮迟神情呆滞，又蒙蒙地想把戒指摘下来。

她像是还没缓过神来，小巧的脸上，圆眼亮晶晶的。眼尾泛红，被眼线笔勾勒上扬。

许放被她弄得无可奈何，原本费尽心思弄出来的氛围完全消失，再想找回来也难。他按住她的动作，轻声道："戴着。"

"送你的东西我还拿回来用来跟你求婚，说出去我面子往哪儿搁？"许放的嘴角勾起，从口袋里拿出另外一个戒指盒，"当时没钱，买不起贵的。"

他挠了挠头："虽然现在也买不起太贵的。"

与此同时，林兮迟开了口："你等会儿，让我缓一缓。"

随后，林兮迟抬手用手背盖着眼，轻轻蹭着，像是在擦眼泪。似乎觉得怀里的玫瑰花碍事，还塞到了他的怀里。

许放也觉得碍事，直接放到隔了一个座位的位置上。

看到林兮迟的反应，许放突然有点儿憋屈，声音硬邦邦的："我早跟你说过了，军人不是能大富大贵的职业，你现在哭也来不及了。"

"……"

林兮迟的眼泪都掉出来了，又因他这话觉得掉得太不值得了。她放下手，瞪他："你是不是不懂什么叫作感动？"

闻言，许放顿了下，拿指腹蹭了蹭她的眼角。

"我没见过有人在被求婚后，过了五分钟才开始哭，一般都是边被求婚边哭的吧。"

"你怎么知道。"她的声音带着鼻音，倒也没继续哭，唯有那双眼还红艳艳的，"你跟很多人求过婚吗？你怎么那么清楚？"

许放此时没心思跟她计较，打开戒指盒，放在她的眼前。

"嫁不嫁？"

他变脸的速度太快了。

刚刚还柔情蜜意地问她："要不要嫁给我？"现在就能冷着一张脸，像是高利贷收债一样，冷冷地吐出三个字："嫁不嫁？"

林兮迟把手藏到身后，不可思议地问："哪有你这样求婚的？"

"我刚刚温柔的时候也不见你好好珍惜。"许放不想等了，朝她逼近，"再给你考虑三秒，三，二——"

林兮迟有点儿不爽，很刻意地说："你再让我考虑一下。"

"考虑什么啊。"许放扯过她另一只没戴着戒指的手，低着眼说，"你还想嫁给谁？你可以试一下啊，你看我会不会揍死他。"

林兮迟想了想，也不继续刻意了："我想嫁给屁屁。"

许放眼也没抬："我就是屁屁。"

"哦。"林兮迟凑近去看他的眼，盯了几秒后，点点头，"那就是你了。"

尽管知道绝对不会是否认的答案。

听到这句话时，许放的心跳还是像漏了半拍似的。

把戒指拿了起来，套在她的无名指上，缓缓地向里推。许放弯起唇，眉眼舒展开来，低头吻了下那个戒指，声音缱绻带笑。

"嗯，是我。"

返程的路上，林兮迟终于看到了司机的面容。之前他戴着帽子，她没注意看，所以也没认出来。

不过倒也不是一个出乎意料的人。

蒋正旭。

两人坐到了前排的位置。

林兮迟诧异道："蒋正旭，你怎么还被许放从溪城拉过来了？"

"……"蒋正旭一副没辙的样子，"许放除了我之外没别的朋友了啊。"

许放瞥他一眼，补充了句："都在部队里。"

林兮迟连忙点头："我也觉得他没什么朋友。"

许放："……"

许放捏住她的腮帮子，表情很臭，似乎很不爽她联合其他人来攻击他，冷冷道："别影响别人开车。"

把车交还给租车公司之后，三人坐地铁到了高铁站，准备回溪城。

许放事先订了三张连座的票，时间在今晚十点。此时才八点出头，所以三人也不着急，慢腾腾地取票，有一搭没一搭地说着话。

距离检票的时间还有一个多小时。

三人找了个位置坐下。

林兮迟走了一天，此时也疲倦得很，原本还兴高采烈地跟他们说着话，坐着坐着眼皮就耷拉了下来，靠在许放的手臂上睡着了。

许放的话不多。

原本都是林兮迟和蒋正旭在说话，此时她睡着了，气氛也突然安静了下来。

蒋正旭眉一挑，虽然已经确定了结果，但还是下意识问了一句。

"成功了？"

许放侧头看着林兮迟，低声应了下。

"嗯。"

"什么感觉啊？"

闻言，许放的表情顿住，慢条斯理地抬起头，看向蒋正旭。他的眼睛很明亮，剑眉薄唇，浑身透着一股桀骜不驯的气质。

在这一刻，蒋正旭突然有种回到了高中的感觉。

但其实许放的模样有了很多的变化。

因为持续不断的训练，他的身体变得壮实，也因为部队的要求，头发剪得极短，肤色也比那时候要黑了几个度。

已经不再是那时候稚气未脱的少年。

他仅仅只是坐在这儿，一句话也不说，就会让人下意识地把视线放在他的身上。是经历过很多风雨，被过往打磨出来的光芒。

可就是此刻，他眼里的情绪，突然就让蒋正旭想到了那个时候的许放。但也许，也可能是，自始至终他都没有变化过。

许放扯起嘴角，轻声说："就是觉得，这个画面我以前见过。"

"啊？在哪儿？"

他又看向了林兮迟，视线定定的，声音轻不可闻。

"——梦到过。"

七月底。

按照通知，许放要到源港市那边的基地训练了。他选的军种是陆军，被分配到基层带兵,正连职。之后可能会调职,但也要看机遇和表现。

许放也不用收拾什么东西,要带的东西不多。但林兮迟还是忙前忙后地给他收拾着东西,几乎想把自己也塞进去。

半晌后,林兮迟抬头看他:"你结婚报告打了吗?"

许放摸了摸鼻梁,"嗯"了一声。

"批下来了吗?"

"还没。"被她的双眼这么看着,许放莫名有点心虚,"没满二十五周岁,被驳回了,我得等过了二十五岁生日之后再申请。"

林兮迟瞪大眼:"不是今年就二十五岁了吗?"

"十月底才到。"

林兮迟沉默几秒,突然开始谴责他:"你为什么要十月出生?"

许放:"……"

"你为什么不能学学我,一月就出生?"林兮迟拿脚蹬他,说着无理取闹的话,"你为什么非得十月出生?"

许放面无表情地:"我也不知道。"

林兮迟还想说什么。

许放又道:"我帮你问问爸妈?"

"……"

隔天,林兮迟一大早起来,送许放去高铁站。

此时虽然刚过七点,但候车室里已经坐满了一大半的位置,很安静。大多人坐在座位上,都一副昏昏欲睡的模样。

只有一个女人在哄着正在哭闹的孩子。

林兮迟牵着许放的手,陪着他去取票,边问着:"你这次去,大概什么时候回来呀,应该没那么快吧?"

"嗯。"许放思考了下,也不能给她一个肯定的答案,"我也不知道。"

林兮迟给了一个保守的答案:"过年的时候?"

许放的喉结滚了滚:"不一定。"

林兮迟沉默了几秒,突然问他:"屁屁,要不然我去源港市那边找工作,我可以去之前实习的那家医院……"

"为什么去?"

林兮迟仰头看他，没说话。

　　"乖乖待在溪城。"许放将她脸颊的发丝捋到耳后，盯着她的眼，"我以后可能还会被分配到别的地方，到时候你也要跟我一起到别的城市吗？"

　　林兮迟低下头，小声说："我觉得行。"

　　"我觉得不行。"许放认真道，"好好待在这儿。"

　　他的声音一顿，亲了亲她的额头，轻声说："等我回来，我们就结婚。"

　　这是个好消息。

　　林兮迟的心情突然就好了起来，小鸡啄米般地点了点头。她把许放送到了安检处，看着他在人群中排队，个儿高挺拔，看起来有点儿漫不经心。

　　周围是人们说话的嘈杂声。

　　许放深陷人海之中，面容平静，看不出什么情绪，目光却依旧放在她的身上。

　　林兮迟的心里莫名有点儿不安，她的心脏收紧，不受控制地跑过去站在他的旁边。

　　队伍已经快排到他了。

　　林兮迟抓住他的手，再度问了一遍："屁屁，等你回来就结婚，是吗？"

　　即将到来的是漫长的离别时间。

　　许放轻笑一声，完全不顾周围人的目光，将她扯到怀里，单手扶着她的后脑勺，再次吻住她的额头。

　　"嗯，回来就结婚。"

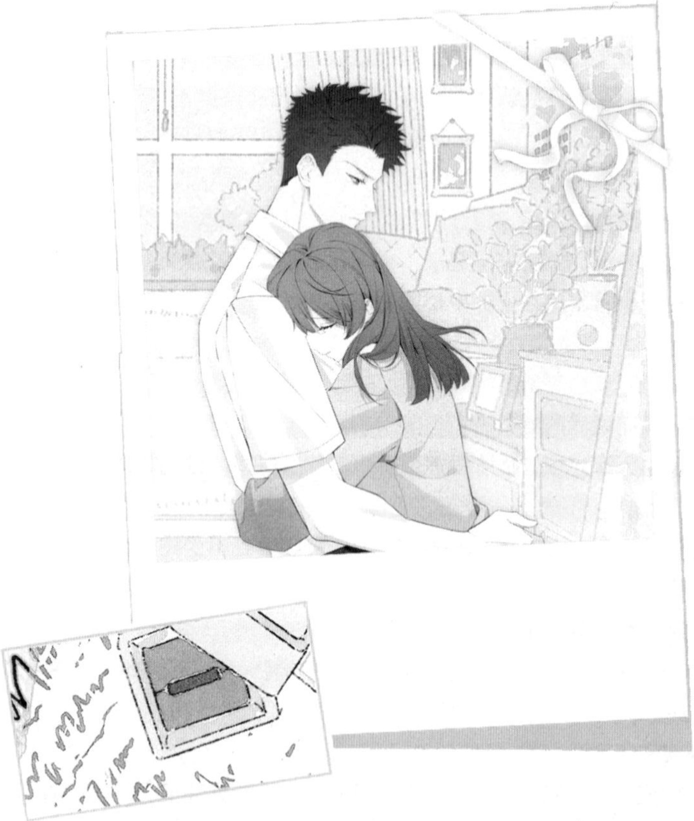

Chapter 18：
你也是我唯一的选择

START!

结婚证 结婚证

{终于结婚啦!}

黄道吉日
结婚日!

复习
攻略PP刘

许欣 ♡ 林兮迟

2017年10月24日，在一起的第2192天。

今年许放生日又没跟他一起过。

上次还能视频通话，这次他没有智能手机，所以只能给他打电话。

天啊，他25岁的时候我居然不在。

他估计要哭鼻子了吧。

……

2017年11月19日，在一起的第2218天。

屁屁，我今天有点儿不开心。

我想见你。

我想你回来。

……

2017年12月3日，在一起的第2232天。

你不在我的身边，你不知道我发生了什么事情，你不知道我身边多了哪些人，你无法从我的三言两语中察觉到我的情绪——

但都没有关系。

我会告诉你。

我都会告诉你。

和以前暑假的集训不太一样，这次许放去部队，虽然不是时时刻刻都能用手机，但一天下来，也有固定的时间可以跟她联系。

手机是部队发的，不是智能机，不能上网。

除了打电话和发短信没有别的功能。

能联系的那段时间，对他们两人来说，是一天之中最值得期待的事情。

不能见面的日子里，他们只能用声音来慰藉对方。

就这么过了夏，又过了秋，渐渐入了冬。

许放是军官的身份，对比起士兵，条件会稍微宽松一些。但他刚去，各方面都还不太熟悉，所以一开始特别忙。

许放去部队的前几个月，林兮迟也没什么机会去源港市找他。

部队每个周末都有出基地的名额，但不多，一般都是按顺序轮着来。

如果没轮到这个名额，想要出基地的话，许放要提前跟上级打假条，等批下来了才能出来，而且当天下午五点就得回去，不能在外面过夜。

距离七月底在高铁站的最后一次见面。

林兮迟再次见到许放，已经是十二月底的事情了。

源港市的冬天还是一如既往冷，还没到飘雪的时候，路旁梧桐树就已经掉光了叶子，露出光秃秃的枝丫，碧蓝的天空洁净如洗。

林兮迟提前过去，按照地址到部队的门口等许放。

基地门口森严安静，两侧站着站哨的士兵，看起来威严又令人不敢接近。

林兮迟脚步顿住，不敢过去了，站在警戒线的后面等待。

不知过了多久，林兮迟终于看到许放从基地门口走了出来。他穿着一身便服，宽大的挡风外套，修身长裤，轻便运动鞋。

似乎在交什么资料，还在门口停留了一会儿。

他像是本想往另一个方向走去，余光一扫，注意到她的身影，然后视线一顿。

就算是见到了他，林兮迟依然不敢走到警戒线前，依然站在原地等他。指尖抓着衣服的下摆，眼睛一眨不眨地看着他。

很快，许放往她的方向走来。

他脚步又大又快，没过多久就站到她的面前，俯身抱住她，力道很重，像是想把她整个人嵌进他的怀里。

林兮迟觉得自己像是悬在空中，脚沾不到地。

是失重的状态，得到的却是铺天盖地的踏实感。

林兮迟的手举了起来，勾住他的脖子，脸颊往他的颈窝处蹭，没吭声。

良久后，许放把她放了下来，在她唇上狠狠亲了一口，伸手搓了搓她冷如冰块的双手，低声问着："不是叫你晚点过来吗？来了多久？"

林兮迟没答，安静地看着他。

他的模样没有大的变化，眉眼利落干净，鼻梁挺直，嘴唇薄如线，肤色没深，但整个人看起来瘦了一些。

林兮迟抿了抿唇，小声说："屁屁。"

许放扯着她往其中一个方向走："怎么了？"

"你是不是在里面被虐待了？"

"……"许放回头看她，"林兮迟，我去的不是监狱。"

"哦。"林兮迟捏了捏他的手臂，闷闷道，"那我怎么感觉你瘦了好多？"

闻言，许放停下脚步，定眼看她。

就这么过了几十秒。

林兮迟被他盯得不明所以，刚想开口的时候。

许放突然很煞风景地说："你拿自己当参照物的吧。"

"……"

许放带着林兮迟走了一段路，一路上听着她说话，目光往周围看着，最后把她拉进了一家火锅店里。

两人找了个位置坐下。

林兮迟双手托着腮帮子，眼里略带惊讶："你居然带我来吃东西。"

许放瞥她一眼："我以前不给你东西吃？"

"不是。"林兮迟摇头，"但你下午五点就要回去了呀，这么短的时间，一般不都是争分夺秒争取多黏在一起吗？"

"……"

许放拿起出部队前取回来的手机，默不作声地低下眼，上网订了间房。

得不到答案，林兮迟再接再厉地问："黏不黏？"

许放起身去给她弄调料："不黏。"

……

结果出了火锅店，许放便扯着她进了附近一家宾馆。

林兮迟心想着，这人在部队里待了几个月，倒是学会了口是心非的本事。

一进门，许放立刻将她压到门上，低头吻住她的唇，她的脑袋被他的手掌抵着，触碰到的不是坚硬的门板，而是他温热的掌心。

许放的动作略带急促，力道也比往常都粗野了些。

林兮迟被他亲得迷迷糊糊的，但还是十分有原则地别开脑袋，认真道："我要先洗澡。"

许放喘着气，没搭理她的话。他停下了动作，拦腰将她抱起，走到床边把她放下。

林兮迟下意识在床上打了个滚，自觉地脱掉自己的厚外套。

随后，许放也躺上了床，把她扯了过来，从身后抱住她，把脸埋在她的后颈处，不再有更进一步的动作："跟我说会儿话。"

林兮迟有点儿蒙。

所以他的意思真的是，盖棉被纯聊天吗？

林兮迟迟疑地问："你是为了跟我聊天，然后订了这个房间吗？"

"嗯，想跟你待一块。"许放声音低低，带了浓厚的满足，"不想有别人。"

想看着你，想听你说说话。

不想把时间浪费在别的事情上面。

林兮迟顿住，磨磨蹭蹭地翻了身，看着他。

两人对视了一会儿。

没过多久，她突然想起一件事情，从刚脱掉的外套里翻出手机："屁屁，我们之前买的那个房子交楼了，我去看过一次——"

林兮迟把之前拍下来的内容给他看："给你看看照片。"

还有一张平面格局图。

"我们要怎么装修比较好？"林兮迟思考着，"我还没找设计师，因为不知道要什么风格的好。"

许放看了看，漫不经心道："你喜欢什么风格就什么风格。"

"我想要少女系的。"

"可以。"

他答应得那么爽快，林兮迟以为他不懂，强调着："就全部粉红色，连墙壁都是粉红色的那种。"

"可以。"

林兮迟不怕死地继续说："连你的内裤都得是粉红色的。"

许放静静地看她，这次没搭腔。

林兮迟瞬间闭了嘴，不敢再闹。她把话题拉回正轨，也想早点儿把房子装修好："那你说一下要求呀，我到时候跟设计师说一下。"

许放想了想："床不用太大，一米五的就行。"

林兮迟："嗯，还有呢？"

许放没说话了。

林兮迟："没了？"

"嗯。"

"……"

真的什么都不能靠他。林兮迟心想。

过了一会儿，林兮迟又问："结婚报告批下来了吗？"

"还没。"许放的唇角勾起，"不过应该快了吧。"

林兮迟松了口气。

"过段时间，我会给上级交假条。"许放捏着她的耳垂，说着，"过年大概回不去，我尽量在年后回来。"

"好。"林兮迟眨了眨眼，怕他不开心，开始安慰他，"你过年回不来也没关系，反正过年民政局不开门。"

"……"

这个新年，林兮迟没有许放的陪伴，身边倒是意外地多了几个人。

除夕前夜，林父和林母带着林玎从 B 市回来跟他们一起过年。

外公家没有足够的房间给他们住，他们便在酒店订了两间房。不过也只有要睡觉的时候才会回到酒店里，其余时间都待在外公家。

除夕夜应该是个团团圆圆的日子，林兮迟虽觉得有些不自在，但对这事情也没多在意。

军人过年的时候不能回家。

吃完年夜饭，林兮迟跑回房间里，笑眯眯地给许放打了个电话："屁屁。"

"嗯。"

她凑近话筒，小声地说："新年快乐。"

许放在电话那头笑："新年快乐。"

"跟你说完了，"林兮迟得意地弯起嘴角，"我就可以跟别人说了。"

"嗯，我也可以跟别人说了。"

"你交假条了吗？"

"交了。"顺着电流传来，许放的声音微哑，多了几分磁性，"每天都去值班室问参谋，有没有电话通知我可以休假了，都被我问烦了。"

"屁屁，你不要怕。"林兮迟很高兴，"你一天问个十次，说不定明天就给你批下来了。"

"……"

老人家熬不了夜。

所以林父和林母也没有待到很晚，十点多就带着林玎离开了。

外公洗完澡后，也早早地睡下。

剩林兮迟和林兮耿在客厅嗑着瓜子看春晚。

看着电视上开始倒数时间的主持人，林兮耿拿起桌上的水喝了一口，突然问道："你的新年愿望是什么？"

林兮迟思考了下："没有了。"

"没有吗？"

"嗯。"林兮迟弯眼笑，"都实现了呀。"

……

第二天，林兮迟早上十点才醒来。

林兮耿还在睡觉，外公不知道去哪儿了。

林兮迟揉着眼睛，到卫生间里洗漱完，迷迷糊糊地到客厅里倒了杯水喝，拿起手机一看，瞬间看到两条未读短信。

许放发来的。

林兮迟皱着眼睛，打开一看。

——出任务，去A县支援。不用担心我。

——我爱你。

林兮迟没反应过来，立刻回：支援什么？

她突然有了不好的预感，呼吸屏住，慢吞吞地打开微博看了眼。

微博热搜第一。

A县地震。

天灾人祸总是在不经意间来临，谁也无法预知。

前一刻，许放还跟战友们在吃早饭，下一刻上级便来了通知，他们被派遣到现场支援。

这还是许放第一次出任务。

所有人瞬间停止了笑闹，气氛凝重得不像话，按照指挥行动。

地震是在夜里发生的。

此时天还没大亮，一群着装整齐的军人动作迅速利落，带上救灾物资，坐上车。车子发动，向前开。

车内很安静。

许放拿出手机，没太犹豫，给父母和林兮迟都发了短信。

编辑完给林兮迟的那条短信，许放点击发送。他正想关掉手机，动作一顿，眼睫微颤，又输入了三个字，发了过去。

……

现场情况比想象中的还要恶劣。

整个县城几乎都成了废墟，耳边是歇斯底里的哭声和哀号声，还有无助的求救声，一声又一声。

天空也是阴沉沉的，似乎要压到地上来。

像是世界末日。

一群人被分散到不同的区域支援。

许放没有心思去想别的事情,拿着工具将坍塌的石头挖开,将被埋得较浅的伤者扶起来,听着他们因为重见天日而庆幸的哭声。

随后又做着同样的事情,来来去去,永无止境。

不知过了多久。

面前通往重灾区的道路被堵住,军人们用工具打通了一条道路。

身下的地面又开始摇晃了起来。

远处有人在喊叫,声音粗犷而沙哑,带着些许慌乱:"余震啊!快过来!"

许放抹了抹脸上的汗水,抬眼看。

落石区,大小不一的石头纷纷往下砸,噼里啪啦响。不远处有个小孩被砸到,摔到了地上,张嘴号啕大哭。

周遭响起了尖叫声,人们纷纷往前跑,想跑出落石区。

打通的通道不算大,一次只能过三四个人。

此时因为着急,场面十分乱,人群挤压,甚至要将出口堵住。

许放跑过去抱起那个小孩,迅速把头盔戴到他的头上,喊道:"快过去。"

旁边是自己朝夕相对的战友,面对不断向下砸的石头,眼也不眨,疏散着人群,高喊着:"群众先过!快!不要推其他人!"

许放冷静地指挥着着急向前跑的人们,将摔倒的人扶起。后脑勺忽地一痛,他下意识伸手捂住,摸到一手濡湿。

视线渐渐模糊。

原本密集的人群在指挥下渐渐疏散开来,逃离了落石区。

许放的眉头稍皱,在战友的催促下,往前跑,跟在群众的后头。他的目光逐渐涣散,手脚也软了下来。

耳边隐隐传来战友急切的喊声,似幻似真,不太真实。

"——喂!"

"没事吧?"

林兮迟等了一天,都没等到许放再给她发短信。

今天是大年初二。

林父和林母又过来了,此时正在客厅跟外公聊着天,有说有笑的。

跟房间里的安静沉寂形成了鲜明的对比。

林兮耿坐在她旁边,也不知道说什么,只能干巴巴地安慰她:"你不要担心,许放哥肯定不会有事的。"

林兮迟的眼皮耷拉着,没有说话。她低下头,抿着唇看着手机,全是形形色色的祈福微博,还有一些新闻网在公布余震造成的伤亡人数。

那上面的数字几乎要刺伤林兮迟的眼。

心中那股不安越发强烈。

林兮迟把手机扔到一旁,突然爬了起来,从衣柜里翻出衣服往身上套:"现在怎么去A县?"

她的动作很大,把林兮耿吓了一跳,连忙拉住她:"你疯了!现在怎么能过去?那边余震还没停啊!而且你过不去的,现在都封了——"

被她吼得一顿,林兮迟愣了好半晌后,眼里不由自主地掉出了泪,很轻很轻地问:"他为什么不给我打电话?"

林兮耿的眼睛也红了,手忙脚乱地安慰她:"那边应该没信号吧,而且许放哥肯定也没时间……现在那边乱得很。"

"哦。"像是听进去了,林兮迟用手心抹掉眼泪,喃喃低语着,"肯定是没信号……"

听到了她们两个的动静,外公走了进来。

敲了三下门,门被推开。

注意到两人通红的眼,外公一愣,走过来说:"还在想?你不要担心了,许放那小子厉害得紧,不会出事的。"

林兮迟点点头,轻声说了句"知道了",起身到卫生间里去洗了把脸,出来后折回房间里,开始换衣服。

林兮耿很警惕,过来拦着她:"你还想过去?"

林兮迟摇头:"没有,我去找许叔叔和许阿姨,他们应该也很担心。"

林兮耿迟疑地松开手,这次没再拦着她。

出了客厅,除了林玎坐在角落,拿着手机在看,其余三人齐刷刷地把视线投了过来,放在她的身上。

看着她着装整齐的模样,林母愣了下:"你去哪儿?"

"许放家。"

林父也问:"许放给你打电话了没有?"

林兮迟没回答这个问题,走到玄关处换鞋。

身后还传来林父的声音:"我就说军人这职业不好……"

林兮迟的动作顿住,回头看,因为心情不佳,说话的语气都冲了些:"我觉得挺好的。我忘了跟你们说了,不过我已经跟外公说过了,等许放回来,我和他就结婚。"

场面停滞片刻。

林父似乎有点儿受不了她这样近似忽视的态度:"迟迟,你可想好了。这次他去救灾你的反应都这么大,要是他出了什么事情,缺胳膊断腿的——"

这个话题让林兮迟瞬间炸了,她突然抬眼,冷着脸说:"什么缺胳膊断腿?"

因为她的态度,林父也火了:"我说的是事实!除非你让他赶紧转业,不然我不同意结婚!许家这浑小子也太自私了,想让我女儿毁在他身上吗!"

听到这话,林兮迟的表情僵住,视线挪到了林玎的身上,想起她那时候跟自己说的话。

——"后来爸爸给许放打了个电话,感觉说的话挺过分的。"

以及那晚,许放跟她说的话。

——"你爸爸让我等转业之后再跟你结婚。"

她深吸了口气,不可置信地问:"你跟许放也说了这样的话吗?"

林父愣住:"什么话?"

因为这越发拔刃张弩的气氛,林母在一旁劝着和:"你们都少说几句,迟迟你不是要去许放家吗?快去——"

林兮迟的眼睛又红了,打断她的话,声音扬了起来:"我说,你跟许放说了,他以后出任务可能会缺胳膊断腿这种话吗?"

林父的嘴唇嚅动着,因她这副模样,迟迟没有说出话来。

这完完全全就是默认了的态度。

林兮迟闭了闭眼,单手捂着眼睛站在原地,觉得这件事情可怕又可笑:"你怎么可以跟他说这种话?……"

林母的眼里也冒出了泪,凑过去安慰她:"你爸就是着急,他没有那个意思。你那时生我们的气,我们也……"

"你们不要自以为是了。"她别开脑袋,自己用袖子擦着眼泪,"我今年二十五岁了,我需要你们关心的是十五岁的时候,并不是现在。

"我一直都很尊重你们,我也自认为,从来没对你们说过什么过分的话。"林兮迟的眼睛乌黑又沉,里头的情绪破天荒地多了一点儿恨,"这是我第一次说,也是我最后一次说。

"你们不要再管我了。

"我觉得很烦,真的觉得,烦人透顶。"

林母僵在原地。

突然想起很多年前,因为把林玎弄丢的事情,她情绪崩溃了很长一段时间。为了照顾她的情绪,丈夫领养了当时才一岁大的林兮迟。

可哪有母亲认不出自己孩子?

哪里能用别的孩子来代替自己的孩子?

林母更受刺激了,立刻尖叫着让他把孩子带走。

那时候,林兮迟刚学会走路,居然也没被她的歇斯底里吓到,睁着一双大眼睛,咿咿呀呀地笑,柔软的小手抓住她的手指,像是在安抚。

像是上天派来的小天使。

这么多年来,她的很多快乐都是从林兮迟身上获得的。

与其说是他们领养她,给了她一个很好的环境,不如说是她把他们带出了一个困境。

可不知从什么时候开始。

面对她的时候,林兮迟好像不喜欢笑了,每天也没有开心的事情想要跟她分享,跟她的距离变得越来越远。

她好像真的又做错了事情。

是像多年前因为大意,将林玎丢失那样。

是做再多,都无法挽回的事情。

拿着自己的东西,林兮迟走出了门外,迅速地跑下楼。她捏着手机,边往前走,边用袖子一点点地把不断向外掉的眼泪擦掉,忍着呜咽。

下一刻,手机响了。

是陌生号码。

林兮迟的呼吸一滞,恳切地,带着乞求地接起了电话。她的声音带着鼻音,发着颤,仿佛怕打扰到对方一样,很轻很轻地问了一句:"许放吗?"

那头的气息顿住,很快便道:"哭了?"

小区里很安静,除了她看不到其他人。

听到这个声音,林兮迟的眼泪再也无法克制住,一颗一颗地向下砸。她弯腰蹲在了地上,毫无形象地,像个孩子一样号啕大哭了起来。

许放从来没有听她这样哭过。

她从来都是小声地抽泣,克制地掉着眼泪。

就连喝醉酒的时候都不会像现在这样肆无忌惮地哭出来。

许放不知所措地安慰着:"怎么了?你哭丧呢?我昨天被石头砸了一下脑袋,就出了点血,没事。你别哭啊……我、我手机不知道丢哪儿了,而且这边信号很差……"

半晌后,林兮迟开了口。

"屁屁,我、我之前跟你说过,你要是不早点儿跟我结、结婚,我还有好多选择……"她一抽一噎着,眼泪掉到水泥地上,显出深色的印子,"我骗你的,我没有别的选择了。"

也不想要有其他任何的选择。

她用手掌抹着泪:"我没有了……"

"你要好好保护自己,不要受伤,不要缺胳膊断腿,不要让自己疼。"她一个一个地说着,完全按着自己内心深处的想法说,"如果发生了不可避免的事情,也没有关系。我会照顾你一辈子的,我一辈子都会对你好的……"

不是不委屈这样的离别和等待。

只是因为。

你也是我唯一的选择。

林兮迟这样哭,让许放没事都像是有事了一样。

周围哭泣和哀号永不间断，撕心裂肺的声音令人格外压抑。

但听到她的声音和她的话，许放的坏心情莫名被冲淡了些。他低下眼，唇角轻扯："见过世面没有？这点事情就哭鼻子。"

林兮迟吸了吸鼻子，小声说："你不给我打电话，我给你打电话你也没接，我都挑空闲时间打的。"

"这边没有空闲时间。"许放轻叹一声，"接下来我都没法每天给你打电话，但我找到机会一定会给你打的，不要哭了。"

林兮迟顿了下，抽泣声渐渐止住："你的脑袋伤得严重吗？"

"真没事。"说着，他突然问，"对了，你没事跟我表什么白？"

想起刚刚林兮迟的话，许放忍不住笑，扯到伤口，眉心不由自主地皱了下："什么会照顾我一辈子，还一辈子都会对我好？"

林兮迟倒也没觉得不好意思，缓缓地站了起来，从口袋里拿出纸巾把眼泪擦干净："你也跟我说'我爱你'了，我得礼尚往来。"

"……"许放有点儿不自然地咳嗽了两声。

"屁屁，那我以后不担心你了。"林兮迟想了想，红着眼说，"你都说了你不会有事，那我就不担心了，你不要骗我。"

"嗯，我马上挂电话了。"说了这句，许放语速都快了一些，"你乖乖待在家里，跟外公和林兮耿过节，去吃点自己喜欢吃的东西，做点自己喜欢做的事情。然后，再过一段时间我就回来了。"

他突然笑了一下："我会毫发无损地回来，这是我对你的承诺。

"我对你做出的承诺，从来没有一件没做到过。

"从前是如此，以后也会是如此。"

这场救援持续了将近一周的时间，直到确认所有百姓安全撤离之后，军队派出的支援部队才返回驻地。

许放的假条在三月中旬的时候批了下来，他的结婚报告也在一月出头的时候就通过。按照部队规定，探望父母一并回家结婚的假期，一共三十天。

这个时间虽然不算太长，但也完全出乎了林兮迟的意料。

算是一个意外之喜。

林兮迟本以为最多就一周的时间。

她还计划好了，什么时间去领证，要不要就利用这一个星期匆匆地摆个酒席，再花几天的时间搬家。

结果居然有一个月的时间。

许放回来那天。

林兮迟特地先去找了许叔叔和许阿姨，跟他们一起到高铁站接他回来。

A县这突发的灾难，以及许放这突如其来的短信，也将他们二老都吓了一大跳。直到他们接到了许放的电话，听到他安全的消息，才渐渐放下心来。

三人在出站口等待。

没过多久，许放便从其中走了出来。

林兮迟第一个注意到他，连忙蹦跶起来，对着他摆了摆手。

许放背着一个很大的书包，往他们的方向走来，依次给了他们一个拥抱，林兮迟排在最后。

抱许父和许母的时候，他都只抱了一秒就分开。

轮到林兮迟，许放俯身抱住她，她原本以为他也会抱一下就松开，结果他就定在那儿不动了。

她愣了，也没反应过来，就任由他抱着。

"这臭小子真肉麻，回家再抱好像就吃亏了一样。"

直到耳边响起了许父的声音，林兮迟才有些不好意思地挣脱开。

许母瞥他一眼："你年龄大了不懂浪漫，还不给人家年轻人浪漫一下？"

"……"

当晚两人就住在许家。

先前两家人已经互相见面过，即许父许母和林兮迟的外公，都清楚了他们要结婚的事情。许父和许母本就把林兮迟当半个女儿看待，这下完全把她当成自家的闺女了。

二老拉着他们说了很久的话。

说着说着还骂起了林兮迟的爸妈，但似乎是觉得不太合适，很快便收住声，拍了拍林兮迟的手背，慈爱地说："好孩子。"

林兮迟觉得有点儿好笑，又觉得有点儿感动。

良久后，二老回房睡觉，林兮迟也跟着许放回了他的房间。

一走进去，林兮迟立刻关上门，急切地开始脱许放身上的衣服，神情倒是一本正经的，没带其他旖旎的想法。

许放没反抗，懒洋洋地笑："这么急不可耐？"

闻言，林兮迟抬头看了他一眼："我就看看你有没有受伤……"

"没有。"许放自觉地撩起衣服下摆给她看，"就脑袋上有，当时缝了几针，但现在都差不多好了。"

听到这话，林兮迟连忙把他的脑袋扒拉下来，凑近去看，用指尖去轻碰。

伤口差不多愈合了，留了一道疤痕。

"怎么会伤到？"

许放没瞒着，用掌心搓了搓脑袋，如实把当时的情景告诉她。

"哦，救了个小孩儿。"林兮迟眨了眨眼，突然笑了，"原来是个光荣的伤口。"

因为她的笑声，许放莫名也扯起了嘴角，用指腹摸了摸她的眼角，提议道："明天去吧，就明天。现在太晚了。"

突然扯开话题，林兮迟没懂："去哪儿？"

没回答她的问题，许放直接把她抱了起来，放到床上，俯下身，贴上她的唇，动作急促而粗野，倒多了几分他刚刚所说的"急不可耐"的意思。

良久后，他含糊不清地说："民政局。"

因为要结婚，外公早就帮林兮迟将户口本取来。

第二天一早，两人回了林兮迟租的那个小房子，带上各自的证件，确认齐全之后，便动身到民政局办理结婚手续。

终于拿着两个小红本从里边出来的时候，林兮迟第一个浮起的念头就是——苦尽甘来。

但其实未来还有要分别的时间，那些难熬的时间还没有彻底过去。

可看到他们两个并列在上面的名字。

林兮迟突然觉得过去，以及接下来的那些难过的时光，好像都不值得一提了。

她弯着唇，走在前面，来来回回地看着那两个小红本。

许放跟在她后面，心情也很好，刚想把结婚证拿过来放好的时候，前边的林兮迟刹住脚，回头问他："屁屁，我要不要把这两个东西撕掉？"

"……"许放的表情一僵，立刻抢了过来，语气十分不快，"要不要我先把你撕了？"

林兮迟无辜地收回手，还很有理地小声道："我是这样想的。"

许放扯着她的手往前走，没看她："不用说，我不想听。"

"就是，"林兮迟自顾自地说完，"就是军婚，配偶要求离婚，须得军人同意那个。"

"我说了不想听。"

"我感觉对我有点儿不公平。"

"……"

"然后我之前上网查过，办理离婚证必须带结婚证过去，那我们把结婚证撕掉了，不就没法办离婚了吗？"

"……"就你歪理多。

许放把结婚证塞进兜里，冷着脸不搭理她。

过了一会儿，许放还是主动问道："我要不要去见见你爸妈？"

"……"林兮迟的好心情瞬间没了，嘴唇动了动，"不用了。"

许放看着她，没有说话。

"我们现在结婚了呀，我就可以把我的户口迁到你的户口上面了，然后我就不是林家人了，我是许家的……"林兮迟说不下去了，突然有点儿丧气，"我不想让你见他们。"

许放想了想，跟她说："他们给我打电话道歉了。"

闻言，林兮迟猛地抬起头，很认真地说："'对不起'就三个字，谁都会说。"

"……"

"我以前一直是这样想的，如果没有他们领养我，我可能没法像现在一样过得那么好。"林兮迟抿了抿唇，轻声道，"可是其实不是这样的。他们领养了我，不管有没有血缘关系，我就是他们的孩子。我不应该把自己放在一个低下的位置。"

"我尊重他们，他们也应该尊重我，以及我的爱人。"林兮迟看向许放，"可是他们没有。"

她十几岁就从家里搬出来，这不知不觉过去的年年岁岁，已经悄然无息地将林兮迟曾经对他们那样浓厚的爱意磨没了。

时间能够改变一切。

过去的那些年，让林兮迟明白，痛骂、痛斥、痛恨这些像是带着仇恨的情感，远远不及被忽视来得可怕。

"所以就不用见了。"林兮迟不疼不痒地说，"我们办酒席的时候，他们应该会过来的，到时候就会见到的。"

许放也不提了，转了个话题："我们什么时候办酒席，四月七日？"

林兮迟的注意力立刻被转到这上面："这个是什么日子？"

"黄道吉日，宜嫁宜娶。"

"……"林兮迟的神情变得古怪，"你还信这个？"

许放倒也没觉得不自在："嗯，找人查了很久。"

"……"

"还有。"

"还有什么？"

"过段时间我会交工作调动申请表，平调到溪城军区，还有办理家属随军。"

林兮迟愣住："溪城吗？"

"嗯。"许放摸了摸后脑勺，不太确定道，"可能还得联系一下那边，如果调动成功的话，应该就没有那么忙。"

"比如说。"

"办理随军之后，如果家在军队驻地，可以每天都回家。"

见林兮迟一副愣住了的模样，许放又补充道："军区相对来说工作时间规律，不过不一定能调动成功……"

林兮迟猛地抱住他,兴奋得几乎想跳起来,眼睛弯成一个小月牙。
"真的吗!"
许放顿了下,也笑了,不再继续解释别的。
"真的。"

很久前,林兮迟就幻想过听到这个消息时的场景。
她想象中的一直是,如果她听到了这个消息,一定会感动得想哭出来。
可是她没有。
林兮迟高兴无比,此时只想尖叫,开心到想用自己的小身板把许放抱起来转一圈。
她突然觉得。
有付出就会有收获,她付出的东西,不是丢入海水中的石子,无声而无息。所有的等待,一定都会有回报。
一定会有。

林兮迟现在住的房子已经到期了,房东想把房子卖掉,所以没有跟她续合同。而他们买的那套房子,才装修完一个月,此时也无法入住。
因为林兮迟上班的地点就在附近,许放干脆在这个小区里租了另一个房子。空间比原先的大一些,两室一厅,精装修,所以房租也相对贵了一些。
这天。
两人开始收拾行李。
林兮迟在这儿住了一年多的时间,东西零零散散的,并不少。而许放回溪城后,大多数时间都是住在这里,他的东西也不少。
两人各自收拾自己的东西。
许放收拾得很快,要的东西就丢进行李箱里,不要的就扔掉,没过多久就把整个客厅的东西都收拾好了。他又进厨房看了一会儿,把林兮迟买的电器拿出来,放进纸箱里。
注意到林兮迟还在收拾房间的东西。
许放干脆到浴室里,把两人的洗漱用品都拿出来。

结果林兮迟还没好。

许放洗了个手，走了进去，想帮她一起收拾。

此时林兮迟就坐在房间的地上，把衣服一件一件地叠好，放进行李箱里。神态很认真，动作却慢得很。

许放把她拉了起来，抬了抬下巴，示意她去把梳妆台的东西整理好，而后蹲下来帮她叠衣服。

林兮迟走到梳妆台前，把桌上的化妆品一点一点地塞进化妆包里，翻了翻抽屉，把里面的东西也拿了出来。

梳妆台下的空位还放了好几个盒子，林兮迟干脆坐了下来，翻了几下，然后把里面的东西全部倒出来。

此时，许放也恰好帮她把衣服叠好了，走过来蹲在她的旁边。

地上凌乱不堪，很多小玩意儿，大多都因为过了很久，缺了什么部件。什么都有，耳机线、笔盖、手表的腕带、小风扇……

还有几个本子。

许放的目光被那最上面的本子吸引到，眼明手快地拿了起来，翻开第一页。

——攻略 PP 计划。

林兮迟的目光下意识看向他，注意到他手中的东西，她突然愣了一下，然后立刻朝他扑去："不行，这是我的秘密，你不准看！"

许放把手举得很高，理直气壮道："你跟我哪来的秘密？"

听到这话，林兮迟的动作停住，一副若有所思的样子："好像也是。"

许放手依然高举着，继续往下翻，看着她写的内容。

很快，林兮迟又朝他扑去，像是反应了过来："但我不想给你看啊！"

许放已经看到了她写的那个"送一箱水"，他的嘴角一抽，冷漠地吐槽："谁教你这么攻略人的？"

林兮迟的注意力又被他转开了，很骄傲地说："不对吗？那我还不是攻略成功了。"

许放瞥了她一眼，没说话，继续往下翻。

林兮迟也不介意让他看了，还凑过去缩在他的怀里，跟他一起看。

翻到其中一页的时候，许放的动作顿了一下，然后继续向后翻。

又翻了好几页。

然后看到她的牵手和接吻计划。

——今年结束前牵手,十年内接吻。

许放:"……"

他不太敢相信自己的眼睛,重复地看了好几遍,顺带注意到被她划掉的"三年"和"五年"。

许放低眼看她:"写这玩意儿的时候你几岁,十八?"

林兮迟点点头。

"写了这话,你还敢说我保守?"

"……"

许放翻完了整本,得出一个结论:"要不是我喜欢你,就你攻略第一天,我跟你连朋友都没的做。"

林兮迟蒙了:"有这么严重?"

本来还想继续吐槽,但看到她这副模样,许放忍不住笑出了声,低头亲了亲她的脸。

"傻子。"

以为许放终于要继续收拾东西的时候,他突然又翻开了那个本子,翻到刚刚顿住的一页,放到她面前给她看。

——下楼梯的时候,许放偷偷亲了我的手。一定,肯定,绝对不是我的错觉。

林兮迟莫名觉得有点儿羞耻,立刻合上本子,含糊不清地说:"别看了,快收拾东西吧……都……"

下一刻,许放握住她的手,嘴唇在她的手背上落下了一吻。随后他看向她,漆瞳像是带着笑意:"好像确实不是错觉。"

过了那么久。

林兮迟已经不记得当时是什么感觉了。

她心头一颤,突然懂了他的含意,有点儿好奇了:"屁屁,你什么时候开始喜欢我的呀?"

许放垂下眼睑,像是在思考,很快便抬起眼,回道:"不记得了。

"反正,很久了。"

是真的很久了。

他的眼睛漆黑，却又清澈干净，将她整个人都映入其中，像是一团墨，带着往事的旋涡，一点点地向她席卷而来。

暗恋，难以被察觉，却又处处是痕迹。

是跨年夜时，他在她家楼下无声无息地等待，不回答她任何的话，只是重复地提醒着她此时的时间；

是听到她在谈论喜欢的男生类型时，听到不喜欢的答案，不动声色地过去撞她的肩膀，打断她的聊天内容，等着她的指责；

是替她处理好一切，为了她将脾气收敛，一而再再而三地收起自己的底线；

是某次在教室午睡醒，抬头一看，他那不知凝望了多久的目光。

那些回忆，当时不觉。

如今回想起来，每一点每一滴，每一分每一秒，那所有不经意的时光。

似乎，全部。

都比奶油味还要甜。

—正文完—

番外一 耿耿×学长

番外二 年少时的你

番外三 和你未来的每一天

番外四 有更新！等他长大了就会喜欢了

番外一　耿耿 × 学长

1.

高三生的暑假只有半个月，八月初就开学，月底休息一周后，再跟其他年级的一起在九月返校。这一个月开始复习高一高二的知识点，然后就考试。

每天都在反反复复做同样的事情。

国庆假期之前，学校给高三生安排了一场月考。

就连按往常来说要放满七天的国庆长假，也只放了三天的时间，老师还布置了一大堆作业，这三天时间全用来刷题，时间都不够花。

在这么繁忙的学业任务中，林兮耿还是抛下了手边的一大摞试卷，选择到S大找林兮迟。

她过去其实也没有什么要做的。

一来是想过去看看S大的环境，给自己一个动力；二来——当然这也是林兮耿的主要目的——想过去劝一下林兮迟，让她及时回头，不要吊死在许放这棵中看不中用的树上。

抱着这样的念头。

到了S大之后，林兮耿被许放带到奶茶店。

她捧着林兮迟给她的奶茶，一口一口地喝着，目光死死地放在前台的位置，看着视线一直盯着林兮迟的许放。

心想着：一点儿都不配，完全不配。

唔。

两人长相还算配吧。

毕竟许放哥长得高，然后，颜值也还行吧，这种事情不能昧着良心说，毕竟认识这么多年了，许放哥这唯一的优点也不能忽视。

但也顶多是外貌相配。

至于其余方面——

许放简直是癞蛤蟆想吃天鹅肉！

就这么连着在心里吐槽了十多分钟。

直到许放提着奶茶离开了，林兮耿才把这事情抛到脑后，从书包里拿出一本练习册，旁若无人地开始刷题。

因为选的位置就在空调的旁边。

短时间坐在这儿还好，时间一长，就冷得人浑身哆嗦。

林兮耿实在受不了了，她想换个位置，但周围完全看不到一张空桌。又找了一番后，她在偏中间的区域，看到了一张仅坐着一个男生的桌子。

林兮耿把练习册塞回书包里，走了过去。

经得男生的同意，林兮耿坐在了他对面的位置。

林兮耿抱着奶茶杯，喝了口奶茶，借着这个空隙，她把目光放在了对面的男生身上，带着不易察觉的打量。

男生的肤色很白，细碎的发丝垂在额前，挺立的鼻梁上方，架着一副金丝眼镜。眼形微扬，瞳色偏浅，五官曲线硬朗分明，但看上去又十分温和。

不知是没察觉到，还是完全不在意这样的注视。

从头到尾，男生的目光一直放在手机上，神态漫不经心又冷淡，偶尔会动动眼皮，拿起一旁的奶茶喝一口。

但基本没看过她一眼。

林兮耿也没把注意力放在这上边太久。

桌子的空间太小，还摆满了甜品和奶茶，完全没有多余的位置给林兮耿写题。她干脆打开手机背单词，却觉得手上的奶茶杯有点儿碍事。

林兮耿抬头看了男生一眼。

他戴着纯黑色的耳机，手指在屏幕上滑动着，明显还沉浸在游戏之中。

林兮耿也不好打扰他，纠结了几秒后，决定把盘子的位置挪动一下。

但盘底像是粘了东西,她用了点劲儿都挪不动。

过了半分钟,林兮耿有些郁闷了,干脆往自己的方向挪了挪。

这次倒是挪动了。

林兮耿刚松了口气。

余光看到似乎有人在看着她。

她抬了头,对上了男生的视线。

"你不介意吗?那个。"男生单手支着下巴,看着她,眉眼略带春意,指了指她面前的那个盘子,轻轻笑了下,"我吃过的。"

"……"

林兮耿愣了,下意识往下看,注意到自己还放在盘子边缘上的手,"啊"了一声:"抱歉,我就想——"

说着,她半举起手中的奶茶杯:"腾个位置放一下奶茶。"

男生的眉眼一抬,倒也没说什么,唇角勾勒出一个小小的弧度,主动挪了下桌上摆放的东西,给她腾出了一块位置。

林兮耿朝他点点头:"谢谢。"

此时,男生的手机就平放在桌上。

林兮耿突然注意到上面的内容,顺口问:"你玩的是最近新出的手游吗?"

"嗯。"

林兮耿又看了几眼,没多问,低头继续背单词。

就这么和谐相处了一段时间。

把今天的单词量背完,林兮耿放下手机,伸了个懒腰。

抬眼一看,男生还在玩游戏,林兮耿莫名也来了兴致,上应用商城想下载那个游戏,但她没有那么多流量。

她犹豫片刻,开口问道:"你知道 Wi-Fi 密码吗?"

男生眼也没抬,流利地吐出了一串数字。

数字串没有什么规律,大概是这家店的电话号码。

林兮耿有点儿惊讶他居然能背下来。

她也没想太多,迅速连上,但网速极慢。

看着这个进度,林兮耿觉得下载一天都下载不完。突然有点儿丧气,便取消了下载。

男生瞥了她一眼，淡淡道："连不上？"

"连上了，不过有点儿慢。"

"你要下载什么？"

"就你玩的那个游戏。"

话音刚落，男生把自己的手机放到了她的面前，微微侧着脑袋，一双桃花眼天生含着情。

"你玩吧。"

突然就把手机给她一个陌生人，林兮耿觉得有点儿受宠若惊："啊？"

"玩吧。"他像是有些疲倦，声音懒散，"刚好让我休息一下眼睛，不然我控制不住。"

"……"林兮耿突然有种惺惺相惜的感觉，"我也是，我以前特别爱玩游戏，然后成绩就一直往下掉，后来我就不敢往手机里下载游戏了。"

男生没说话，整个人往椅背靠，拿起桌上的一瓶水灌了几口。

林兮耿突然觉得这个人太好了。

让她坐在这儿，还给她位置放奶茶杯，告诉她 Wi-Fi 密码，还借手机给她玩游戏。

性格实在太好了，长得也很好看。

就是看他这么喜欢玩游戏，可能成绩不行。

这就有点儿可惜了。

但至少比许放哥多了个性格好的优点。

林兮耿拿起他的手机，屏幕上恰好是游戏的界面。

注意到她的动作，男生的眼睫微扬，拖着腔道："以前玩过？"

林兮耿摇头："没有。"

听到这话，男生便跟她说了几句操作方法，慢条斯理地，说出来的内容言简意赅，听着很舒服。

林兮耿感激地点点头："好的，谢谢你。"

她也不好意思拿别人的手机那么久："我玩一盘就还给你。"

男生轻笑一声："不急。"

林兮耿也没认真玩，心思都放在这个"潜力股"上边。她的脑子飞快地运转着，且向来心直口快，没绕什么弯子就把脑海里的话说了出来。

"对了，你成绩怎么样？"

"什么成绩？"

明年就要高考的高三生林兮耿下意识道："高考。"

男生的表情没什么波动："忘了。"

哦。

一般这种都是，考得太差了。不想回答，干脆说自己忘了。

这么看，他可能也不是 S 大的。

林兮耿突然有点儿后悔。

感觉不应该问的……可能戳到他的痛处了……

但感觉真是各处都很优异，非常适合林兮迟。

她正想道个歉。

男生又道："七百多吧。"

"……"

林兮耿：？

林兮耿的脑袋立刻低了下来，装作一副正在认真打游戏的模样，手心却紧张得冒汗。

在心里默念着：千万，千万不要礼尚往来地问我我考了多少分啊。

但男生似乎也没这种想法。

他抬起手，用手掌揉了揉后颈，随后拿起盘子上的铁制小勺，慢条斯理地挖着那块蛋糕，喂进嘴里。

过了五六分钟。

林兮耿舔了舔嘴角，只觉得手里的游戏顿时变得索然无味，只觉得自己太堕落了，才考个多少分就敢在这里玩游戏？

林兮耿想了想，问："你考的什么卷？"

男生："R 省卷。"

哦，那跟她一样。

林兮耿："你今年大几？"

闻言，男生抬眸看了她一眼，嘴角微弯，似是在笑，也极其有耐性。

"大一。"

大一。

哦,那就是二〇一一年高考的,跟她姐同届。

二〇一一年高考的,文科没有考到七百分以上的学生,而理科只有一个。

对于这件事情,林兮耿的印象很深刻。因为这唯一一个七百分以上的,是从他们学校出来的,溪城一中还为此大肆宣扬过。

只差没敲锣打鼓。

跟林兮迟同班。

叫张立。

林兮耿没有见过,只是听老师说过很多这个学长的事迹,也曾听过林兮迟跟她吐槽:"这个人完全就是魔鬼,魔鬼!成绩那么好还天天早上五点就到班里学习!"

……

此时,根据自己的分析。

林兮耿有点儿肯定对面的这个男生,就是跟自己同一个高中的,张立。

二〇一一年R省理科状元。

为了确定自己的答案,林兮耿想了想,又问:"理科状元吗?"

男生放下了勺子,像是注意到了她的问题格外多,单手支着下巴,淡棕色的眼泛着璀璨的光,轻轻应了一声。

"嗯。"

林兮耿的眼睛微张,有种见到了传说中的人物的激动感。她把手机还给他,格外自来熟地跟他问好。

"张学长,你好。"

男生接过手机,听到这话时,他的眉眼稍挑:"张学长?喊我?"

林兮耿顿了下,觉得自己肯定没有猜错,立刻点点头。

男生笑了:"我姓何。"

"……"

哦,所以她记错了吗?

叫何立？

林兮耿也没纠结太久，立刻改了口："何学长。"

感觉自己突然这样喊他好像有点儿奇怪，她便补充道："我也是溪城一中的，我姐跟你一个……"

还没等她说完，男生漫不经心地打断了她："我不是溪城一中的。"

"……"林兮耿有点儿蒙，愣了几秒后才小心翼翼地说，"但一一年的理科状元就是溪城一中的呀。"

"一一年？"男生眉梢微扬，平静道，"我一〇年高考的。"

"……"

那怎么还大一？

似是想起了刚刚她问的话，男生靠回椅背上，桃花眼微眯，拖腔带调地"啊"了一声，语气不甚在意："我留级了。"

"……"

林兮耿：？？？

听到他的那句话，对面那姑娘立刻就安静了下来，模样像是受了惊。

及腰长发，脸蛋小巧白净，倒是少见的素面朝天。皮肤白里透红，眼角上挑，瞳色很浅，气质外向活泼，还话多自来熟。

何儒梁微哂，轻轻摇了摇头，低头看向手机。

手机界面已经自动熄屏。

何儒梁按了电源键解锁，没有密码，直接进入刚刚的游戏界面。

上面还显示着林兮耿刚结束一局的成绩。

何儒梁的眼睫微不可察地动了几下，随后抬起眼，喉结滚了滚，问了句："第一次玩？"

林兮耿愣了一下，垂眸看到他手机上的内容，连忙点头。她不知道他是什么意思，犹豫几秒又道："没认真玩……"

"……"

"怎么了？"

何儒梁："……"

没什么。

就是第一次玩，还没认真玩，随便玩玩，就把他艰难地打了一个星期的纪录给破了。

本想继续打游戏的何儒梁瞬间没了兴致，垂下眼，把手机扔到一旁。

林兮耿坐在他对面看他。

细碎短发，头发不知是染过还是天生就这样，颜色偏棕。褶皱很明显的双眼皮，眼形内勾外翘，盯着人看的时候就像是在放电，鼻梁上的金丝眼镜为他平添了几分书卷气。

长得真的好看。

看他的穿着和气质，还有手机的牌子，应该家境也不错，而且还是高考状元，现在唯一的败笔就是留级了。

但性格好啊，至少不会欺负她姐。

许放哥从小就欺负林兮迟，以后在一起了还得了？

林兮迟到底是怎么喜欢那个许放的？

她是不是有受虐倾向啊？！

林兮耿越想越气，她突然用指节叩了叩桌子，玻璃桌发出清脆的声响，引来了何儒梁的注意。

他抬眼，眼神略带疑惑。

林兮耿抿着唇，一副气势汹汹的模样，盯着他看了好几秒后，突如其来地冒出了句。

"你有女朋友吗？"

"……"

2.

对何儒梁来说，假期这种日子，就是用来待在宿舍里打游戏的。但昨天宿舍被查出用了违规电器，今天宿舍停电一天。

大夏天的，实在太热。

犹豫再三，他决定在外边找个有空调的店待一个下午。

然后就遇到了这姑娘。

一切都很顺理成章。

拼个桌，有缘见了一面，陌生人间聊几句，再分开，之后可能不会再见面。

就是萍水相逢一场。

但在她说出那句话之后,好像一切都不太一样了。

在那一刻。

何儒梁居然被她的那个动作,她的那个眼神,她的那句话,这缺一不可的三样东西给——

撩到了。

何儒梁的喉结滑动了两下,半合着眼,嘴角勾起,气息悠长地呵笑一声,散漫道:"没有。"

但之后的发展,又和他想象中的不太一样。

这姑娘听到他给出的否定答案,明显是庆幸地松了口气。但接下来的时间里,她没跟他要联系方式,反而是,一直在夸此时在前台工作的林兮迟。

"那个女生是不是很漂亮?"

"唉,真的太好看了,我一个女生看着都挪不开眼。"

"性格好像也很好。"

"天哪,如果我是男的我就去追她了。"

何儒梁用勺子挖着蛋糕,越听越觉得不对劲,正想打断她的时候。

林兮迟过来了。

她的表情略带惊讶,先是瞥了眼林兮耿,而后才看向他,友好地打了声招呼:"何学长。"

何儒梁把嘴里的话收了回去,浅浅颔首。

见状,林兮耿有点儿蒙:"你们认识啊?"

此时何儒梁也看了过来,但林兮耿似乎完全不为自己刚刚狂夸林兮迟一顿的行为感到尴尬,反而对他使了个眼色,像是在暗示点什么。

"……"

随后,她抬头看向林兮迟:"我们要走了吗?"

"嗯。"林兮迟低头看了看手机,"去吃晚饭。"

接下来几天。

就算宿舍没有停电,何儒梁依旧把一个下午的时间都放在这家奶茶店上边。

不过他再也没遇到那天那个女生。

干什么都觉得索然无味。

奶茶不好喝了,蛋糕不好吃了,就连平时最喜欢的游戏,好像也没那么好玩了。

这种状态保持了三天。

何儒梁终于忍不住在微信上找了林兮迟,按照自己的猜测问:那天那个女生是你妹?

他得到了肯定的答案。

也知道了。

活了二十年,头一回动心。

对象是一个还没有高考的——

高三生。

……

十一月中旬的某日,何儒梁跟部门里的人一起到Z大看篮球赛。

他坐在林兮迟的旁边。

此时比赛已经开始了。

何儒梁的目光放在篮球场上,林兮迟突然跟他说了一句话:"学长,我出去一下。"

他下意识转头,突然注意到她的手机屏幕。

来电显示:耿耿。

备注下边还附带着一串手机号码。

耿耿。

何儒梁不知道那天那个女生叫什么名字。

却曾听过林兮迟跟叶绍文说,她的名字出自白居易的《长恨歌》——迟迟钟鼓初长夜,耿耿星河欲曙天。

她取其中的"迟"字,而她妹妹取其中的"耿"字。

何儒梁没说话,心里有了个猜测,桃花眼狭长,眼角习惯性地上扬。他的记性好,向来过目不忘。

但这一次,他竟然怕自己会背错。

把这串号码看了两遍之后，何儒梁才收回了视线，微微勾起了嘴角。
"去吧。"

回溪城还不到一个月的时间，林兮耿便从林兮迟的口中得知，她和许放正式在一起了，在许放生日的那天。

本来在林兮耿去 S 大之前，这两人看样子至少还得等个十年八载才能互通心意。

结果她一过去，让林兮迟回头是岸的想法没做成，反而让许放占了个大便宜。

林兮耿后悔得想吐血。

高三学业繁忙。

林兮耿渐渐把这件事情抛到脑后，连带着把那个跟她在同一张桌上待了几个小时的男生也忘得一干二净。

十一月。

是林兮耿过得很不开心的一个月。

家里发生了不好的事情，她的成绩下滑，把头发剪短至肩，在父母的责怪下搬到了外公家，每周不用再听到林玎的歇斯底里。尽管如此，她依然静不下心学习。

烦躁之下，她给林兮迟打了个电话。

虽得到了些安慰，但之后便开始发生奇怪的事情。

因为住宿，也因为高三，林兮耿用手机的时间并不多。但每次一看，都能看到有一个源港市的号码给她打电话，并且次数还不少。

有一回她拿着手机的时候，那边刚好打过来，她就接了。

但无论她说什么，那边都不说话。

次数多了，林兮耿也觉得烦，直接拉黑。

再后来，这人似乎还换手机号继续给她打，却依然不说话。

林兮耿一连拉黑了三四个号码。

最后一次接到这种电话，是寒假的某一天，她在写理综卷的时候。

这个学期末的考试是溪城一模，林兮耿考得很差，每天都焦虑得不行。然后在她想解题思路的时候，又接到了这个电话。

林兮耿深吸了口气，还是憋不住火，像是找到了个发泄的途径，瞬间就爆发了："你到底是哪位？"

"……"依然没说话。

"算上这个，第八个号码，你真是有空。"林兮耿气得把笔摔到桌上，冷笑着，"说是巧合我也不信了，我真是服了。前七个号码，我都对你很和蔼可亲吧？我都是问了几句之后直接把你拉黑的吧？我没说什么过分的话吧？

"你怎么对我的？我今年六月就高考了，我现在还排年级第100多！我都想跳楼了你还来占我的时间！"林兮耿越说越气，眼都红了，"这个，溪城的号码。好，你现在给我出来，有本事就出来，我能揍死——"

下一刻。

那头轻不可闻地说了一句话："考得不好吗？"

林兮耿以为自己听错了，还没来得及问。

很快，那头清了清嗓子，正式开了口，声音有点儿熟悉，但林兮耿记不起是在哪儿听过了。

是个男生。

声音一本正经的，还有些紧张，可能是还没调整好情绪，装得一点儿都不像："您好，有兴趣贷款吗？"

"……"

沉默几秒。

"没有！别再给我打电话了！"

说完之后，林兮耿憋着火，挂了电话。

过了几天。

林兮迟在床上拆快递，说是部长前几天跟部门里的所有人都要了家里的地址，给寄的新年礼物。

又过了一天。

林兮耿也收到了一个快递。

箱子巨大，快递小哥把箱子搬上三楼，气喘如牛，汗如雨下，看上去像是要没了半条命。

收件名：耿耿。

光是把快递箱从客厅推到房间里，都费了林兮耿的一番工夫。

她拿工具刀把箱子拆开。

打开一看。

里面是从高一到高三的复习资料，还有许多书和练习册，语数英物化生六科全齐。笔记写得详细而整齐，概括了会考的题型，下边还有例题。

是细心而又耐心的成果。

把快递盒里的最后一本书拿出来。

林兮耿发现最下面还压着一张字条。

上边写着一行字，利落而遒劲，十分好看。

——不要跳楼。高考加油。

拿着这张字条，林兮耿盯了好半响，费劲地思考着这差不多十公斤重的资料是谁给她寄来的。她看着这陌生的字迹，猜想了几个人选，很快都被否决掉。

随手把字条扔到一旁，她拿起物理的笔记来看。

这笔记看起来水平还挺高的，解题思路清晰明了，还举一反三。弄起来估计很麻烦，这人的耐心也是够好。

像是男生的字。

草草地翻了几本，林兮耿突然有种天上掉馅饼，无故找到宝藏的感觉，连着几天的坏心情都一扫而光。

林兮耿抱着一种感激的心情，想拿着这神圣的笔记去学习的时候。

突然瞅到刚刚被她放在一旁的字条。

"高考加油"这句，她可以理解成是一个陌生而又好心的人给她的祝福，但前面这个"不要跳楼"是什么意思……

她没事为什么要跳楼？

她姐都说了，考不好大不了复读，她为什么要跳楼？

想着想着，林兮耿突然想起了前些天的那个电话。

当时她实在气急，想到什么就说什么，甚至提出叫对方出来干架的想法，她还口不择言地说了一句："我都想跳楼了你还来占我的时间！"

"跳楼"这两个字，她好像只在这通电话里提过。

"……"

林兮耿的汗毛一竖，不知是她的错觉还是别的什么原因，她顿时觉得房间里静得可怕，周围传来阴森森的气息，像是有人在暗中窥视她。

她把字条捏成一团，丢到箱子里。

不是吧？

这人怎么知道她的地址的？

这就有点儿恐怖了。

虽然之前在电话里是叫他出来干架，但她肯定不会出去啊，怎么可能打得过？

现在这个人知道她的号码，又知道她住在哪里，还知道她叫耿耿，说不定连她长什么样，在哪个高中上课都知道。

她是不是遇到变态了啊？……

要不要报警啊？……

但报警了的话，这些笔记是不是就得上交了啊？……

她不想啊……

而且这个人好像就只是给她打电话骚扰，也没做别的什么事情，关键给她寄了这么齐全的复习资料，估计就是一个跟她年纪相仿的——

她的追求者。

认识她的，并且对她有意思的，应该就是同年级的？

偷偷暗恋她的一个学霸？

但之前的号码都是源港市的欸，最近才变回溪城。

……

林兮耿想不通了。

犹豫片刻，她把对方从黑名单里拉了出来，发了条短信过去。

把书寄出去后，何儒梁房间的书架被清空了一半。

那些复习资料大多是他连夜赶出来的，他高中的时候记的笔记并不多，因为他都记得，也都会。所以笔记对他来说，一点儿必要都没有。

写完之后，他一年都不想再碰笔。

但想到能对她有一点儿帮助，何儒梁又觉得很值得。

房子里暖意十足，何儒梁就穿着短袖短裤，坐在书桌前，头发蓬松凌乱，少见地没有戴眼镜，肤色苍白，眼睛下方染了一层青灰色。

略显憔悴，是休息不足的表现。

他低眼看手机，习惯性地点进通讯录，迟疑着要不要给她打个电话。

很快，何儒梁想起了前些天，她在电话里愤怒的指责，以及像个"社会大佬"一样想约他出去打架的架势。

"……"

不敢打。

那姑娘孬毛起来……

有点儿凶啊。

还没等他有进一步的动静。

电话响了。

何儒梁垂眸一看，慢悠悠地接了起来。

于泽的声音从电话那头传来："收到你寄的东西了，这啥玩意儿？溪城的特产？"

"嗯。"

"不是，你没事怎么突然想送礼了？还以我的名义……"于泽说，"部门的人刚刚都跟我说收到了，我要不跟他们说是你寄的吧？"

"收到就好。"何儒梁喃喃低语，"没事，就这样吧。"

挂了电话，再看手机时，就发现进来了一条未读短信。

何儒梁点开一看，是那串熟悉的号码。

耿耿：快递是你寄的吗？

没想到会收到她的短信，何儒梁顿时有些紧张。

过了好几分钟才回复了一个字：嗯。

耿耿：……

耿耿：是这样的，我这人不是很喜欢占别人的便宜，你这个笔记确实很全面，我确实也很想要。但无功不受禄，你把你的地址发过来，我给你寄回去。

她这么长的一段话。

何儒梁只看到了那一句"我确实也很想要"。

他的眼尾扬起，眼里带着璀璨的光，回复道：那就给你。

3.

这个回答,林兮耿自动理解成——

要我的地址吗?那就给你。

得到这个回答,她是松了一口气,但表情也瞬间苦了起来。

林兮耿拿起那厚厚的笔记,犹豫着要不要去复印一份的时候,那头又发来一条短信:短期内不会再打扰你,高考加油。

"……"

林兮耿:???

林兮耿:哥们儿,你道别得太早了。

林兮耿:地址你还没给我。

之后再发过去的话,像是石沉大海,不再有回应。

看着地上散乱的书籍,林兮耿的表情有些茫然和不知所措。过了好一阵,她突然抱起那沓笔记,放回快递箱里。

然后又拿出来。

再放回去。

就这么反复了三四次后。

林兮耿终于受不住诱惑,再次把笔记从快递箱里拿出来,拿出手机,再次给那个行为变态但脑子却十分好使的人发了一条短信。

耿耿:谢谢。

因为有这些笔记的帮助,以及寒假时林兮迟给她的辅导,林兮耿的成绩不再一路下滑,渐渐有了向上的趋势。

在R省第一次模拟考时,她再次挤进了年级前二十。

那个人也确实如他自己所说,没有再给她打电话。

林兮耿对此倒没什么感觉,没有失落,也没有庆幸。唯一有的情绪,大概就是好奇对方到底是谁。

出高考成绩那天,林兮耿在一个补习班兼职,不在家。

是林兮迟给她查的成绩。

成绩比她想象中的还要好很多。

原本对她来说,远在天边的S大,在这一瞬间就近在咫尺。

一伸手就能碰触到。

那天，林兮耿收拾好东西，从补习班回家，莫名有了种给那个人发短信的冲动。

而她向来不是一个会克制自己冲动的人。

林兮耿拿出手机，飞快地打了一串话。

耿耿：你好，不知道你还记不记得我。半年前你给我寄了笔记，给了我很大的帮助，今天高考成绩出来了，是比我想象中的更理想的成绩。很谢谢你。以后如果你有需要帮忙的地方，我能帮到的话，一定会帮你。

等发出去后，林兮耿才发现自己好像没有自我介绍。

但对方连她的家庭地址都知道，应该知道她的名字吧。

林兮耿也没在意。

那头却意外地回复得很快：想报考什么大学？

林兮耿诚实答：S 大。

过了几分钟。

那头回复：挺好。

反应比意想中的冷淡。

林兮耿也没太在意，只觉得是过了那么长的时间，对方对她的那点小心思早就因为时间的流逝而被冲没了。

之后便是填报志愿。

按着自己的兴趣和林兮迟给的意见，林兮耿的第一志愿填的是 S 大的心理学。

录取结果在七月中下旬出来。

当时林兮迟也已经放暑假了，看到她的录取结果后，拍了个照，很兴奋地发了条朋友圈：我！妹！要！来！S！大！了！

林兮耿觉得她这种发朋友圈炫耀的行为很丢人。

等林兮迟去洗澡后，林兮耿便悄悄地拿了她的手机，准备把那条朋友圈删掉。

打开一看。

评论已经有几十条了，一半是在说"恭喜"，还有一半——

于泽：我看到了什么？

叶绍文：何学长点赞了？

张三：怎么肥四，何学长居然不打游戏来逛朋友圈？？？

李四：我跟何学长认识一年了，他从来没给我点过赞：）

温静静：认识两年也没被点过赞的路过。

……

林兮耿有点儿好奇这个何学长是何方神圣。

但点赞的人头密密麻麻，她也不知道是哪个，直接作罢。

现在有这么多评论和这么多赞，林兮耿也不敢删了，心不甘情不愿地把手机放回原处。

很快，林兮迟从浴室里出来，拿起手机看了眼。

"这群人……"林兮迟似乎是觉得有些好笑，"有毒，都知道何学长看朋友圈还那么多话。"

林兮耿躺在床上，听到这话，好奇道："何学长是谁？"

"就我们学校一个因为打游戏旷考留级的学长——哦，你还记得不？你见过他，就你国庆来的那次，跟你坐同一张桌的那个男生。"

过了大半年了。

林兮耿也不太记得那个男生具体的模样，只记得金丝眼镜，桃花眼，长得好看。

但如果他再次出现在自己的面前，她应该能认出来。

"啊，那个啊。"想起那个高考状元，林兮耿顿时有点儿恨铁不成钢，"他还一直打游戏啊？他不会又要留级了吧？"

"没有吧，他们就调侃而已。"林兮迟想了想，"好像还是有在玩，但没之前那么迷了，而且我听部长说，他这次期末考又拿了系第一。"

"他有学习吗？"

"我不知道啊。"林兮迟用毛巾擦着头发，"反正只知道，他这次参加考试了。"

林兮耿："……"

这个我也知道。

因为军训，S大新生比其他年级的要早半个月去学校。

林兮耿提前一周就收拾好行李，整整两个行李箱，一个大一个小，拿着也费劲。被林兮迟和许放送到校门口,她便兴高采烈地跟他们道了别。

报到日。

S大门口搭了好几个帐篷,挡去毒辣的阳光,里边的人或站或坐,穿着各色的系服,是每个系迎接新生的志愿者。

林兮耿一手一个行李箱,往前推。

她还没走几步路,面前就出现了一堵人墙,挡住了她的去路。

林兮耿抬头。

面前站着一个高大的男生。

金丝边眼镜,熟悉的桃花眼,狭长上扬,眼睑低垂,依然能看出那双眼皮的褶皱,淡棕色的瞳仁,是自带温柔的颜色。

她张了张嘴,还没来得及说话。

面前的男生缓缓勾起嘴角,弓下身子,问她:"哪个系?"

林兮耿连忙道:"心理系。"

"啊。"他接过她手里的两个行李箱,然后又被林兮耿拉回去了一个,"那跟我过来吧,我带你去报到。"

"好的,谢谢学长。"

林兮耿拖着个小行李箱,跟在他的后边。

走到接近帐篷的位置,听到有个男生在喊:"何儒梁!不要告诉我这个又你们系的。"

何儒梁看了过去,面色不改:"是啊。"

林兮耿也看了过去,注意到那个说话的学长身上穿的衣服是心理系的。

她一愣,有一点儿反应不过来。

在高铁上,因为林兮耿想自己去报到,林兮迟就嘱咐过她,进校门后,会有同系的学长或学姐带她去报到。

同系的。

何儒梁虽然是志愿者,可却没有穿着系服,此时就穿着短袖长裤,林兮耿也看不出他是哪个系的。

还没等她问出口,何儒梁回头看她,似乎不觉得哪里有错。

"走吧。"

林兮耿只好跟了上去，但怕是刚刚自己说得小声，让他听错了字眼，不大肯定地问了句："学长，你也是心理系的吗？"

何儒梁的脚步半点没停，低应了声，继续往前走。

"嗯。"

听到这个肯定的答复，林兮耿才放下心来。

林兮耿被何儒梁带着去报到缴费，出示各种资料，办好手续后，又被他领着去自己所在的宿舍楼。

路上。

林兮耿主动跟他搭腔："学长，你还记得我吗？我们见过一面的，就去年国庆的时候，在学校外面的那家奶茶店。"

何儒梁敛着下颌，笑了："记得。"

"没想到这么巧！"林兮耿觉得很神奇，"刚好就跟你在一个系了，你是什么专业呀？我选的是应用心理学。"

何儒梁一顿，没回答，反问道："你叫什么名字？"

"啊，我都忘了自我介绍了。"林兮耿不好意思地挠了挠头，"我叫林兮耿，前面两个字跟我姐一样的，然后耿是耿直的耿。"

他低着眼，含在嘴里重复了一遍："林兮耿。"

声音缱绻而温柔，略带哑意，像是贴在耳边说出来的话。

"对，就这名字。学长你呢？"

何儒梁勾起唇角，慢悠悠地说："我叫何儒梁。"

又走了一段路。

觉得气氛太过于沉默，林兮耿又主动开了口："学校好大。"

"嗯，以后你可以买辆自行车，方便一点儿。"

林兮耿走在他旁边，往四周看，看到什么就说什么："感觉S大好多好看的小哥哥和小姐姐。"

"还行。"

"心理系的男女比例多少呀？"

"一比一吧，差不多。"

"那帅哥多吗？"林兮耿兴奋道，注意到他看过来的目光才稍微收敛了些，十分生硬地接了一句，"我就问一下……"

何儒梁盯着她看了好几秒，淡声说："不多。"

林兮耿顿了下，思考着怎么圆场的时候，他又继续说："金融系的倒是不错。"

"……"

学长你其实是金融系的吧？

又继续往前走，林兮耿突然看到迎面走来一个男生，是她的高中同学。在这里看到自己的高中同学，就像是看到失散多年的亲人一样。

林兮耿高兴地跟他摆了摆手。

男生跟她打了声招呼，走到他们面前。

注意到何儒梁，他也打了声招呼："何学长。"

林兮耿有些好奇："你们认识啊？"

"也没有。"男生挠了挠头，"我今早就过来了，是何学长带我报到的。"

闻言，林兮耿愣了几秒："你也心理系的吗？我怎么记得你跟我选的不太一样。"

"不啊，我金融系的啊。"

安静几秒后，两人同时望向何儒梁。

何儒梁微挑眉，垂下眼睑，看着林兮耿，神态漫不经心："你刚刚说你是什么系的？"

林兮耿眨了眨眼，耐心地重复："心理系。"

闻言，何儒梁的眼睫一动，像是才反应过来。

"啊，抱歉。"

桃花眼微弯，像是带着笑，脸上看不出任何抱歉的情绪。不知是不是林兮耿的错觉，她似乎听出了一些理直气壮——

"我听错了。"

林兮耿想了想。

这一路上，她说自己是心理系的次数，没有十次，也有个七八次了。而且刚刚办理入学手续的时候，上边也写了她的专业。

如果此时，她真的相信何儒梁到现在都不知道她是心理系的——

这不就等于没有带脑子来学校吗？

等男生走后，气氛沉默了下来。

像什么都没发生过似的，何儒梁拉着大行李箱继续往前走，边说着："走吧，外边太晒了。"

林兮耿愣愣地应了声，连忙跟上。

纠结几秒后，林兮耿觉得自己好像没有憋着不问的理由，干脆直截了当地问："学长，你真听错了？"

何儒梁眼也没抬，很认真地答："嗯。"

"……"

行吧。

他好心带她去报到，还帮她拿行李，带她去宿舍楼，如果她还这样坚持问下去，一点台阶都不给对方下，这好像就太过分了。

似乎是察觉到了她完全不信的情绪。

何儒梁的眉心动了动，及时地承认了自己的谎言："没听错。"

"啊？"

"心理系应用心理学。"

林兮耿连忙点头："那你刚刚……"

还没等她说完，何儒梁突然正儿八经地打断了她的话。

"挺好的专业。"

"啊？"说到这个，林兮耿眨了眨眼，也正经了起来，"我也觉得挺好的，我和我姐商量了很久之后才敲定这个。"

何儒梁淡笑一声，很快，他低着下巴，收起嘴角的弧度，回头看她。

眨眼之间，何儒梁脸上的情绪已经荡然无存，眼神温和却有种天生自带的冷意，说出来的话也无波无澜。

"上了大学也不要松懈，好好学习。"

突然受到学霸的教育，林兮耿的心一紧，连忙点头。

"一定，一定。"

林兮耿只当他的这句话是给自己的温馨提示。

想表达的含义大概是：你看吧，我之前拿了高考状元，但我不好好学习，我全挂科了，我被留级了，我一下子尝到了从天堂掉进地狱的滋味，我在学校出名了，我丢死人了。

所以她千万不能松懈。

她得好好学习。

直到这一天结束，把宿舍整理好，林兮耿躺在床上准备入睡之时，才猛地想起了被自己遗忘了的事情。

……

所以何儒梁今天到底听没听错？

4.

报到后的第一天。

上午是新生入学教育，林兮耿在礼堂里听着催眠一样的话，靠着带有软垫的椅背，几乎要睡着。

下午去体育馆领取军训服，迎接明天到来的军训。

怕学生都挤在同一个时间段去领衣服，学校给各系安排了不同的时间段。

心理系是在下午四点到四点半，按班级次序，每人到体育馆里，找学生干部领取两套军训服。

只要跟分发军训服的学生干部报出自己的身高，他们会按照尺码表，直接分发军训服给他们，不合适的可以回来换。

进体育馆内的人会被分成十列队伍。

每次进五个班级，一个班占两列队伍。

林兮耿排在中间的位置。

站在旁边的舍友在跟她说着话，林兮耿顺着人流往体育馆里走。里头的空气虽然闷，但比在外边站着遭受毒辣阳光的洗礼要好得多。

她下意识往体育馆内扫了一圈。

体育馆各处摆放了桌子，后面密密麻麻地堆放着军训服、军帽、皮带等。站在附近的学生干部大多都穿着会服，颜色图案不统一。

有些是校学生会，还有些是系学生会。

但胸前都统一挂着吊牌。

林兮耿的目光停在偏角落的一张桌前，那边站了三个人，二男一女。三人都穿着深蓝色会服，衣服上印的字迹十分清晰，是校学生会。

　　何儒梁就坐在最边上的位置，眼睛半眯，目光绕着周围。单手放在桌上轻敲，双腿微屈，交叠搭在桌子下边的横杆上。

　　另两个人站着，跟前面排队领军训服的学生说着话。

　　唯有何儒梁一副像是在看热闹的样子，懒散而无所事事。

　　像是上级领导过来巡视。

　　林兮耿正想收回视线时，何儒梁突然看了过来。

　　跟她的目光撞上。

　　林兮耿微愣，不太确定他看的是不是自己。

　　对视三秒过后，林兮耿迟疑地对他点了点头，算是远距离地跟他打了声招呼。

　　也不知道他看没看到。

　　何儒梁没做出什么反应，很快便垂下了眼睑，站起身，跟旁边的男生说了几句话，就往另一个方向走去。

　　林兮耿也没在意，把注意力放回跟几个舍友的聊天内容上。

　　队伍不算长，而且分发军训服的学生干部效率很高，没过多久就排到了林兮耿。

　　她的嘴巴微启，话还没说出来，突然发现刚刚还远在几十米外的何儒梁，在此刻就变成了负责他们这一列的学生干部。

　　何儒梁把登记表推到她的面前，声音清润明朗："填一下资料，姓名，学号，班级，所在系别，身高和鞋码。"

　　林兮耿点点头，提起笔，迅速往上填。

　　何儒梁垂睫，扫了一眼："身高一米六三，鞋码37。"

　　说着他站了起来，到后面去给她拿了两套军训服，用透明的塑料纸包着，还有一双36码的鞋子。

　　"两套中码的衣服，不合适可以回来换。鞋子尺码偏大，所以给你拿了36码的。"

　　林兮耿接过："谢谢学长。"

　　她抱着衣服出了队伍。

几个舍友正在队伍外边等她:"耿耿,你拿的什么码的衣服?"

"中码的,你们呢?"

"我们也是。"其中一个舍友说,"不过小珺高,她一米七三,拿了XXL 的。"

四个女生叽叽喳喳地说着话,到食堂解决了晚饭。

出了食堂,就快到宿舍的时候,林兮耿翻了翻手中抱着的军训服,突然发现何儒梁给她的两套军训服,不是同一个尺寸的。

上面那套是 M 码,下面那套是 XXXL 码的。

舍友一米七三才穿 XXL 码的,更别说林兮耿还比她矮了十厘米。

她的脚步一顿,跟舍友说了一声之后,自己拿着那套给错了的军训服,往体育馆的方向走。

此时才刚过五点,还有学生陆陆续续在领取军训服。

林兮耿走进体育馆里,发现此时正在排队的学生大多是男生。她回到刚刚的队伍,看到何儒梁还在时,犹豫地走了过去。

队伍很长,林兮耿想着自己换个尺寸,应该花不了多少时间。

她走到最前端,喊住何儒梁:"学长。"

何儒梁把手中的东西递给面前的男生。

听到声音,他看了过来,问道:"怎么了?"

林兮耿把手中的衣服递给他:"我刚刚是在这列队领的军训服,但是你好像拿错尺码给我了,这个是加大码,我穿中码的。"

何儒梁半眯着眼,看了看上边的尺码,往衣服堆的方向走:"你等会儿。"

本以为就是十几秒的事情。

结果。

等了几分钟后,何儒梁依然在那边翻找着。

林兮耿隐隐能听到旁边有几个男生在说:"怎么这么久啊?"

"不知道啊——"

恰在此时,何儒梁也回来了。他看向林兮耿,浅棕色的瞳仁泛着细细的光,带了些歉意:"中码好像没有了。"

林兮耿不想耽搁太久,连忙说:"没关系,大——"

大码的也行。

这句话还没说出来,何儒梁又道:"现在后面等的人太多,你把你的联系方式留一下,我一会儿去问问其他人还有没有中码。如果有的话,我今晚给你送过去。"

林兮耿不太想麻烦他,想把话说完。

下一刻,何儒梁直接把他的手机递了过来,屏幕上显示的刚好就是微信添加好友的界面:"你输一下你的微信号。"

随后,他把注意力放在正在排队的男生上边:"同学,先填一下资料。"

林兮耿顿了下,只好默默地输入了自己的微信号,戳了下"添加到通讯录",然后递给何儒梁:"好了。"

何儒梁接过,淡淡道:"嗯。"

林兮耿想了想,还是补充了句:"如果有中码的话,你跟我说一声,然后我自己过来拿就好。谢谢学长。"

"好。"何儒梁像是忙得不可开交,眼也没抬一下,"先回去吧。"

等林兮耿走后。

何儒梁起身去给那个男生拿衣服,眉眼微垂,想起刚刚的事情,他的嘴角突然弯了起来,顺手拿了一套中码的军训服放进抽屉里。

……

晚上七点过后,林兮耿收到了何儒梁的微信。

何儒梁:你现在在哪儿?

林兮耿:宿舍。

何儒梁:那下来吧。

林兮耿刚洗完澡,此时头发还半湿。她不想让何儒梁等太久,套了个外套直接往楼下冲,没多久就下了楼。

何儒梁就站在宿舍楼前面,身材高大挺拔,单手拿着一套衣服,另一只手拿着手机,不知道在看些什么。

她小跑着过去,微喘着气,喊他:"学长。"

顺着声音,何儒梁抬了眼,把手里的军训服给她。

林兮耿连忙接过,站在原地几秒后,犹豫着问:"你是只给我一个人送吗?"

何儒梁的长睫低垂,眼尾扬起,因为两人身高的差距,他似乎还弓下了身,很平淡地"嗯"了一声。

闻言,林兮耿又感激又觉得有点儿不好意思,指了指旁边的那家奶茶店:"真的麻烦你了,我请你喝杯奶茶吧?"

何儒梁往那边看了一眼,漫不经心地点头:"好。"

两人走了过去。

点了两杯奶茶之后,林兮耿一摸口袋,才发现她根本就没带学生卡下来。

注意到她窘迫的神情,何儒梁轻笑一声,眼神带了点玩味,拿出自己的学生卡,在机器上刷了一下。

林兮耿小声道:"抱歉,我一会儿微信还给你。"

何儒梁也没多在意,随口一应:"没事。"

两杯奶茶分开装,林兮耿那杯打包带走,何儒梁的则直接拿着喝。他懒洋洋地撕开吸管的包装,轻轻用吸管的尖端在奶茶盖上戳了一个小洞。

然后用力摁。

里边的奶茶顺势往外溢出来,流到他的手上。

何儒梁的脚步停了下来。

余光注意到他的动静,林兮耿看了过来,愣了:"啊,怎么弄出来了?"

何儒梁把另一只手上拿着的学生卡递给她:"帮我拿一下。"

林兮耿下意识接过。

何儒梁:"有纸巾吗?"

林兮耿摸了摸口袋,摇摇头:"我没带……"

听到这话,何儒梁稍稍侧身,露出身后的书包:"你帮我拿一下,我书包里边应该有纸巾。"

"好。"林兮耿把手里的饭卡放进兜里,腾出一只手拉开他的书包拉链,把里边的纸巾拿出来给他。

看着她的动作,何儒梁的眉眼一动,敛着下巴笑了下。

解决完后，两人各自回了宿舍。

林兮耿把奶茶和衣服都放在桌子上，想把外套脱掉的时候，突然摸到了口袋里有个薄而硬的东西。

她有点疑惑，伸手拿了出来。

一看。

是何儒梁的学生卡。

因为林兮耿明天还要军训，何儒梁直接让她明天带着卡出门，他在她军训的时间段过去找她，也不会占用她的时间。

林兮耿同意了。

隔天，林兮耿到篮球场那边军训。

那儿的熟人倒是多，除了林兮迟在红十字会当志愿者，还有一个意料之外的人，他们系的副连长——许放。

林兮耿从不觉得许放会给她放水，所以这事情对她来说，其实无关痛痒。

但她从来没想过，许放训练起人来，真的像是在带兵一样，仿佛不把他们的精力榨干，就浑身不舒服。

仅仅是过了半个上午，林兮耿就觉得天要塌下来了。

听到哨声后，林兮耿抱着水瓶去找林兮迟，边喝着水边把口袋里的学生卡递给她："何学长等会儿可能会过来，然后你帮我把这个还给他。"

林兮迟垂眸看了眼，愣愣道："你怎么会有他的饭卡？"

林兮耿累得连话都不想多说，脸颊被晒得红扑扑的，发尾被汗水打湿，她轻轻喘着气，疲惫道："下次跟你说。"

再之后，接下来的半个月军训生活。

林兮耿没再跟何儒梁有任何的交谈，每天都被太阳和军姿折磨得死去活来。但她几乎每天都能见到他路过篮球场。

早上十点，下午三点，晚上九点。

这三个时间段，他每天都会过来，待一阵子就走。

何儒梁像是认识全校的所有人。

他认识她的姐姐林兮迟，也认识她的副连长许放，认识她的助班，认识来当志愿者的大部分人。

他也像是闲得慌。

大概是因为还没开始正式上课,他没有事情做。

过来这边,大概是为了找人聊天,也大概是觉得看他们受苦十分有意思。

跟她其实没有任何关系。

林兮耿站在这儿,忍受着头顶的暴晒,以及教官的训话声。偶尔看向那边的时候,每次都能撞上何儒梁那双略带笑意的桃花眼。

一秒的对视后,又分开。

时间久了,林兮耿渐渐有种错觉。

感觉他像是空气一样密布在她的周围,渗入她的骨子里。

就算他每次过来这边的目的不是见她,林兮耿仍然有种,被他时时刻刻盯着的感觉。

她头一回有这种这么自作多情的感觉。

这是一种很奇异的感觉。

她觉得这个趋势不太妙。

不仅是军训的时候如此。

就连军训结束后,林兮耿仍有这样的错觉。

社团招新时,她被舍友扯去一起参加了话剧社。第三次去参加社团活动,她突然发现何儒梁也在场,并且还认识她们的社长。

上选修课的时候,林兮耿偶尔还会碰到何儒梁,一抬头就看到他坐在自己的旁边。跟她打了招呼后,他还能跟坐在她后面的男生,她左边的女生打招呼。

偶遇的次数也多到数不清。

像是无孔不入。

两人之间的交集变得越来越多,关系也从陌生人变成了普通朋友,然后再继续加深,变得熟稔了起来。

林兮耿不是迟钝的人,心里渐渐有了个猜测。

这种情况。

要么是她喜欢何儒梁,因为喜欢,所以觉得他时时刻刻都在注意自己；要么是何儒梁真的喜欢她，所以经常出现在她的面前。

不管是哪种可能性，都让林兮耿觉得很不可思议。

但不管如何。

林兮耿都觉得，自己肯定是栽了。

因为不管是哪种可能性，这样的错觉，导致的结果是——她放在何儒梁身上的关注度，似乎……也多得不可思议。

烦恼了一周之后。

林兮耿在微信上找了林兮迟，想跟她倾诉一下自己的少女心事。

在电话里面不想多说这件事，林兮耿委婉地表达说是想跟她一起吃饭。

但她不说，林兮迟也不知情，很自然地把许放也带上了。

然后，林兮耿的心情更丧了。

吃完饭后。

注意到林兮耿话依然很少，林兮迟顿了下，把许放喊去买饮料，以此把他支开："你怎么了？"

林兮耿抿了抿唇，闷闷地说："我感觉我好像看上了一个男孩子。"

林兮迟瞪大眼，好奇道："谁啊？你们班的？话剧社的？"

"都不算吧……"林兮耿有一点儿紧张，"就是，条件很好，长得好看，成绩好，性格好，家里还有钱那种。"

林兮迟想了想，很认真地说："那也不一定这么好，可能就你情人眼里出西施吧。比如我以前就觉得许放长得惨绝人寰，现在就不一样了。"

"……"林兮耿皱了皱眉，下意识替何儒梁说话，"不是，我以前也觉得他条件很好，不然我也不会想着把你介绍给他了。"

"啊，谁啊？你什么时候介绍人给我认识了？"

"我想介绍的时候，才发现你们两个就是认识的呀。"林兮耿说，"我当时觉得许放哥实在不行，完全不行，这个就很行，这个就完全行，然后我就……"

她还没说完，视线一转，突然注意到不知在林兮迟后面站了多久的许放。

林兮耿立刻闭了嘴:"……"

林兮迟没注意到她的异常,突然想起来了:"不会是何儒梁吧?"

与此同时,许放走到林兮迟的旁边,把手上的饮料贴在她的脸上。听到她"哑"了一声之后,才拿远了些,冷着一张脸,盯着她看。

林兮迟没跟他计较,皱了眉,继续跟林兮耿说:"你是不是对男孩子有什么误解?"

"……"

"何学长的话,这都二十好几了吧?"

"就刚好二十啊……"

"你确定吗?"林兮迟似乎不大乐意,一脸的无法认同,"你确定要找一个比你姐年龄还大的男生当男朋友?"

"……"找个比你年龄大的怎么了?

"你在烦什么?"林兮迟凑过去,小声地跟她说,"唉,反正虽然我对他不是很满意,但是根据我的观察,何学长肯定是喜欢你的。"

"……"你的情商我不是很敢信啊。

注意到许放的动静,林兮耿的眼一动,提示她:"许放哥走了。"

"啊?什么?"林兮迟回头,看着许放的背影,不敢相信地问,"他什么时候生气的?"

"……"

林兮迟还蒙着,讷讷道:"这世上怎么会有这么能生气的人?"

林兮耿:"……"

林兮迟的脚还粘在原地,完全没有要过去追许放的趋势,继续跟林兮耿聊天。

话题倒是变了,开始吐槽许放:"我跟你说,我昨天跟许放一起吃饭,他当时把筷子伸了过来,我以为他要夹我的菜去吃,我就伸手护着啊——然后他就生……"

她的话还没说话,许放在那边不耐烦地喊了一声:"还不过来?"

"……"林兮迟止住话,讪讪道,"那我走了啊。"

林兮耿原本惆怅的心情顿时全无,被他们两个弄得十分无言以对,摆摆手:"快走吧。"

"你不要不开心了,我跟你赌,何儒梁不喜欢你的话,我把头砍下来送给你。"

"快走!"

下一刻,林兮迟小跑着过去,追上了许放的脚步,揪住他的手:"屁屁。"

许放连眼神都没给她一个,也没吭声。

"我之前偷偷观察过,我觉得何学长肯定喜欢耿耿啊。"林兮迟回忆了一下,认真说,"他追人的方式跟我挺像的,都挺厉害。"

"……"

"怪不得耿耿会动心。"

"……"

"可我觉得,他俩不怎么合适。何学长的年龄有点儿大,而且他之前为了游戏旷考,这点就不怎么好。"林兮迟皱了皱鼻子,"我觉得他有点儿配不上我们耿耿。"

听到这话,许放终于开了口:"有点儿?"

这话像是在附和她的话,让林兮迟的气势立刻涨了起来:"我是想委婉一点儿,你懂吗?其实是很不配,非常不配!我妹是全世界最好的!何儒梁算个什么!"

许放的眼睛黑漆漆的,不带情绪地盯着她。半晌后,他突然笑了,轻飘飘道:"你妹也这样跟你说的我?"

林兮迟:"……"

他怎么知道的?

许放极度不爽,黑着一张脸,表情又臭又硬,冷声道:"何儒梁算个什么玩意儿,你妹还想介绍给你?"

林兮迟十分谄媚:"不算不算,连你的一根头发丝都比不上。"

"哦,"许放更不爽了,"他还能够得上我的头发丝?"

"……"

一无所获。

林兮迟果然是个不靠谱的人。

林兮耿郁闷地到超市买了个雪糕,边啃着边想事情,漫无目的地往前走。她踢着面前的小石子,看着它咕噜咕噜地向前滚动,然后撞到一个人的鞋尖,又往回滚了几厘米。

她抬头,正想道歉的时候。

突然注意到眼前的人的模样。

细碎短发,像是妖孽一样的桃花眼,被那副眼镜盖住了一半锋芒。

林兮耿愣了一下,想起自己的小心思,莫名有点儿紧张,主动喊他:"学长。"

何儒梁低眼看她:"回宿舍?"

"没有,就随便走走。"

"走吧。"

"啊?"

"我也随便走走。"

"哦……好。"

林兮耿站在他旁边咬着雪糕,也没有吭声。

大概是天色太暗的缘故,也大概是因为这清凉的风,又或许是因为周围飘散过来的桂花香气,林兮耿再度想起了林兮迟那不靠谱的话。

在此刻,她莫名对那话有了一点点的希冀,也因此,冒出了一股突如其来的勇气:"学长。"

"嗯?"

"如果你喜欢一个人,你会怎么做?"

何儒梁的脚步顿了一下,很快就恢复正常。他偏了偏脑袋,像是在思考,那双平时看起来不太正经的眼,此刻都多了几分认真。

"在她面前找存在感。"

"存在……感?"

"嗯。"他的声音带了笑,低而哑,"不管用什么方式,我得先让她记住我。"

林兮耿觉得自己的心脏跳得极快,她抿了抿唇,内心的情绪难以形容:"那她现在记住了吗?"

话题不知不觉就变成了,他真的有个喜欢的人。

何儒梁的眉眼轻挑,拖着腔道:"算记住了吧。"

林兮耿突然觉得手里的雪糕真的太难吃了，难吃到让她想回去投诉那个商家。她垂下眼，自虐般地继续问："那记住了之后呢？"

"要先等等。"

"等什么？"林兮耿愣了下，突然反应过来，很认真地说，"等她来追你吗？学长，你这样不太对，守株待兔，跟坐以待毙没有任何区别。"

何儒梁也愣了。

很快，他低着眼，轻笑出声："不是。"

"……"

周围有风声，哗哗地响。

他的声音沉溺其中，像是大海的声音。

清晰地，一字一顿地。

传入她的耳中。

"我在等她再长大一点儿。"

5.
喜欢一个人的时候。

内心会变得敏感起来，原本察觉不到的小细节，会一一观察到，也会对那些原本没有任何深层含义的举动，有了无限的遐想。

因为渴望。

但事后冷静下来，也能很清晰地明白过来。

他的每一句话，他的每一个表情，他的每一个动作。

原来真的没有多余的意思。

都是错觉。

那些都是你想要的东西。

而想要的东西并不一定真的会给你。

可有时候。

喜欢一个人，因为不由自主地放在他身上那么多关注，所以能比其他人更清楚地感受到那个人对自己的感情。

你会发现那不是错觉。

你的喜欢他能感受得到。

他的，你也能。

林兮耿慢悠悠地呼了口气，觉得自己忐忑不安的心情顿时放松了大半，她伸手挠了挠头，含糊不清地说："我好像确实没……"

"是吗？"何儒梁从口袋里拿出一包纸巾，扯出一片，放进她的手心里，"擦擦手，雪糕化掉了。"

闻言，林兮耿回过神，走到垃圾桶旁把雪糕扔了进去，用纸巾擦着手上沾到的残渍。

何儒梁站在她身后，垂睫看着她的举动，淡声道："那你现在多大？"

与此同时，他低下了头，铺天盖地的气息袭来，像是将她完全笼罩。林兮耿很清楚他完全没有碰到自己，但这个距离，似乎近在咫尺。

近得令人发慌。

她往另一侧挪了一步，故作镇定地说："十八岁。"

距离远了些，林兮耿感觉自己的心跳速度比刚刚正常了不少，又补充道："过完今年生日十八岁，年底生日。"

何儒梁的眉眼稍抬，也往她的方向走了一步。

越来越近。

林兮耿觉得自己都想直接动手了。

让他停在原地别动，给她一个良好的呼吸环境。

让她不至于紧张成这副模样。

但何儒梁也仅仅是走了一步便停了下来，他的眼尾扬起，又密又长的眼睫毛，衬着那双淡棕色的瞳仁，在这夜里像是在散发光芒。

他的语气漫不经心而又温和，依稀带着很浅的笑声。

"啊，那好像确实是有点儿小。"

……

之后一切的发展。

都像是理所当然，也像是心照不宣。

两人之间的联系越来越多。

每天会在微信上聊天，偶遇到了会一起去吃饭，也会约好一起出去玩。

相处方式，让林兮耿自己表述的话。

她觉得是，友人以上，恋人未满。

只差戳破这层暧昧的屏障。

何儒梁说是在等待。

而她则是在纠结是跟他一起等待，还是主动出击。

虽然觉得每天这样也很美好，但就是想给他冠上一个名分，让他完完全全、彻彻底底地属于自己。

可林兮耿发现，她的勇气好像并没有那么多。

她也会担心，那看似很小，实际却可能是很大概率的事情——

何儒梁并不喜欢她。

直至跨年夜那晚。

林兮耿发现了一件事情。

这像是一个推动力，让事情有了彻底的变化。

社联举办了化装晚会，申请的场地在文化广场，报名后交十几块钱就能参加。虽说是化装晚会，但根据林兮耿舍友的话——其实等同于一场大型联谊会。

林兮耿没什么兴趣，却被兴致勃勃的舍友拉着一起去报名。

后来。

何儒梁知道后，也报名参加了这个晚会。

两人约好当天在文化广场见面。

本来约定的时间是晚上八点，但是林兮耿没有考虑到她们化妆需要那么长的时间。快到约定的时间，她连衣服都没换上。

几个舍友还十分高兴地往她脸上涂抹着东西。

怕何儒梁等太久，林兮耿犹豫再三，给他发了几条微信。

等了几分钟，却没等到他的回复。

林兮耿干脆给他打了个电话。

因为加了微信，林兮耿只是备注了何儒梁的号码，两人基本也都是用微信沟通，完全没有打电话的必要。

此时林兮耿翻了翻，从何儒梁的微信资料里找到了他的手机号码，拨了过去。

这次何儒梁接得很快，似乎是有点儿讶异："怎么了？"

"学长，我现在还没好，可能会比较晚。"林兮耿快速地跟他解释着，

"八点应该过不去,你如果已经到了,就找个地方坐会儿?或者看看有没有认识的人,跟他们一起玩也行。"

"没事,不急。"他那头有人群的嘈杂声,像是已经到了晚会现场,话里习惯性地带着浅浅的笑声,"我不跟别人玩。"

林兮耿的心脏一跳,声音有点儿小磕巴:"那、那我尽量早点儿过去。"

挂了电话,林兮耿着急地问:"好了吗?"

舍友往她唇上抹着口红,在嘴角处弄了点模仿血浆的痕迹,满意地点点头:"真好看。可以了,你去换衣服吧,然后我们就可以出门了。"

她们整个宿舍的造型是之前商量着定好的,都化吸血鬼妆。

迅速地换了衣服,林兮耿往镜子前一照,也觉得有意思。

此时,镜子里的女生穿着纯黑的裙子,小脸蛋儿苍白,本就上挑的眼角被眼线笔勾勒得更加妩媚。深红色的眼影,大红色的唇,嘴角处还弄出了血浆似的痕迹。

林兮耿的动作很快,没过多久就准备妥当。

换上了鞋子,裹上了大衣,站在一旁等待几个还在弄细节的舍友。

林兮耿百无聊赖地翻出手机。

上边还显示着最近通话的页面,最顶上的是刚刚和何儒梁的通话记录。

她随手点进去看。

本以为会空荡荡的,只有一个记录。

神奇的是,映入眼中的却密密麻麻的。但之前的记录,大多都是未接来电,有几个接通了,但通话时间也没超过一分钟。

时间是从去年的十二月到今年的一月。

林兮耿的表情茫然,往上拉,看着那串号码。

越看越觉得眼熟。

她的瞳孔一缩,突然想起了什么,不可置信地点开了手机黑名单,翻了翻。

总共七个号码。

和她所想的一样。

何儒梁的号码在第一个。

……

联想起去年在奶茶店见面的那一次。

在之后,他不知从何处拿到自己的号码;在寒假的时候,得到他那费心准备的复习资料;填完志愿之后,听到林兮迟说,不再那么痴迷于游戏的他;最后,在S大与他碰面。

一切像是顺理成章。

但好像又都是他蓄意已久的精心准备。

之前觉得那个人很烦。

但得知他和何儒梁是同一个人之后。

林兮耿的心情变得窃喜,也有些急迫而难耐。她没再等下去,跟舍友道别之后,匆匆地往外跑。

外头很冷,寒风像是刀片一样,从颊边刮过。

林兮耿喘着气,往前跑。

就快到目的地的时候,她突然停下了脚步,开始提心吊胆。她从大衣里摸索出手机,拨打了那唯一一个没被她拉黑的溪城号码。

最后确定一下。

嘟——嘟——嘟——

响了三声。

那边接了起来。

林兮耿没说话,那边也没有说话。

两边都处于沉默状态。

林兮耿默不作声地往前走,走到广场进口的位置,突然小声地,第一次喊他的全名:"何儒梁?"

何儒梁不再保持沉默,突然笑出了声,声音微哑,还带了点小小的窘迫。

"被发现了啊……"

林兮耿在广场的角落找到他。

人来人往的,周围的声音杂而乱,有起哄声,也有欢笑声。何儒梁就站在一张桌前看手机，除了脸上多了副遮住上半张脸的黑色面具，跟平时没有区别。

林兮耿走过去站到他的旁边。

何儒梁看了过来。

两人的视线对上。

林兮耿还是头一回这样直接地对上他的眼睛，中间没再隔着一层镜片。他的眼睛天生是浅棕色的，因这黑夜显得暗沉了些，睫毛又密又长，眼形内勾外翘。

像在摄人心魂。

他不说话，唇角勾着，双眸一直盯着她，带着点点的探究。

林兮耿被他看得脸热，不由自主地挪开视线，小声道："你不戴眼镜能看清吗？"

何儒梁轻笑："戴了隐形眼镜。"

"你怎么戴了这个面具？"

"不好看？"

"还行，就看得不太习惯。"林兮耿伸手想去碰，因为不知道说什么，没事找事地说，"要不摘了吧……"

下一刻，何儒梁抓住了她的手腕，制止了她的动作。

"等一下，你知道有个活动吗？"

"啊？什么活动？"

与此同时，附近传来一对男女的对话声。

林兮耿顺势望去。

一个女生站在男生的面前，语气略带紧张，手指绞成一团，问他："你要摘下我的面具吗？"

林兮耿的注意力被那头吸引。

她看着男生把女生面具摘下，然后两人往别处走。

她没太懂，愣愣道："这是在干什么？"

"他们应该去交换联系方式了吧。"何儒梁用手指扯了扯面具的边缘，淡淡道，"让对方摘面具，是今晚这个晚会——"

他低下头，贴近她的耳边，用气音道："示爱的方法。"

林兮耿差点儿被这话呛到，她连忙后退了两步，慌乱地解释道："我不知道，我没听说啊……"

想到刚刚自己想去摘下他面具的举动，林兮耿觉得自己的指尖好像在开始发烫，目光不知不觉又放到他的面具上。

心里突然想起之前她跟何儒梁说的话。

——"守株待兔，跟坐以待毙没有任何区别。"

他之前总给自己打电话，还给她寄东西，还有现在这些亲密的举动。

这应该就是喜欢了吧？

应该没有猜错吧？

那她主动一点儿好像也没哪里吃亏。

这有什么好等的？

嗯。

那就一步一步来，先铺垫几句话好了。

林兮耿清了清嗓子："学长，之前的电话都是你给我打的吗？"

何儒梁很干脆地承认了："嗯。"

回想起之前自己在电话里骂了他一顿的事情，林兮耿也有点儿尴尬："那你怎么都不说话呀？……"

"不知道说什么。"

"那你……"

他垂下眼睫，面不改色地说："但想听听你的声音。"

林兮耿的心脏猛地一跳，愣愣地看着他，原本在脑海里准备好的话顿时忘了个一干二净。

很快，何儒梁又开了口，声音沙哑低醇，凑近在她耳边，像是蛊惑一般："想不想把我的面具摘了？"

林兮耿仰头看他，大脑一片空白。

就这么顿了十几秒后。

她还没来得及答话。

何儒梁突然用指尖抓了抓脸，眼神有些不自然，背书似的说了一段话。

"你好，不知道你还记不记得我。半年前你给我寄了笔记，给了我很大的帮助,今天高考成绩出来了,是比我想象中的更理想的成绩。很谢谢你。以后如果你有需要帮忙的地方,我能帮到的话,一定会帮你。"

等他说完之后,又过了十几秒。

林兮耿"啊"了一声,终于反应了过来,讷讷道:"这好像是我给你发的……"

"记起来了?"何儒梁俯身凑在她脸前,语气带了些恳切,"那现在帮我个忙。"

"什么?"

"把我的面具摘了。"

"……"

过了几秒。

何儒梁扬起眉,轻声问:"不帮?"

林兮耿呼吸一滞,立刻抬起手,紧张地回答:"帮、帮的。"

"懂我什么意思?"

"应该懂……"

她站在光下,白皙的脸蛋,一双眼清澈,嘴唇红艳,像是落入凡间的妖精,让人看到了就挪不开眼。

何儒梁自认不是自制力强的人,不然也不会因为打游戏旷考而留级。

大一刚入学的时候,他还是活得像高中一样,每天除了学习就是学习。到后来,被舍友拉进了打游戏的圈子,突然在一团无趣中找到了唯一的乐趣,自甘堕落地过了一个学期。

然后遇见了她。

想给她看到一个好的样子。

所以努力把自己拉回了正轨。

等待了一年的时间,已经耗去了他全部的自制力。

何儒梁抬起手,用指腹蹭了蹭她的脸颊,认真地说:"就是喜欢你,也不想再等了。"

终于听到想要的答案,林兮耿的嘴角弯了起来,低低地应了一声。

何儒梁的指尖慢条斯理地向下挪:"可以吗?"

林兮耿一愣:"什么?"

"考虑一下?和我谈恋爱。"何儒梁笑了一声,声音低了下来,诱惑似的说,"对象是我的滋味应该还不错。"

"……"

林兮耿完全说不出话来,觉得自己整个人都要爆掉了。

何儒梁的指腹停在了她的唇上,轻轻蹭了一下,眼里闪过一道暗光,轻舔着下唇,问道:"今晚是吸血鬼?"

林兮耿连忙点点头,指了指自己嘴角的位置:"这儿是血浆。"

何儒梁单手扣住她的后脑勺,嘴唇贴在她的耳边。

又是那带着笑的清润声线。

"真想让你吸吸我的血。"

林兮耿:"……"

别、别撩了。

……腿都要软了呜呜。

番外二　年少时的你

1.

夏日的早晨，空气带了点湿意，夹杂着桂花和青草的香气，清爽干净。不远处的月季花从灌木里冒出头，开得正好。

阳光被纵横交错的枝叶割裂成斑斑驳驳的形状，光点随着风在水泥地上晃晃悠悠。

从家通往学校的一路上，有阳光，有轻轻的风，有成片的树荫，有青草的香气，堆砌出令人心旷神怡的一天。

林兮迟拿着校卡进了校门，将单车停在车棚里。她把脑袋上的鸭舌帽摘了下来，用手背擦了擦额间的汗。

时间算早，周围还静悄悄的，偶尔能见到几个学生走进教学楼里的身影。

林兮迟在原地站了一会儿，从书包里偷偷拿出手机，点亮屏幕。

没有任何短信进来，也没有来电显示。

她瞅了眼时间，还不到六点半。

忍不住吐出了两个字："废物。"

2.

高一的学习压力没有那么紧迫。

林兮迟没有选择住宿，六点半到校，教室里大半的座位都是空的，只有几个学生坐在桌前看书。

气氛安静又沉。

林兮迟又拿起手机看了一眼。

还是没有任何消息。

她没再把注意力放在这上面，拿起桌子上的水瓶，走出教室，到走廊的尽头打水。再回教室的时候，坐在她斜后面的蒋正旭也到了。

林兮迟喝了口水，坐回座位上。

蒋正旭顶着一副还没睡醒的模样，抓了抓脑袋："许放呢？"

林兮迟的动作一顿，没说话。

"你俩又吵架？"

"也不算吵。"林兮迟转过头去跟他说话，"我昨天跟他说，让他每天早一点起来。我六点就起床，六点二十分我就什么都弄好了。然后他六点半才起来，我还得等他二十分钟。"

"他说他起不来？"

"他说，"林兮迟抿了抿唇，突然冒了火，"他不想。"

"……"

"他就想六点半再起床，然后我说那我以后自己去学校，他说不行——"林兮迟越说越气，猛地拍了拍桌，"气死我了。"

"……"

"他还说，如果我觉得不公平的话，也可以六点半起床。"林兮迟深吸了口气，咬牙切齿道，"那我今天还等他干什么？我绝对不等。我今天话就撂这儿了，我再等他一起来学校我就是狗。"

"……"

与此同时，林兮迟的抽屉里响起手机的振动声。她顿了下，转了回去，默不作声地看着来电显示。

林兮迟的气势顿时没了一半，她也不敢不接，犹豫了几秒就接了起来。

屏着气，她没说话。

电话那头传来了许放的声音。

他的语气十分不耐烦，尾音稍稍扬起，说出来的每个字都带着很明显的起床气。

"还没醒？"

原本林兮迟还带着点恼火。

然而，许放的这个语气，像是当头给她浇了一盆水，把她的火气全部熄灭。

林兮迟忽然有些心虚,她咽了咽口水,想不到该说什么,只好装模作样地、做作地、犹疑地"呃——"了几声。

那边沉默了下来,像是在等待她的下文。

教室的窗户大开着,清晨的风轻轻吹,密密匝匝的树木沙沙作响,蝉发出嘶哑的声音。

平时细小的声音,此刻因为安静,在两人的耳边放大了无数倍。

林兮迟正想随便胡诌点什么,身后的蒋正旭在此时凑了过来。

"林兮迟,你在挨许放的骂?"

林兮迟想捂住话筒的时候已经来不及了。

许放明显把这句话听得一清二楚,也明白了当前的情况。

——林兮迟放了他鸽子。

他的呼吸一沉,冷笑了一声。

林兮迟被这声冷笑吓得浑身哆嗦,下意识开始辩解:"是……是我爸,他催我起床呢……叫、叫我……"

蒋正旭还在一旁看着热闹:"我怎么就成你爸了?"

许放狠狠"啧"了一声,立刻打断林兮迟的话。

"那你现在立刻给我出来。"

林兮迟瞬间噤了声。

电话那头传来他稍重的呼吸声,隐隐还能听到他来回踱步的声音。

林兮迟几乎可以想象到他现在的模样。

眸子又黑又沉,嘴角紧紧抿着,毫不掩饰自己气急了的模样,暴躁地在原地走来走去。

随后,他怒极反笑,没再多说一句便挂了电话。

3.

放下手机后,林兮迟苦着脸,义无反顾地决定跟蒋正旭绝交。她刚刚就不应该跟他倾诉。

蒋正旭这人明显就是跟许放一个阵营的。

唯有她一人在此孤军奋战。

林兮迟郁闷地翻出课本预习。

蒋正旭一点儿都不愧疚,坐在后边安慰着她:"不用怕,许放也就那脾气吓人,他又不会动手打你。"

听到这话,林兮迟才稍稍放下心。

"也对。"

4.

林兮迟知道许放的骑车速度很快。

但也没想过他能那么快。

平时他们两个一起上学,按正常速度,需要二十分钟。但这次,距离许放挂电话,只过了不到十分钟的时间。

像是把火气都撒在车子上边。

许放走进了教室,脚步大而快,额前渗出细细的汗,将他的刘海儿稍稍打湿。深黑色的瞳仁冒着寒气,表情十分不豫。

他穿着蓝白色条纹校服短袖,领子上的两个扣子扣得严严实实,只露出一截白皙硬朗的脖颈。

林兮迟不敢看他,低着头,假装在认真看书。

距离越来越近。

许放的脚步停在了她的桌前,持续了好几秒后,他突然低下了脑袋,很慢很慢地在她耳边冷笑了一声:"等着。"

"……"

5.

许放走到她后边坐下,把书包扔到桌子上,力道稍重,在班里弄出不大不小的声响。他把双脚交叠架在桌子前的铁杆上,整个身子向后靠,脑袋微微向下垂,细碎的刘海儿遮挡住他眼中的情绪,周围像是泛着阴郁的黑气。

感受到他的气息,林兮迟犹犹豫豫地往后看。

恰好跟他的目光撞上。

许放臭着张脸,冷冰冰地看她。

林兮迟立刻露出了个十分友好的笑容。

他的表情依然没有变化，板着张脸，像个大爷似的。

林兮迟的笑容维持了几秒，发现没有什么效果之后，猛地也来了气，不想再给他好脸色。

她转头，在便利贴上写了几行字，撕下来攥成一团，然后丢给许放。

这似是主动示好的举动让许放的表情缓和了些。

许放单手支着腮帮子，表情慵懒，慢悠悠地把纸团拆开，眯着眼看着上面的话——

> 你知道你是个傻子吗？
> 不知道我告诉你啊。
> 傻子。
> 不必回。

"……"

许放忍着把她骂一顿的冲动，把便利贴捏成一团，狠狠扔进抽屉里。

6.

连着冷战了两节课。

林兮迟觉得足够了，一打下课铃便转头看向许放，语气像是赏赐一样。

"屁屁，我决定跟你和好。"

许放站了起来，转了转脖子舒缓着肌肉。

听到这话，他看了过来，就这么定了几秒后，倏地扯了下唇。

"想得美。"

7.

问题好像突然就变得严重了起来。

结果他们一个早上都没怎么说话，就连平时完全不注意其他事情的学霸同桌都注意到他们两个之间的异样，好奇地问："你俩怎么了？"

此时已经快到下课的时间。

林兮迟的心情恹恹的，不想过多地解释，便随口道："昨天他跟我借钱,我没借,他就到现在都没理我。"

"……"

话音刚落,林兮迟感觉到许放的腿一伸,放到她的椅子下边。

然后用力地蹬了一下。

她回头。

许放低着眼,懒懒散散地靠在椅背上,没看她。

林兮迟皱了眉,把椅子往前挪了些。

下一刻,许放脚一钩,把她连人带椅子地往后拖。

"刺啦"一声响——

有几个同学被吸引了注意,但很快就挪开了视线。

林兮迟又回了头,压低着声音问道:"你要干吗?"

他依然垂着眼,不看她,也一声不吭。

8.

下课铃响后。

林兮迟默默看了他一眼,觉得自己这次再跟他说话,他肯定也不会搭理自己。她轻哼一声,收拾好东西,打算去食堂吃饭。

此时周围的人都走光了。

教室里就剩他们两个人。

林兮迟刚走了两步。

身后响起了椅子拉开的声音,她听到许放起身的动静,以及他走过来的脚步声。

林兮迟正想转头的时候,脖颈处突然传来一阵温热和将她向后扯的力道。

许放弯着手肘,语气不带任何温度,一字一顿地说:"不是叫你等着?"

"……"林兮迟想把他的手臂扯开,使了全身的力气都做不到,也不爽了,"这都过了五小时了,你还在生气?"

许放:"放我鸽子你还有理了?"

林兮迟:"你非要六点半起也有理?"

许放:"骂我傻子?"

林兮迟:"我跟你示好你不搭理我,还想我给你好脸色?你做梦!"
许放:"说我跟你这个穷鬼借钱?"
林兮迟:"你还说我想得美呢。"
……

两人越吵越凶。

说到最后,许放扣着她脖颈的力道加重,另一只手狠狠地掐住她的腮帮子,见她有反抗的意图,便腾出一只手,单手抓住她两只手的手腕。

林兮迟简直要气炸。

"许放!我可听到许叔叔说的话了!"

"哦。"

"他不是让你收敛脾气吗!你收敛了个屁!"林兮迟用力蹦跶着,想把他的手甩开,"你现在越来越过分了,你连女生都打,你还要不要脸!"

她边扭头跟他说话,边奋力反抗着。

杏眼瞪得很大,张牙舞爪的模样,像是想把他撕碎。

有一瞬间。

两人之间的距离变得极近。

许放的呼吸一滞,力道也松了下来,耳郭那一圈开始发红。

林兮迟的双手瞬间挣脱开,她松了口气,以为许放听进去了她的话,正想回头继续教育他的时候。

许放再度扣住了她的脖颈,硬邦邦地说:"说的什么玩意儿?"

林兮迟背对着他,注意不到他满脸的不自然。

这转变有点儿莫名,也有点儿快。

林兮迟愣了:"啊?"

"我打的是女生?"

"……"

9.

结果这场持续了一个上午的冷战也没有什么作用。

之后的时间里,许放照例每天早上六点半起床。如果发现林兮迟没等他，先去学校了，他就有一百种方法来折腾她。

最后改变他这固定的起床时间的原因，是高二刚开学，林兮迟从家里搬到了外公家。

听到奶奶说的那些话之后的那段时间。

林兮迟觉得原本过得很快的日子，好像突然就变得很慢很慢。

每天睁开眼的时候，觉得阳光好像没有平时那么灿烂了，去找许放一起玩的时候，好像也没有那么快乐了。

仅仅是几周的时间，却漫长得像是过了几个世纪。

林兮迟这突如其来的搬家，毫无预兆。

许放为此问了她好几次，一直得不到答案，后来也生气了。

又是一场冷战。

大概算是他们维持了比较长时间的冷战。

虽说是许放单方面的，但双方的心情都受到了影响。

再之后。

是许放用行动来跟她示好。

后来的每日，林兮迟打开家门，从三楼往下看。

静谧的老旧小区，早上有蝉鸣，有阳光，有被风吹而摇曳着的树枝。在这些景色之下，少年站在居民楼前的路道，站姿懒散，像是困到了极致。

偶尔仰头，看到站在楼层上看他的林兮迟。

他会皱着眼，十分不爽地催促她："快点。"

林兮迟不会因他的态度而感到不悦。

只觉得，在这盛夏的浮躁里。

当看到他的身影时，世界好像就变得安定了下来。

10.

外公家的面积不算大，两室一厅，八十平方米左右。

在林兮迟搬进来之前，她所住的那个房间是一间小书房。用处不算大，大多数时间都是闲置的。久而久之，就成了一个杂物间。

林兮迟搬得匆忙，房间也没怎么收拾，只是把里头的家具换了，再买了张新床。十多平方米的房间，一张床，一张书桌，一个衣柜，别无他物。

干干净净的，不算花哨，但看着也舒服。

之后的各种装饰，都是她生活下来的痕迹。

林兮迟不爱收拾，而且房间的空间较小，看起来就更显凌乱。

外公训斥了她很多次，但林兮迟屡教不改，还厚颜无耻地声称不喜欢让其他人进她的房间，会将她的东西弄乱。

所以每周末的两天空闲时间，她不会让许放过来，而是主动过去许放家，跟他一起学习。

11.
许放家是一套别墅。一楼是客厅，二楼则是主人房以及许放的房间。

许放的房间朝南，光线十足，空间还大，带了独立的卫生间。他有点儿洁癖，东西虽然摆放得七零八落，但房间里总是一尘不染，窗明几净。

两人的关系好，林兮迟又大大咧咧惯了，去他房间从来不敲门。每次都是直接推门而入，通常是先闻声再见人。

远远地就能听到她的声音。

听到之后，许放也没有什么大的反应。

要么是把在打游戏时，歪得像块软泥的身子稍稍坐端正一些；要么是把因为睡姿而撩到胸前的上衣扯下去；要么就翻过身，装作一副还没睡醒的模样。

一个没心没肺，一个满肚子心思。

却也异常和谐地度过了这么多年。

12.
意外出现在某一日。

那天，林父给林兮迟打了一个电话，主要是征询她的意见，问她以后想不想去国外读大学。

换作以前，父母问她这个问题，林兮迟第一个浮起来的念头就是——他们也在为她的未来做打算。

可如今的她，却只剩下了"他们想要抛走她这个包袱"的想法。

因为这个，林兮迟心情不太好。不想待在家里胡思乱想，她拿上学习资料，临时决定去找许放一起学习。

进了许家，跟许父和许母打了声招呼，林兮迟一步又一步地往楼上走。安安静静地，不像平时那样，还没进房间就兴高采烈地喊着许放。

而许放昨晚熬夜了，不知道林兮迟会过来，他的穿着也随意。此刻只穿着一条短裤在床上睡觉，几乎全身裸露在空气中，半张脸埋在枕头里。

林兮迟推门而入的时候，许放像是感受到了什么，恰好睁开双眼醒来。

场面静止了几秒。

林兮迟默不作声地转头，很平静地关上了房间的门。

许放的反应很快，立刻扯过旁边的被子盖在身上，睡意在顷刻间全无，暴躁地冲她发火："林兮迟，你不知道进别人房间要敲门吗？"

林兮迟愣了下："我以前也没敲门。"

"……"许放被她这理所当然的语气噎到，深吸了口气，试图跟她讲道理，"我每次去找你都会敲门。"

"你可以不敲啊。"林兮迟把书包放在书桌上，很认真地说，"我又不像你这样，总会有见不得人的时候。"

许放冷笑："以后我要锁门了。"

没把他这话放在心上，看他被自己气到了，林兮迟心情反倒好了起来，但也只是摇了摇头，说："儿大不中留。"

"……"

13.

许放的脾气来得快，去得也快，很快就把这件事情抛到脑后。

可林兮迟还是听进了他的话，之后每一次，来找他都会敲门。一开始许放还会喊一声"进来"，次数多了，他就懒得搭理她了。

然而，如果他不回应，林兮迟就继续敲，敲四下，再不开就五下……直到听到他不耐烦地让她直接进来为止。

许放觉得这种行为，比起以前，像是多了一种疏离感。

林兮迟不明白他这种小少年七曲八折的别扭情绪，但对于他这种喜怒无常的反应也很习惯。盯着他看了几秒后，也只是来了一句："今天又犯病了。"
　　"……"

14.
　　许放觉得自己不可能在提出让她进来前都得敲门之后，再提出让她像以前那样，直接推门进来就行的要求。
　　但这种相处方式，比起他们以前，实在过于生疏。
　　让他有些不爽。
　　所以之后，林兮迟过来的时候，如果敲门了，许放就刻意地摆出一副冷脸，希望她能识时务一点儿——以后不要再敲门了！
　　但神经大条的林兮迟根本发现不了，只觉得许放可能是打游戏打到失去了理智。
　　再后来，许放咬咬牙，终于想到了一个办法。
　　接下来的一段时间里，林兮迟过来的时候——
　　许放不但不锁门，他连门都不会关。

15.
　　每周周二下午的最后一节课是班会课，结束后，便是一周一次的大扫除。
　　这个大扫除的人员，是按照学号排的。每次十五个学生，以此轮流下去。
　　林兮迟和许放的学号差得很远，所以他们大扫除的时间从来没有轮在同一周。每次都要等对方弄好了，再一起回家。
　　又轮到许放大扫除的一周。
　　林兮迟不想浪费这个时间，干脆坐在座位上背课文。
　　过了一会儿，站在她前面第二张桌上擦风扇的许放突然停下了动作，喊她："喂，林兮迟。"
　　林兮迟抬头看他。
　　许放："过来帮我洗个抹布。"

林兮迟坐在原地没动,歪头思考了下:"不帮。"

"……"

许放没事找事似的:"你不帮我我还得爬下来去洗,再爬上来。"

"那我帮的话,"林兮迟理直气壮,"我也得走过去洗,洗完还得去洗个手,然后再继续回来看书,我还比你多一个步骤。"

许放没再说话,静静地看着她。

又是这种用眼神来压迫她的样子。

林兮迟突然来了气,重重地把课本拍到桌上:"你就不能好好擦风扇吗?我都忘了我背到哪儿了。"

"……"

"而且你瞪我干什么?我今天又不用大扫除,我为什么要去洗抹布?"林兮迟觉得他这人特别双标,气得半死,"我上上周大扫除的时候你帮我了吗?"

听到一半,许放收回了视线,默不作声地跳下桌,到旁边的水桶里去洗抹布。

林兮迟不依不饶地站了起来,走到他旁边:"你看一下别人,哪有人擦个风扇像你这么多话,哪有人擦个风扇还要别人帮忙洗抹布……"

许放忍不住打断她的话:"喂,你够了啊。"

林兮迟闭了嘴,睁着一双圆眼看他,恼火的情绪似乎还在。

本以为他也要骂过来,林兮迟已经在内心准备好怎么骂回去的时候,许放重新跳上桌,声音低了下来,听起来含糊不清的。

"也不用这么生气吧。"

16.

自从分科之后,林兮迟花在学习上的时间越发多。

两人这学期的位置离得很远,林兮迟坐在第四组的第二排,许放坐在第一组的最后一排,所以她不知道他上课是个什么模样。

只知道,高二上学期的期末考试,许放差一名就要掉出重点班。

因为这事情,林兮迟开始关注许放的成绩。偶尔上课的时候,会回头看他在做些什么,像是无声无息出现在班级门口的班主任。

除了文综三科的课,别的课他都有听。

但林兮迟还是为此训斥了他一顿。

毕竟还有学业水平测试，到时候没过，又得花时间考一次。

这就会浪费很多时间。

林兮迟的这些话，许放也只是左耳进右耳出，听了就过。

他完全没有一点点着急的心情。

除非林兮迟抓着他学习，否则除了老师布置下来的作业，别的内容，他多一点儿都不会碰。

17.

溪城一中就是考场，林兮迟和许放的学业水平测试都被安排在本校。那天，是许父开车送他们两个去学校的。

路上，林兮迟一直嘱咐着许放："你记得每个空都要填，不会的就瞎蒙，反正全部都是选择题，而且考到C就可以了……"

许放也不理解她为什么这么放不下心，但不想影响她考试的心情，只能耐着性子应着，频频点头。

到后来，许放觉得，可能是林兮迟自己心里没底，才这么紧张。

他也开始安慰她："没事，就一场小考，过不了大不了再考一次。"

听到这话，林兮迟直接炸了："绝对不行！许放！你能不能有点儿志气？我们学校去年一个没过的都没有，你要是不过，你想一下那个画面有多丢人！"

"……"

许放不敢再刺激她。

18.

结果如他所料。

出了考场，许放在跟林兮迟约定好的地点等她，很快就看到她的身影，以及她泛了红的眼眶。

许放蒙了，走过去站在她的身前，垂头看她。他的喉结滚了滚，不知道该怎么安慰她，只能说："现在成绩还没出来……"

林兮迟揉了揉眼，抓住他的手臂说："屁屁，我刚刚睡着了。"

许放的眼神一滞，不可置信道："你睡着了没写完？"

闻言，林兮迟愣了下："怎么可能，我半小时就写完了。"

"……"那哭什么？

许放犹疑着问："你不会写？"

"我怎么可能不会？"林兮迟被他弄糊涂了，接着把刚刚的话说完，"我梦到你考试的样子了，你是不是没写完？"

听到她的话，许放才松了口气："我写完了。"

"我刚刚梦到你在学校里出名了。"林兮迟的心情还很低落，用手背揉了揉眼，"梦到你不会写，然后在考场里号啕大哭，然后被赶出考场了。"

许放："……"

号啕大哭？

"屁屁，你不要哭。"林兮迟抬头，踮脚拍了拍他的肩膀，"考不到C就算了，我们还有机会，我给你补习。"

许放："……"

他真没听错。

19.

真正知道林兮迟搬家的原因，是在高三的那个寒假。

那是开学的前一天。

那天下午，两人复习到一半，林兮迟突然去了趟厕所。

许放在书桌前坐了一会儿，把数学试卷上选择题和填空题都做完了，林兮迟还没回来。他有些纳闷儿，干脆去厕所看了眼。

没有人。

许放也没想太多，只觉得林兮迟是回家去拿东西。他下了楼，到厨房里拿两瓶牛奶出来，顺便翻了翻柜子，翻出两包薯片。

他走出厨房，突然注意到玄关处的门没有关好，此时半开着。

隐隐能听到一个女生的尖叫声。

许放顿了下，想起突然消失的林兮迟，呼吸一顿，连忙跑了出去。

此时，对面的门也大开着。

许放正想进去看看的时候，听到了林玎的话："林兮迟！你给我记住了,你是多余的,你是被领养的!要不是我爸妈你现在还不知道在哪儿——"

接着,林兮迟从里边走了出来,关上了大门。

将里边的声音与外边隔绝开来。

许放半蹲在院子里的树丛后面,露出了大半个身体。

可林兮迟像是完全没注意到,也没把视线放过来,只是静静地站在原地。过了好半晌才反应过来,重新进了他家。

在这么阳光明媚的一个下午。

许放是真真切切地感受到了她的难熬和无助。

他突然想起了之前对林兮迟的追问,看到她不想回答的表情,他也完全没有收敛情绪,反而更加生气。

为此,他还跟她冷战了整整三天的时间。惹得她在第四天早晨,像是哭了一个晚上,红肿着一双眼来到了学校。

她过得那么不好。

他没有发现,反而也成了伤害她的人。

有比他更差劲的人吗?

应该找不到了吧。

20.

高三开始后,许放一改过去两年的松散和懒惰,每天五点就起床,五点二十分骑车出门,到林兮迟家楼下背课文。

等到六点钟,准时看到她的身影。

这好像就成了他每天的日常。

学习,等林兮迟,学习,去林兮迟家学习,然后回家。

他的成绩其实也并不算很差,毕竟高中三年都一直待在重点班,考上一本线对他来说,也不算太困难。

但林兮迟想去 S 大。

她的成绩,也一定可以考上 S 大。

许放头一回感受到时间的紧迫,像是块石头压在他的胸口上,让他喘不过气来。

他开始觉得后悔了。

之前是觉得，如果她要报考 S 大，那么他就报个源港市的大学。尽管不能每天都见面，但至少，每周他能过去找她几次。

可自从知道林兮迟家里的情况之后。

许放突然不想这样了。

他就想跟她一起去 S 大。

希望她想要依靠的时候，他能随时出现在她的身边。

他希望是这样。

可这是在他能力之外的事情。

21.

距离高考的时间越来越近。

林兮迟反而没有先前那么紧张，每天在固定的时间写试卷，还能腾出一些时间跟同桌聊聊天，算是放松一下。

炎热的夏日。

外头在下雨，空气闷燥难耐。

大课间，班里像往常一样，开窗通风。空调被关掉，头顶的风扇吱呀吱呀地响，教室里算闹腾，却也不算太吵。

同桌突然跟她聊起了班里的男生，不知不觉就聊到了许放。

都知道林兮迟和许放的关系好，算是形影不离，而且都是半大的孩子，对这种事情的八卦和好奇心格外多。

所以，私下也有很多人会谈论他们两个。

同桌笑眯眯的，半开玩笑着问："如果许放喜欢你，你会怎样？"

林兮迟蒙了，只觉得她这个问题格外不可理喻："不可能的。"

同桌却对此来了兴致，不依不饶地问："我就说如果啊，如果。"

"……"

林兮迟偷偷往后看了许放一眼。

此时他的整张脸都埋在臂弯里，只露出细碎的短发，一动不动。周围的吵闹声完全影响不到他，仿佛已经睡着了。

担心会被他听到这种话，林兮迟真的觉得很尴尬。她压低了声音，说出了此时自己内心的想法："那我可能会很尴尬吧……"

两人没再继续这个话题。

同桌："哎，隔壁班的李周齐有点儿帅。"

林兮迟："那是谁？"

同桌指了指外边："就现在路过我们班门口的那个，走在最前面的那个。"

林兮迟看了过去，小声道："还好吧。"

"这个还好？"同桌瞪大眼，觉得她实在是高要求，"行吧，那你说说，你喜欢什么类型的？"

"啊，我？"林兮迟摇摇头，"我没想过这些。"

"那你现在想想。"

林兮迟也来了兴致，托着下巴，细细地想："长相的话，我喜欢有双眼皮的男生，最好戴个眼镜，笑起来很可爱的那种。性格，希望脾气好一点儿……"

她的话还没说完，身后突然响起了椅子向后推的声音。

然后她的肩膀被人狠狠一撞。

林兮迟下意识抬头，撞上了许放漆黑深邃的眼。

她莫名其妙："你撞我干吗？"

许放抓了抓脑袋，像是刚被吵醒了一样，语气恶劣无比。

"吵死了。"

22.

午休时间，住校的学生都会回宿舍小憩一会儿。

林兮迟和许放，还有几个走读生只能待在教室里午休。当然也有些学生想争分夺秒，不回去睡觉，也待在教室里。

这大概是除了上课和自习的时候，教室里最安静的一段时间。

林兮迟把手中的试卷做完，看了眼黑板上写着的"距离高考还有17天"，慢吞吞地趴在桌上，睡了过去。

周围隐隐能听到窗帘被拉上的声音。

眼前一片漆黑。

不知过了过久。

林兮迟睁开眼，迷迷糊糊地与许放的视线对上。

一时间，她以为自己还没醒来，小声地说："屁屁，你没睡觉吗？"

他没回答。

林兮迟疑惑道:"你在看我吗?"

下一刻,许放从一旁扯过一张试卷,盖到她头上,语气带了点被戳穿的恼意。

"睡你的觉。"

23.

高考成绩出来的那天。

林兮迟特地去了许放家,跟他一起查成绩。

查许放的成绩时,林兮迟比查自己的还要紧张。她屏着气,快速地输入了许放的准考证号和身份证号。

等待——

网站卡了足足三分钟。

成绩出来了。

许放考得比林兮迟想象中的要好一些。

她兴奋地拍了拍他的肩膀,立刻站了起来:"我得去跟许叔叔和许阿姨说!他们肯定很开心!"

许放扯了扯嘴角,没动。

林兮迟愣了,原本激动的心情也失了大半:"你不开心吗……"

"没有。"许放揉了揉她的脑袋,勾唇笑了,"挺好。"

24.

填报志愿时,林兮迟又抱着高考志愿书往许放家跑。

她早就有自己的目标了,此时也不用考虑太多,多是给许放想:"你想报考什么大学呀?你这成绩很多学校都能上。"

许放躺在床上,懒洋洋地说:"Z大吧。"

"Z大——"林兮迟翻了翻志愿书,很不是滋味地说,"哦,好像蒋正旭也报了这个,你俩一起吗?服了,他怎么老跟你一起?屁屁,我才是你最好的朋友,你要永远记住这一点。"

"……"

林兮迟:"要不我也报Z大……"

许放立刻看了过来，毫不客气道："你有病？"

"……我就说一下。"

林兮迟继续翻志愿书，突然发现S大有个国防生的分数线："咦，这个怎么这么低，屁屁你可以报这个欸……"

很快，林兮迟反应了过来："哦，国防生。算了，这个好像很辛苦的……Z大有什么专业啊，我怎么翻半天找不到Z大？"

许放抬眸看她："什么国防生？"

林兮迟没再提那个，开始看专业："没什么。屁屁，你选个什么专业比较好？药理学？或者化学工程……"

许放默不作声地倾身，从床头柜里翻出自己的那本高考志愿书。

一页一页地翻，然后看到了S大国防生的分数线。

比普通生的低了将近五十分。

他的成绩刚好能录取。

25.

当天晚上，他和父母商量了一番。

一向任何事情都支持他的父母，破天荒地犹豫了很久。

最后还是同意了他的选择。

26.

是提前批次，录取结果出得很快。

许放没有告诉林兮迟。

直到她的录取结果出来了，开始问他的录取结果时，许放才跟她说了自己填报了国防生的事情。

看着林兮迟愣愣的表情，许放只觉得压在心头的那块石头——

终于被挪开了。

27.

他会一辈子陪着她的。

那么长时间的陪伴，他不相信她会永远察觉不到他的感情，他不相信她不会喜欢上他。

从小到大,从以前到现在。

他会让自己成为林兮迟生命中不可或缺的一部分。

他会让她离不开他。

从现在到未来。

他会一直陪着她。

然后,这大概是最漫长而又最迫切的等待。

不知道要等多久,但他有足够的耐心,他会一直等。

她一直都发现不了也没有关系。

只要不是别的答案,等到七老八十也无所谓。

只要不是别的答案,他就能一直等。

等林兮迟喜欢上许放。

番外三　和你未来的每一天

1.

许放的工作调动结果在九月的时候顺利下来，等工作岗位稳定后，他向上级申请了家属随军。

因为家就在军队驻地，而且军区上班时间稳定，之后他便每天都能回家。

对两个人来说，这像是上天的恩赐。

林兮迟有了每天想要快点儿回家的盼头，也不用再因为他的工作而担惊受怕。而许放也不再需要从电话里猜测她的情绪，跟她过聚少离多的日子。

某日，林兮迟一个同事跟她说了个消息，让她突然记起了结婚前跟许放提出的那个养狗的要求。

那时候许放的态度很强硬，完全不同意她的这个要求。在她死缠烂打半天，软硬兼施后，他才不甘不愿地点头。

同事家养了一条母柴犬，这两天生了四只小狗。她看林兮迟这么喜欢她家的柴犬，便打了个电话，问林兮迟有没有领养一只的意向。

这个消息让林兮迟始料未及，她兴高采烈地应下，转头回了房间。

见许放靠在床头玩手机，她爬了过去，半个身子压在他的身上，笑眯眯道："我们要有狗了。"

许放眼也没抬，腾出一只手捏她的脸，语气漫不经心却意有所指。

"我早就有狗了。"

林兮迟脑袋一偏，把他的手扯开，鼓了下腮帮子："外面有？"

闻言，许放把手里的手机扔开，看向她："家里有。"

"哦。"林兮迟又往上爬了爬，伸手想去揪他的脸，碰到胡楂儿又缩了回来，认真说，"我在外面有。"

许放低下头，用下巴处硬硬的胡楂儿去蹭她。

"说的什么话？"

"本来就是！我刚不跟你说了嘛！"林兮迟被他弄得忍不住笑，"小陈家的柴犬生了，刚刚问我要不要领养一只。我同意了，过一个多月我就去抱回来。"

许放脸上的笑意僵住，瞬间坐直起来。盯着她看了好一阵子后，重新拿回刚刚被他扔在一旁的手机，表情略显不悦。

"你干吗？"林兮迟趴在他旁边，双手托着腮，很不高兴地说，"这是你之前答应我的，你想反悔？"

许放承认得很干脆："对。"

"……"

他这么干净利落，一时间，林兮迟差点儿以为自己才是那个不守承诺、出尔反尔、令人作呕的人。

很快，她反应了过来，瞪大眼："你还很理直气壮。"

"哦。"许放垂眸看她一眼，"对不起，我反悔了。"

"……"

许放这种口头上的反抗根本没有什么作用。

接下来的时间，家里渐渐多了不少养狗需要用的东西。

林兮迟买来后，美滋滋地把玩了一会儿就随处放，然后等待着许放忍无可忍地把这些东西收拾好。

许放跟她说了好几次东西不要乱放，态度一次比一次严肃，但林兮迟的态度总是漫不经心的。

最近这一次，许放教训她的时候，林兮迟正躺在沙发上看手机。听到这话，她沉默了几秒后，学着他之前的语气："哦，对不起，我乱放东西了。"

然后弯着嘴角继续看手机，没有任何要过去把东西收拾好的动静。

许放："……"

许放的嘴角一抽，走过去把她拎起来，冷笑道："没听到我说话？"

林兮迟顿了下，神情古怪："我刚刚不是回你了吗？"

许放气乐了，默不作声地盯着她看。

空气静止几秒。

林兮迟抿了抿唇，推开他的手，盘腿坐到沙发上，板着一张脸，一副要跟他讲道理的模样："屁先生，是这样的，你是不是以为我们家家规，有一条叫——只许屁屁放火，不许迟迟点灯？"

"……"

"你做梦。"林兮迟哼了一声，重新躺回沙发上玩手机，"敢欺负我，我有一百种方法让你后悔。"

许放没吭声，开始把被她扔在客厅四处的东西收起来放好。

室内瞬间安静下来，跟刚刚形成了鲜明的对比。

这样的安静让林兮迟有些不自在，忍不住回头看他，却只能看到他打开电视柜的背影，高大而挺拔。

不知是不是她的心理作用，总觉得他的情绪落寞低沉。林兮迟突然有点儿后悔，闷闷地放下手机，琢磨着怎么哄他。

还没等她想好，收拾好东西的许放突然折了回来，俯身将她抱起，一言不发地往房间的方向走。

林兮迟蒙了："你要干吗？"

"欺负你啊。"许放把她放到床上，低头用小尖牙咬了咬她脖颈处的软肉，哑着嗓子闷笑，"我倒要看看你怎么让我后悔……"

之后，许放依然对养狗这件事情保持着十分抗拒的态度，林兮迟也依旧买了许多关于养狗的东西，放在家里的每个角落找存在感。

一个多月后，林兮迟到同事家去领自家的小柴犬——

许放送她去的。

2.

对于养狗这件事情，许放抗拒的原因，其实很简单。

他知道林兮迟喜欢狗，养了狗之后，原本花在他身上的时间，一定就会分去大半在这只狗上面。

他会很不高兴。

果然，事情也如他所想的那样。

小柴犬被带回来之后，林兮迟起名字起得干脆利落，完全没有半分的犹豫，像是理所当然一样，喊它"放放"。她仿佛看不到许放的黑脸，每天就坐在放放的旁边看它，甚至不放心让它独自在家，连上班都要带它一起去。

在多次受到林兮迟的冷落后，许放极其不爽，开始处处找碴儿。

许放："那只狗今天又在房间厨房拉屎。"

是指责的语气。

林兮迟正揉着放放的脑袋，没听出他的指责，随口应道："你记得收拾。"

"……"许放额角抽了抽，按捺着脾气继续道，"你晚上别把它放房间睡觉，它睡觉会叫，很吵。"

"哪有？我没听到过啊。"

"我今天穿的衣服上全是狗毛。"

林兮迟凑过来，从茶几下方翻出一卷胶带："我帮你弄掉。"

许放冷着的脸总算缓和了些。

下一刻，林兮迟瞪大眼，在他身上四处寻找着，终于在上衣的下摆处找到一根狗毛。她的动作停了下来，总算意识到他是在没事找事。

"屁屁。"林兮迟抬头看他，"我怎么觉得我一个月总有的那一次——"

她的尾音拉长，后面的话没说下去，听起来意味深长。

许放的眉眼一抬，淡声道："什么玩意儿？"

"就是女人一个月总有的那一次。"林兮迟伸出手指，戳了戳他的腹肌，"我感觉我的那一次，每个月都跑你那儿去了。"

许放："……"

她是在说他无理取闹吧？

林兮迟感慨："这种事情还能转移的吗？"

"……"

渐渐地，林兮迟察觉到许放对放放的态度似乎越来越不友善。

就比如说，有时候让他去给放放喂个晚饭，都得催个半天，他才心不甘情不愿地去。

她有些惆怅，感觉是一个家庭里容不了两只狗。

有时候忧郁起来，林兮迟还会一脸痛心地看着他，非常认真地提醒他："屁屁，你要记住，你是一个人，不是一条狗。"

许放："……"

神经病。

林兮迟从不担心许放和放放会永远保持这样僵持的相处方式。她坚信，狗这么可爱的生物，一定能软化所有心肠冷硬的人，包括许放。

但时间长了，她这个坚定的想法，不由得开始动摇了。

许放好像确实是如他自己所说的那样，真的非常讨厌狗这种生物。

看着许放把放放的撒娇当作空气一样，毫无表情，连一根头发丝都没有变化，林兮迟对接下来的日子有些不知所措。

直到有一天。

林兮迟在房间睡午觉，醒来却不见许放。她起身，揉着眼，赤脚往客厅的方向走，微凉的脚掌陷入毛茸茸的地毯之中，悄无声息。

在这儿能听到放放的叫声，还有许放略显低沉的呢喃声，声音有些严肃："别吵，你那个傻主人在睡觉。"

放放又"汪"了一声，像是在应他的话，接下来便没了声响。

林兮迟的脚步停了下来，好奇地听着他们接下来的动静。

又传来窸窸窣窣的声音，像是许放正在拆什么东西的包装，随后，他低着声音道："看我做什么？你那傻主人不让你吃这玩意儿。"

"汪！"

"别叫。"

"……汪。"

"别看我行吗？"

"……"

"你这样看我我怎么吃？"

"……"

"行行行,给你吃——"说完,许放飞快地补充了句,声音恶狠狠的,"你敢告状我就把你送人。"

"……"

"你这是听懂了?"许放像是蒙了,"你这是神仙狗?"

"汪!"

林兮迟的嘴角忍不住翘了起来,重新抬脚往前走,看向客厅。

男人正坐在电视前方的地毯上,低着眼,没有注意到她。阳光透过落地窗洒了一地,在他身上晕染了浅浅的光晕,看起来温暖而生动。

小柴犬正趴在他的腿边,低头费劲地咬着一块小肉干,时不时地抬头看向他,眼睛圆而大,湿漉漉的,显得有些委屈。

许放勾起唇角,摸了摸它的脑袋:"行了,把你送走我老婆得把我揍死。"

下一刻,他的眉眼一动,突然注意到站在一侧的林兮迟。顿了几秒后,许放嘴角的笑意收起,眼睛微垂,面无表情地站了起来。

林兮迟平时没察觉到,此时这么一看,突然就觉得他的反应刻意而不自然。

许放没动,就站在她附近,"啧"了一声:"管好这条狗,老是随便咬东西吃。"

林兮迟眨眨眼,突然觉得他这个样子格外可爱。她走过去站在他的面前,鹿眼弯成月牙状,凑过去亲他。

"知道了。"

3.

春节过后两天,两人迎来了结婚后过的第一个情人节。

连着七日的休息,令节后的医院格外忙碌。接踵而来的两日加班,让林兮迟忙得晕头转向的,也完全忘了这个节日。

直到下班后,看到朋友圈里一大堆秀恩爱的人,捧着花前来接同事去约会的对象,以及街道上成双成对的人儿,林兮迟才忽然记起来了。

啊,今天是情人节啊。

一时间,她的心底不免有些羡慕这些脱单的人。

这个念头刚起来两秒,林兮迟突然反应过来,今年和往常都不一样。

今年的许放,是切切实实地在她的身边的,而不是像过去几年那样,要么她忙着实习,要么他在部队里,连见一面都难。

但过去那几年,就算许放没有时间回来陪她,也会托人把事先买好的礼物送给她,更别说这次许放人就在这儿了。

想到这儿,林兮迟给许放打了个电话,有点儿期待接下来的惊喜,嘴角也情不自禁地翘了起来。很快,许放接起了电话,声音平稳,带着浅浅的气息:"喂。"

林兮迟抬脚往家里的方向走:"屁屁,你知道今天是什么节日吗?"

许放没吭声。

林兮迟眨了眨眼,坚持不懈地重复了一遍。

许放"嗯"了一声,说话的语气很是平常,尾音习惯性地拉长,懒洋洋的,像是完全没把这个节日看在眼里:"情人节啊。"

说完这四个字,电话里安静了下来。

林兮迟还在等着许放继续说接下来的话,可他却半个字都没再说。她顿了一下,很古怪地问了一句:"你没话跟我说了吗?"

许放轻笑一声:"还要说什么?"

"……"林兮迟的心情莫名有些闷,她抿了抿唇,也没再继续提,随口问,"你在干什么?"

"跑步。"

林兮迟认真听了听,确实听到了他的呼吸声,比正常时候要急促一些,还能听到鞋子拍打地面的声音。她有些无语,也瞬间认清了事实,只好郁闷地踢了踢眼前的石子,冷声道:"你有病,十点多了跑什么步?"

许放的声音吊儿郎当的:"我锻炼身体啊。"

"……"林兮迟气得直接挂掉了电话。

与此同时,身后传来了跟刚刚电话里节奏差不多的脚步声。还没等林兮迟回头,她就被扯进了一个温热的怀抱之中,伴随着男人铺天盖地的气息。

"挂什么电话啊——"

林兮迟下意识仰头，瞬间看到男人流着汗的脸颊，晶亮的黑眼。她还生着气，直接推开他继续往前走，阴阳怪气地说："您怎么锻炼身体锻炼到这儿来了？"

许放把手机塞进她的手里，淡淡道："路过。"

"……"林兮迟把手机塞回他的手里，瞪着眼道，"那你赶紧过吧，给我你的手机干什么，我不缺手机。"

许放没接，理直气壮道："我累了。"

林兮迟："……"

拿个手机能累死你！能要你老命！你就是想气死我！

但他的财产就等同自己的财产，林兮迟也狠不下心把手机砸了，只能咬咬牙，十分不高兴地垂下眼。然后，瞬间看到了屏幕上的内容。

因为许放刚刚在跑步，屏幕上还是他用的一个运动软件界面，上边会显示运动轨迹，跑的公里数和时间。

此时，林兮迟这么一看，就注意到上面的轨迹是"0710"，总计时间00:52:00，全程13.14公里。

0710，520，1314。

她的视线一顿，抬头看向许放，恰好对上他的视线。

因为刚运动过，男人的眼睛还冒着点湿气，脸颊和耳后一片泛了红。只看了她一眼，他便挪开了视线，看向别处，抬手摸了摸脑后勺。

林兮迟的那点怒火瞬间荡然无存。

又走了几步路，许放突然摊开手掌，没看她，语气略沉，自以为非常不动声色地说："我的手机。"

林兮迟"哦"了一下，乖乖地把手机还给他。

冷场几秒。

许放垂眸看着屏幕上的内容，用余光注意了下她的反应，微微皱了眉，也不太肯定她有没有懂他想表达的内涵。

那话实在是太肉麻了，他真的没法说出口。但她没懂的话，又让他有些不爽，而且她刚刚好像还因为电话的事情在生他的气……

许放的腮帮子动了动，侧头看她。

恰好林兮迟也抬了头，指了指他的手机，小声道："屁屁，你能不能把那个图截给我一下？"

许放嘴里含着的话瞬间咽了回去，没吭声，别过脑袋，表情略显不自然。直到林兮迟又催促了一次，他才回过神，像是十分不在意地点了点头。

"嗯。"

把图发送成功后，两人继续往前走。

许放没说话，林兮迟也没主动吭声，只是一直看着手机，不知道在摆弄些什么。

快到家门口的时候，林兮迟突然揪住他的衣角，笑眯眯地把手机递到他的眼前："屁屁，我刚刚把你表达了会爱我一生一世的那张图发朋友圈了。"

许放的脚步一顿，看着她评论区下方一堆熟人的调侃，他恼羞成怒地板了脸。正想把她扯进房子里教训一顿的时候，又听到她十分突兀地接了一句。

声音很低，像是蚊子在叫："我也是。"

"……"

片刻后，许放垂下眼，走到前面去开门，身子背对着她。他的喉结滑动了两下，嘴角慢慢地勾了起来，声音平静淡然。

"听到了。"

4.
又一年生日。

吃完许放给她做的晚饭，拆完许放给她送的礼物，闹了许放好一阵子后，林兮迟看着电视机上的零食广告，突然有点儿嘴馋。

她仰头看着天花板，冥思苦想了半天后，灵光一闪："屁屁，今天放放没有在家里拉屎，我决定吃个东西庆祝一下。"

许放低眼打着游戏，没吭声。

他这副这么认真的姿态，让林兮迟更有了想要骚扰他的冲动。她打开手机，歪着头问："你说我是点个炸鸡，还是点个烧烤吃？"

许放眼也没抬，像是没听到一样。

这样完完全全的忽视，让林兮迟越挫越勇，她把脚搭在他的腿上，像是多动症一样，单手掐住他的脸："你给我点建议。"

这下许放终于有了动静，懒懒散散地抬起眼，淡声道："你饿了？"

林兮迟想了想，诚实道："没有，我就是有点儿嘴——"

"馋"字还没说出来，许放重新垂下眼，顺手把她整个人扯过来塞进怀里，继续看着手里的手机。像是只听到了前两个字一样，他捏了捏她腰上的软肉，沉吟片刻，很认真地给了她一个建议。

"我建议不要吃。"

林兮迟："……"

5.

不管林兮迟怎么撑许放，他都要与她计较到底，完全没有一点为人丈夫的自觉感——

某一次，林兮迟凑过去将他的手机游戏关掉，摆出一副要与他彻夜长谈的姿态，认真道："许放，你以后不要喊我迟迟了。"

"……"许放抬起眼，淡淡道，"我什么时候喊你迟迟了？"

被戳穿了，林兮迟也丝毫不觉得尴尬，接着自己的话继续说，像是想要引起他的愧疚心："你喊我兮兮吧，可怜兮兮的兮兮。"

"哦。"许放这次倒是配合，"兮兮。"

这种配合反倒让林兮迟有种失真感。

但她还没来得及产生犹疑的情绪，下一刻，许放又补了一句："傻兮兮的兮兮。"

"……"

"满意了吗？"许放扯起唇角，漆瞳划过一丝笑意，"整天傻兮兮的。"

林兮迟："……"

番外四　等他长大了就会喜欢了

1.

结婚三年多后，林兮迟怀上了孩子。

之后她像是找到了一个可以完全被娇纵无理取闹的理由，总喜欢黏着许放，惹他发脾气，成功了之后又像献宝似的去亲他，然后和好，继续反复做同样的事情。

像是一下子从二十八岁掉到了八岁。

许放虽然觉得好气又好笑，但看她几乎没有什么妊娠反应，完全没有特别难受的时候，也就由着她去。

有时候看她兴致来了，也会忍辱负重地配合她。

某天，许放下班回来。

林兮迟躺在沙发上，顺着玄关的声音望去，抬头看了看墙上的时钟，一板一眼地说："现在是北京时间十八点三十六分，你平时三十五分就回来了，今天迟到了一分钟是怎么回事？"

"……"许放看了她一眼，一时间不知道该如何应付她这话，他也没说什么，转头进了厨房，开始收拾着刚从市场买回的菜。

林兮迟想去厨房跟他说话，在沙发四周找了找自己的拖鞋。还没等她找到拖鞋，突然注意到趴在沙发旁边的放放。

林兮迟若有所思地歪着脑袋，突然蹲在它的旁边，提高了音量说："放放，你给我找找我的拖鞋，我找不到了。"

放放的眼珠子动了动，然后又耷拉下眼皮，没理她。

"你也找不到吗？看来是有点儿难找。"林兮迟很苦恼，转头指了指茶几,"那算了,你不用给我找拖鞋了,你去给我倒杯水吧。"

"……"放放的耳朵动了下,转头把脑袋埋进沙发的缝隙里。

林兮迟还想说些什么,余光注意到许放的身影,下意识看了过去。

许放径直走到房间门口,把地上的拖鞋拿了起来,走到林兮迟的面前,蹲下身帮她把拖鞋穿好。接着把她抱起来,又到茶几前,倒了杯温水塞进她的手心里。

许放蹲在她的面前,深邃漆黑的眼直视着她,眉梢微挑,捏了捏她的指尖,带着笑意说:"还要什么?"

林兮迟喝了小半口水,嘴唇晶莹红润,笑眯眯地凑过去亲他。

"我刚刚的问题你还没给我回答。"

闻言,许放舔了舔唇角,突然想起她刚刚那个无理取闹的话。

林兮迟还满怀期待地,想着他不论怎么解释,她都能把话题扯成"许放在她怀孕之后,回家的时间越来越晚",然后继续借题发挥。

然而许放压根没想到这上面去,他略一思索,感觉这么不正常的话,认真解释反倒不太正常,只好顺着她的脑回路答道:"我在等你给我开门。"

这个回答让林兮迟始料未及,蒙蒙地说:"你不是有钥匙?"

"想你来迎接我。"

"那你怎么不按门铃?"

许放眼睛一抬,思路清晰道:"你不是知道我三十五分会回来吗?那我按什么门铃,这不是多此一举?"

"……"

有道理。

2.

林兮迟怀孕八个月的时候,肚子已经像个球一样大了。她几乎没有任何症状,每天依然没心没肺的,偶尔会因为体形的变化觉得有些不便,但仍旧每天开心满带正能量。

一日,林兮耿和何儒梁恰好在附近吃饭,吃完便顺路来他们家坐一会儿。

两人比许放和林兮迟晚半年结婚,住的地方也在他们附近,开车过来大概十分钟。林兮耿每周大概会过来两三次，偶尔会拉上何儒梁一起过来。

林兮迟和林兮耿永远是这样。

亲昵得像是一对双胞胎，一碰到面就把自家老公忘得一干二净。喜欢跟对方悄悄说一些小秘密，都不愿意让许放和何儒梁听到。

次数多了，许放和何儒梁也就十分自觉，每次都一起到书房里去打游戏，留一个宽敞的客厅让她们谈天说地。

两个大男人在书房里其实也没有什么交流，嘴唇都闭得紧紧的。但室内也不安静，游戏的音效声响亮，气氛却莫名萧条。

连玩了好几局，许放把手机放下，皱着眼说："九点了，你们该回去了。"

何儒梁抬手推了推眼镜，桃花眼微微眯起，带着浅淡的笑意，没有半点儿要起身的动静："耿耿不让我催她。"

许放"啧"了一声，异常不满："说什么能说这么久……"

下一刻，客厅传来林兮耿的惊呼声，尾音发颤，像是恐惧到了极点。

何儒梁立刻站了起来，拉开门往外走。

许放跟在他后面，心底也莫名发紧，然后，他看到了令他一生难忘的一个画面。

此时，林兮耿正缩在沙发的一个角落，语调一个劲地向上扬："我天！怎么会有这么大的蟑螂！林兮迟你别过去行吗！"

而林兮迟走到电视柜的前面，面容平静，屏着息，眼睛半点不眨，迅速地抓住那只蟑螂的触角。拇指大的蟑螂立刻有了动静，在空中扑腾翅膀，却因为被她紧抓着触角而无法挣脱。

听到两个男人动静十分大的脚步声，林兮迟回了头，突然眨了眨眼，安抚般地说："不用怕，我抓住了。"

许放："……"

林兮耿："……"

何儒梁："……"

许放最先有反应，从茶几上扯了几张纸巾，包住她手里的蟑螂，蹑死后扔进了垃圾桶里。他深吸了口气,转头进了卫生间里。

林兮耿坐在原地,待了半天后,给她竖了一个大拇指:"林兮迟,真正的勇士。"

林兮迟有点儿没反应过来,闷闷道:"许放这是又生气了吗?"

"没有吧。"因为那只蟑螂的死去,林兮耿的心情也放松了些,指了指她的肚子,"可能他刚刚被我的叫声吓了一跳吧,你现在肚子那么大了,很多事情你自己得注意一下。"

"我又没有爬上爬下。"林兮迟很委屈,"我就抓一只蟑螂。"

林兮耿知道林兮迟不怕这种东西,但也是第一次见到她这样直接抓。沉默片刻后,林兮耿抬头看何儒梁:"好像是没什么吧。"

"徒手抓——"何儒梁弯着唇,温和地答,"视觉效果有点儿震撼。"

"……"

何儒梁拿过一旁的外套,替林兮耿裹上,随后把她扯了起来,对着林兮迟说:"那我们就先走了。"

恰在此时,许放也从卫生间里出来,手里还拿着一个脸盆,里面放着一条毛巾。他把脸盆放在茶几上,注意到何儒梁和林兮耿的动静,眼皮一抬。

"要走了?"

"嗯。"

"哦,记得关好门,不送。"

许放没再搭理他们,把林兮迟扯了过来,按在沙发上,然后抓住她刚刚用来抓蟑螂的手,往脸盆里泡,一声也不吭,用毛巾擦着她的手。

直到听到门关上的声音,他才冷着脸说:"给我泡半小时。"

"……"林兮迟皱了皱鼻子,不甘不愿地说,"已经干净了。"

许放看了她一眼,没强迫她,扯了好几张纸巾给她擦手,声音冷硬不带情绪:"谁让你拿手去抓的?"

林兮迟很理直气壮:"耿耿怕这东西呀。"

许放气笑了:"你不能拿东西打死?"

他一火,林兮迟就怂了,自认为理直气不壮:"蟑螂打死很恶心的,我不想打……"

"……"许放被她这傻子的逻辑弄得无话可说,抿紧唇,低头继续擦她的指尖。

林兮迟弱弱地看他:"再擦要擦破皮了。"

许放冷声道:"让你长点记性。"

虽这么说,他的动作却是停了下来,只是抬眼静静看着她。

林兮迟也回看他,眼睛像是两颗镶了琉璃的黑珠子,似乎还因为他的怒火有点儿小心虚,挪开了视线,不自觉地吸了吸鼻子。

许放的火气瞬间荡然无存。他吐了口气,劲儿过了又觉得有些好笑,抬起她的手亲了亲,无可奈何道:"下次别再直接用手了,脏死了。"

林兮迟连忙小鸡啄米般地点头。

"喊我就好。"他补充了一句。

林兮迟一顿,嘴角翘了起来。

"……哦。"

3.

许林小朋友在冬天的一个夜晚降临到这个世界。

他的眼睛随林兮迟,又大又亮,还有褶皱很深的双眼皮,覆着鸦羽一样的眼睫毛,像两把小扇子扑扇扑扇,笑起来的时候,心形唇上翘,露出粉嫩的牙龈肉,像是个小天使。

但性子不知是随了谁,总爱哭,眼睫毛上总挂着豆大的眼泪,嘴一扁一张,整个房子似乎都在晃。

而且只喜欢让林兮迟抱,别人想抱他,喉咙里会发出嚷嚷的哭腔,小小的脸皱起,又要开始哭。

就连许放也不例外。

为此,外公专门搬过来住,帮他们一起照顾孩子。老一辈大概有自己独有的方式,总之不出几天,许林小朋友就被他带得服服帖帖。

当天晚上。

许放早早地就上了床。

哄完孩子后,林兮迟到客厅装了杯温水,跟外公道了声晚安,回了房间。她坐在梳妆桌前,涂涂抹抹完,也上了床。

见许放躺在床上一动不动,林兮迟眨眨眼,小声问:"你睡了吗?"

许放立刻翻了个身,林兮迟顺势躺入他的怀中。

一米五的床对两人来说不算宽敞,林兮迟也不懂他当时为什么只对房子装修提出了这样的一个要求。但现在一想,好像是,自己只要翻个身,就能进入他的怀抱之中。

很近的一个距离。

许放低头亲了亲她的额头,懒洋洋道:"没睡。"

林兮迟自顾自地跟他说起今天发生的事情,遇到的小动物,遇到的人,然后便是刚刚哄睡的许林小朋友。

许林,小名许木木。

林兮迟喜欢喊他"木木",而许放基本不这样喊他,总是喊"小孩儿"。

沉默了半晌后,许放突然很不是滋味地说:"那小孩儿为什么不喜欢我?一到我手上就哭。外公来这几天,他号都没号过一声,成天咧着个嘴笑,像个马屁精一样。"

林兮迟愣了一下,思索了下,猜测道:"木木好像比较像我。"

"嗯?"

"我小时候也不喜欢你。"

"……"许放表情不太好看,憋了半天才憋出一句话,"所以你小时候,也把我当成你爸爸?"

林兮迟把脸埋进他的胸膛里,闷声笑,没有说话。

过了好半晌之后,许放又忍不住问:"你小时候为什么不喜欢我?"

"……"

"我小时候惹你了?"

林兮迟很认真地回答:"你小时候脾气太差了。"

许放低哼了一声,不说话了。

林兮迟抬起头,盯着他的眼睛,笑眯眯道:"你不要着急呀,等他长大了就会喜欢了。"

许放一愣,眉目舒展开来,坏心情瞬间荡然无存,心情愉悦地笑了一声。

"行吧,我等。"

——他像我。
——我小时候也不喜欢你。
——但等长大了之后，就会喜欢了。
——一定会喜欢。

4.
随着许林年岁的增长，他的五官长开，样貌越发朝林兮迟靠拢，圆而大的杏眼，嵌在那张白嫩的脸蛋上，显得十分纯粹温顺。下半张脸曲线利落，多了几分稚嫩的英挺。

整体来说，只有脸型随了许放。

从性格上来看，许林也是更偏向林兮迟。集结了林兮迟的闹腾开朗，以及少许许放的不近人情，两者叠加——

就组成了一个总在不经意间给人惹麻烦的小捣蛋。

林兮迟和许放要上班，本来想请个育儿嫂来帮忙带许林。

不过外公听说后，愣是不放心让外人来带，主动提出在他们工作时间可以过来帮忙照顾许林。

平时睁眼就能见到的父母都不在，许林觉得十分无趣。

许林这小东西，很会察言观色、见风使舵、看碟下菜。对着外公这种不能惹的，他很识相地不敢主动去闹腾骚扰。

观察来观察去，他的小脑袋晃悠着，就把目标定在了小柴犬放放上。

在此之前，许林压根没把丝毫注意力放在放放上，他很少跟这只傻狗玩，嫌弃它一副垂涎欲滴等饭的模样，还嫌弃它趴在床边，狂摇尾巴等出门散步的样子。

但放放看不出小主人的嫌弃，总是觍着脸往他跟前凑。

许林早就学会走路了，自己一个人玩的时候，不会老窝在玩具堆里，喜欢在家里跑跑跳跳的。家里的爬行垫也因此迟迟没有收掉。

放放随主人，也是一条活泼好动的狗，每次许林一瞎跑，它也会欢快地跟在他后面，像个跟屁虫。

这么一来二去，许林倒是摸索出些乐趣来。一小人儿和一狗，就在这你来我往的过程中，莫名培养出了些革命友谊。

许放这阵子忙，在基地待了将近一个月，才争取了几天假。

这天，他比林兮迟先到家。他回来了，有人接管许林，外公也放下心来，抽空出去散步顺带买个菜。

一进门，许放就看到许林正坐在地板上，大眼睛圆滚滚的，盯着面前的放放，眼里带了些好奇。

放放此时正垂着头，慢腾腾地吃着面前的狗粮。

见状，许放放轻了动静，饶有兴致地盯着两个小家伙的举止。

许林很快就察觉到了许放的存在。时隔几周，再见到许放，他很是兴奋，笑眼弯弯，伸出肉嘟嘟的双臂："叭叭！"

许放笑着过去将他抱起，纠正："是爸爸，怎么还说不准？"

他笑得露出牙龈肉，抱着许放的脖子亲了下："叭叭！"

"怎么回事儿？"许放懒洋洋道，"《汽车总动员》看多了？总叭叭地叫。"

许林听不懂，在许放怀里也待不久，很快就闹腾着要下来。他又嗒嗒走回放放面前，发现它已经停下了进食，但食盆里的狗粮还有大半。

放放不爱吃狗粮，多是饿得不行才会勉强吃一点，吃得差不多就不会再动。

许林盯着食盆，眉头皱起，回头看许放："叭叭！"

许放："怎么了？"

许林不满道："放放，浪费！"

"它不爱吃那玩意儿，"许放不太在意，甚至也习惯了从儿子口中听到对狗的这个称呼，累得躺倒在沙发上，"等它饿了会吃的。"

"会坏！"

许放应付着："那怎么办？"

许林思考了下，抓起一把狗粮，往放放嘴里塞。

放放很不领情，直接别开了脸。

许林苦恼地盯着手里的狗粮，转身看向许放，就见他正玩着手机，目光偶尔看向这边，一心二用着。

很快，许林灵光一闪，做了个决定。他走回许放旁边，举起手里的东西，喂给许放："叭叭，吃！"

许放的注意力在手机上，也没意识到他拿了什么东西，只以为是他平时总爱分享的小零食，便顺从地张开嘴。

东西一入口，无法形容的味道化开来，带了点甜腥味，干脆脆的。

许放差点吐了，他瞬间意识到不对劲，扯了张纸巾把嘴里没吞咽的东西吐出来："你拿的什么？"

"放、放放的——"许林没觉得自己做错了事情，也不心虚，"饭饭。"

他其他字眼发音倒是准，前后鼻音分得很清楚，许放一听就明白。他深吸了口气，压着火，立刻反应过来自己刚刚是吃了那条讨人嫌的狗的剩饭。

许放耐着性子问："为什么给爸爸吃这个？"

"妈妈说，放放是小、小狗。"许林无辜道，"叭叭也是个……"

"是个什么？"

"狗、狗登西！"

"……"

"所以，"许林很理所当然，"叭叭也可以吃介个！"

"……"

5.
许放不知道林兮迟平时在背地里，都是怎么在许林面前刻画他的形象。

总之，应该都不会是什么好话。

等林兮迟回来后，一家人吃完晚饭，把许林哄睡，在夜深人静之时，许放才开始跟她算账。

许放冷着脸，一字一句重复："狗、东、西？"

林兮迟猝不及防："嗯？你怎么骂人？"

许放语气毫无波澜："你儿子教的。"

"……"

林兮迟一瞬间回想起某次许放惹她生气，她自顾自地把他骂了个狗血淋头。

其中一个词就是"狗东西"。

当时也没注意到许林就在一旁安静听着。

更不觉得他能听懂。

哪知这小子居然听懂了，还给记下来了。

林兮迟咽了咽口水，生硬地拍拍手："好事啊。"

许放："？"

"木木现在还会教你词儿。"

"……"许放眉心一跳，"这是什么好词儿吗？"

林兮迟再接再厉，转移话题："说明你俩现在关系还挺好。"

提到这个，林兮迟先前的话确实一语成真。

也不用等到这小孩儿成人懂事，许林便如她所说的，长大了便会喜欢许放。仅仅只是过了一年多，许林便从对许放的排斥，演变成了现在的黏糊劲儿。

被这话顺了毛，许放也不跟她计较了。想到这个转变，他心情好了不少："那倒是。说起来，我儿子的眼光可比你好多了。"

"啊？"

刚才还"你儿子"的，这会儿怎么就换定语了？

"咱俩认识了多久，"想到这儿，许放语气古怪，"你才勉为其难地看上我了。"

"……"

"而我儿子，"像是得到宽慰般，许放欠修理般地补充，"一岁就察觉到他爹的魅力所在。"

沉默片刻。

林兮迟顺势道："确实。"

倒没想过她会是这个反应，许放偏头看她，眼里带了点质疑的意味。

"木木的眼光应该是遗传你的基因。"林兮迟眉眼下弯，眼睛亮闪闪的，尾巴似乎都要翘到天上去，"所以呀——"

"嗯？"

"他一出生就很喜欢我。"

图书在版编目（CIP）数据

奶油味暗恋：全 2 册 / 竹已著 . -- 北京：北京联合出版公司 , 2025.2（2025.6 重印）
ISBN 978-7-5596-7983-3

Ⅰ . I247.5

中国国家版本馆 CIP 数据核字第 2024T3R947 号

奶油味暗恋：全 2 册

作　　者：竹已
出 品 人：赵红仕
选题策划：北京磨铁文化集团股份有限公司
责任编辑：龚将

北京联合出版公司出版
（北京市西城区德外大街 83 号楼 9 层 100088）
河北鹏润印刷有限公司印刷　新华书店经销
字数 569 千字　880 毫米 ×1230 毫米　1/32　印张 18.25
2025 年 2 月第 1 版　2025 年 6 月第 2 次印刷
ISBN 978-7-5596-7983-3
定价：88.00 元（全 2 册）

版权所有，侵权必究
未经书面许可，不得以任何方式转载、复制、翻印本书部分或全部内容。
本书若有质量问题，请与本公司图书销售中心联系调换。电话：（010）82069336